わが青春 わが放浪

ATsushi
Mori

森敦

P+D
BOOKS
小学館

目次

Ⅰ

I

青春時代

先年、真鍋呉夫が『文學界』に「小説檀一雄」を発表した。小説とはいいながら、檀一雄を知るために、貴重なものである。檀一雄とは青春時代、あれほど深い交わりをしながら、いたずらに放浪の日々を過ごしていたので、戦後の檀一雄はほとんど知らない。そういうぼくにとっては、ことさら貴重なものであった。

檀一雄は戦後しばらくは福岡市にいて、なんどか同志を募って、雑誌を出そうとした。そんな話が起こるたびに、檀一雄はぼくの名を出し、あれはいまどこにおるかな、などと言ってくれたそうである。

そういえば、あまりにも多くの街や村に住んでいたので、どこにいたときのことか忘れたが、ふと書店に立ち寄って、雑誌を取り上げ、ぱらぱら捲《めく》っていると、檀一雄が「明石大将」などといういかにも檀一雄らしい勇壮な小説を載せている。しかも、最後に自分の略歴を語って、「友人に森敦あり」と書いているのである。ぼくは檀一雄がまだぼくを忘れずにいて、遠く遥かに呼びかけていてくれるような、心地にならずにはいられなかった。

ぼくは放浪していたといっても、まったく上京しなかったわけではない。戸山ハイツに弟夫婦がいて、母を守っていてくれた。そんなことから、上京すると近くに部屋を借り、しばらく弟夫婦に食事の面倒をみてもらったりしたのである。部屋は新宿から池袋まで、一と目で見えるすばらしい眺望を持っていた上に、たまたまぼくが上京して来たというので、友人たちが集まり恰好な集会場になった。朝から焼酎を飲み、酔っては大いに談ずるのである。

友人たちの中に斯波四郎がいた。斯波四郎は当時柴田四郎といい、『サンデー毎日』の編集次長をしていた。ぼくはこのひとが将来、必ず花開くことを信じ、文学の友としてつき合っていたのだが、職務柄はやくもニュースをキャッチしたのであろう。檀一雄が秩父の山奥で落石にあい、胸を負傷して、慶応大学病院に入院している。きみは見舞いに行かんではすまないだろうと言った。

むろん、行かんですむものではない。檀一雄は個室の白いベッドの上で、にこにこ笑っていた。胸は痛むのだろうが、病人らしいところはすこしもない。どうだと訊くと、大したことはない。早く直らんことには、母ちゃんも抱けんじゃないかと、気持ちよさそうに、美しいお嬢さんに足を揉ませている。

この美しいお嬢さんは、妹だということだが、むかし妹だと言って、紹介されたひととは、顔立ちが違っている。なんの気なしにそう言うと、檀一雄はそれはそうでしょう。タネ違いですものと笑って屈託もない。タネ違いといえば、容易ならぬことである。それを平然と近づけて、可愛がっている。真似のできないところがあるな、と感じ入らずにはいられなかった。

檀一雄はソフトクリームが好きだというので、近くの売店でそれを買って、毎日のように病院を見舞った。退院するとそのお返しにと、ぼくを石神井の家に招いてくれた。檀一雄らしい大きな家だったが、案内を乞うと待っていたように、奥のステレオから音楽が流れて来た。

はじめはその音楽を、檀一雄が聞いていたものとばかり思っていた。しかし、檀一雄はにこにこ笑いながら、この音楽に覚えがあるかと言った。しばらく聞いているうちに、チャイコフスキーの「アンダンテ・カンタービレ」であることがわかって来た。ぼくがそう答えると、檀一雄は更ににこにこ笑って、なにか思いだすことがあるだろうと言った。

そういえば、ぼくは二十歳《はたち》のころ、横光利一の推輓《すいばん》で「酩酊船《よいどれぶね》」という小説を毎日新聞に連載した。そのころぼくはチャイコフスキーの「アンダンテ・カンタービレ」が憑かれたように好きになり、どこの喫茶店に行ってもそのレコードを掛けてもらった。また、そのレコードがないようなら、その喫茶店には行かなかった。そんなふうだったので、これが「酩酊船」のモチーフになり、繰り返し出て来るのである。

してみれば、檀一雄は自分のために、このレコードを掛けていたのではない。ぼくに「酩酊船」のころを思いださせようとして、掛けてくれていたのである。あのころに立ち返って、大いに頑張れと、暗に言おうとしてくれていたのである。

座卓も広々とした座敷にふさわしい大きなもので、檀一雄と向かい合っていると、可愛い男の子がぼくの傍に箱を持って来て、その上にチョコンと坐った。そうしなければ、座卓の上に顔が出ないほど小さいのである。ふと気がつくと、その子はこっそり小さな手を伸ばして、なに食わぬ様子で、ぼくの前に出された菓子をつまんでいる。

それがいかにも愛くるしく、その子の頭に手をやって笑うと、檀一雄も自分の青春時代を思いだしたように笑った。なんでも檀一雄の祖先は、福岡の柳川藩で勘定方みたいなことをしていい、くすねることにかけては、天才的な血が流れているのだそうである。この子は次郎といった。次郎が間もなく日本脳炎にかかって短い生涯を閉じ、やがて檀一雄が掉尾《とうび》を飾った、『火宅の人』に登場するところとなろうとは、そのときは夢にも思わなかった。

とこうするうち夕暮れて来、別室に移って鍋料理の馳走《ちそう》になった。鍋料理といっても、豪勢なものである。夫人のヨソ子さんに代わって、老人というにはあまりに美しい、おっとりした婦人が相手をしてくれた。檀一雄はこの婦人をお母さんだとぼくに言い、ぼくのことをこの婦人に二十のころからの友だちで、こんどの入院でも毎日のように来てもらったんだと言った。

ぼくは檀一雄から、叔母さんがいるというようなことは聞いたが、お母さんがいるというようなことは、聞いたことがなかった。しかし、この婦人は病院で見た美しいお嬢さんといかにも似ている。そのお嬢さんのことを、檀一雄はタネ違いの妹だと言った。してみれば、檀一雄が叔母さんと言っていたのは、ほんとうはお母さんのことで、お母さんは檀一雄を捨てて、だれかと結婚していたのではあるまいか。

酔うほどにこの次の機会にはフランス料理、その次はロシア料理だなどと言いながら、いま河豚料理を習っている。免許が下りたら、第一番に親友のきみに食べてもらうと笑い、突然高名な作家の名を挙げて、あの人も寂しい人なんだよと言った。檀一雄もまた、みずからの青春を想いだすかのごとくであった。

「檀一雄です」そう言えば当然知ってもらっているはずだというように、檀一雄は颯爽とぼくのいた世田谷の北沢の家に現れた。毎日新聞でぼくの「酩酊船」を読んだというのだが、ぼくのほうでもこれがあの檀一雄かと思った。というのは、檀一雄（ではなく、その一味徒党であったかもしれぬ）が『新人』という同人雑誌を出し、「此家の性格」という小説を書いた。

それ自体はなんてこともないのだが、新人現るといった歌い文句をつけて、朝日新聞に三段六ツ割の広告を出した。それが文学青年の度胆を抜き、当時文学の神さまとまでいわれた横光さん（利一）からまで、「きみは檀一雄を知っていますか」と訊かれた。ぼくもそんなことを、やりだしかねないところがあると見られているのだな。そう思っておかしかったが、いざ訪ねて来た檀一雄を見ると、上背があり、仕立ておろしの紺絣《こんがすり》を着、悪びれたところがすこしもない。といえば、驕っていたように受けとられるかもしれないが、そんな様子はまったくない。

ぼくの母はたちまち気に入って、茶菓のもてなしをするばかりか、自分も話に加わろうとする。ぼくにはいささか迷惑でないこともなかったが、大いに談ずるうち、この新来の客檀一雄が途方もない計画を立てていることがわかって来た。『鸛』という季刊雑誌を出すから、同人になってくれというのである。しかし、同人雑誌がみなそうしているように、互いに金を出しあってつくるのではない。金は幸い東京に叔母さんがいる。そのひとから四千円出してもらって、資金にするという。

四千円は当時としては驚くべき大金だが、檀一雄はさも愉快げに笑い、すでに女性の編集者も傭ってあり、雑誌ができればむろん新聞広告もし、原稿料もだんだん出すようにする。それにはなんとしても秀才を集めねばならぬが、幸いここにすばらしいのがいると言い、『海豹』という同人雑誌を置いて行った。ぼくはこの青年は、文壇に打って出ようとしているのではなく、文壇をつくろうとしているのだと思った。壮大な夢は、とかく反撥が感じられるものだが、檀一雄にはそんな反撥を感じさせない、爽やかな風のようなものがあった。

『海豹』には太宰治が「思い出」という小説を書いていた。作品自体なんということもないのだが、筆の滑りのよさにはすでに尋常でないものがあった。檀一雄がすばらしいのがいると言ったのは、このことかと思っていると、果たしてここに秀才ありとかなんとか言って、太宰治を連れて来た。

一見して、太宰治は檀一雄とは正反対な性格の持ち主のように思われたが、背恰好もおなじようなら、まったくおなじ仕立ておろしの紺絣を着ている。そういえば、ぼくもおなじような背恰好で、仕立ておろしの紺絣を着ていることにふと気がついた。気づいてみると、縞までがみなおなじ亀甲型なのである。これが絣三人組と呼ばれて、文壇に悪名を流すことになるのだが、三人はいずれも自分が、悪名の原因になっているとは思わず、だれかがしでかしたことに巻き込まれて、そうなったのだと思っていた。

檀一雄はぼくとおないどし、太宰治はぼくらより三つとし上で、ぼくは旧制一高中退。檀一雄は東大経済学部、太宰治はおなじく仏文科に在学していると言っていたが、ぼくはそんなことはどうでもいいと思っていたというより、てんで信じていなかった。

しかし、いやでも太宰治がほんとうに東大仏文科に籍を置いていたことを、知らねばならぬことが起こった。ある日、突然檀一雄が北沢のぼくの家にやって来て、太宰治が大学を退学させられそうになっているという。ぼくは一高を中退してしまっているので、大学のことはよく知らないが、なんでも三年間ないし六年間で、なん十科目かの単位を、取らねばならぬらしい。

太宰治はその六年間がもはや切れようとしているのに、ほとんど単位を取っていない。辰野さん(隆)にねじ込んでみたがなんともならず、退学させられること必至である。幸い、中村地平が都新聞にいる。これに頼んで太宰治が都新聞に入社したことにして、お祝いの手紙を親もとの津軽の津島家に出してもらう。

ついてはきみも一筆書いてくれぬかと、檀一雄がぼくに言うのである。まさに義を見てせざるは勇なきなりで、檀一雄の面目躍如たるものがある。さては太宰治の東大仏文科はほんとうだったのか。してみると、檀一雄の東大経済学部というのもほんとうかもしれん。そう思いながらひとり笑いをおさえて、ぼくも喜んで津島家に端書を出した。しかし、一足先に大学から通知が行っていたらしく、檀一雄の活躍も水泡に帰し、ぼくたちも赤恥を掻《か》くような結果になった。

ところが、檀一雄もみずから東大経済学部の学生であることを証明しようとしたのか、東大の制服制帽姿で北沢のぼくの家に来た。いま東大を卒業したというのである。いま入学したというならともかく、卒業したにしては制服制帽がいま買って来たように真新しい。かえって怪しく思われたが、檀一雄はいままで質屋に入れていたんだと笑う。それにしても太宰治の例もあり、東大も経済学部を、よくまともに卒業できたなと感嘆すると、檀一雄は森さんと友だちになって、ひとりでもまともに卒業できた者がいますかと言って笑った。まともに卒業しないで卒業したとは、どんな卒業をしたのか。しかし、それはつい聞かずにしまった。

檀一雄の制服制帽姿は、そのとき一度見たきりで、あとはいつもの紺絣になった。また質屋に入れてしまったのかもしれない。絣三人組とはいいながら、いつ連れ立って遊びに出ても、檀一雄は決してひとには金を払わさなかった。しかも、その金づかいが荒いのである。後に永井荷風によって濹東と呼ばれるようになった、玉の井に行ったときなどは驚いた。いたるところに掲げられた「抜けられます」という照明広告を上に見て、迷宮のような路地を行くと、櫛比《しっぴ》した薄汚い家の二階から、「檀さあん」と女の声が掛かった。すると、それの真似したのかどうかしらないが、あちらからもこちらからも、「檀さあん」「檀さあん」と女の声が掛かった。

まるで凱旋将軍のようだが、無事でいられるはずがない。本郷の石田病院に入院したというので、見舞いに行った。行って驚いたというより感服した。こうした種類の病院ではみな卑下して、看護婦を呼ぶにもか細い声を上げる。しかし、檀一雄は違っていた。「我はもや親が賜びにしきんたまを大入道とうちはらしたり」と大書した紙を壁に貼り、揚々としてここでも「檀さん」「檀さん」と看護婦たちにもてているのである。

当時のことを振り返って、檀一雄は「シュトゥルム・ウント・ドラング」(疾風怒濤《どとう》)の時代と書いている。「シュトゥルム・ウント・ドラング」とは、十八世紀後半、ドイツに起こった若きゲーテを中心とする文学運動だが、ぼくたち絣三人組の行動は、文字通り疾風怒濤だった。金がなくなれば、だれかれとなく文壇知名の士を襲って借りた。借りればたちまち使ってしまって、むろん返さないのである。

なにしろ不景気な時代で、勤めようにも勤め口などほとんどない。ある大学のごときは千人近い卒業生を出しながら、僅か三人しか就職できなかったという。一人は抜群にできた学生で地方の学校に、一人は社長の息子で親父の会社に、一人は学業をてんでサボッていて、ダンスばかりしていたが、これがフロリダの教師に、就職したなどという笑い話もあったぐらいだ。

しかし、そこはよくしたもので、仲間三人のうち、一人が就職すれば、残りの二人はその一人にタカって、なんとかやっていけた。まして文壇知名の士ともなると、寄って来る文学青年に、いくばくかの小遣いをやるのが当然、また文学青年のほうでも、貰ってなんの恥じるところがなかった。

横光さん（利一）のお宅はぼくとおなじ北沢にあったので、可愛がられるままによく伺い、毎夜のように銀座に連れて行ってもらい、ご馳走になった。その横光さんがぼくをおなじ仲間と見て、檀一雄のことを訊いたぐらいだから、ほんとに仲間になって、これを引き合わせないはずはない。

横光さんも檀一雄の颯爽たる感じに、ひと目で気に入ったらしい。引き合わせて帰るとき、横光さんは玄関まで送って来、片袖に手を入れて、懐からさッと二枚ほど、十円紙幣を取りだしてぼくにくれた。横光さんは昼近くに起き、昼からは訪ねて来る文学青年を、二階の書斎に上げて歓談する。ひとりで訪ねたときは、みなが帰ってしまうまで引き留めて、銀座に連れて行ってくれる。しかし、連れがあると、決して引き留めずこのように金をくれる。きみたちはきみたち同士これで遊びたまえ、そのほうが愉快だろうといった心やりである。

ぼくにはその心やりが嬉しかった。嬉しかったというより愉快だった。横光さんがどんなにかぼくに、目を掛けてくれているかを、見せることができるように思えたからである。五十銭もあれば、煙草を買い、喫茶店にはいって大いに談ずることができた。五円もあればカフェにはいって、女給たちにチップをやって喜ばせ、飲むだけ飲んで、酔うこともできたのだ。それが二十円ともなると、どれだけ遊べたか想像がつくだろう。

そんな日の翌日、横光さんを訪ねると、笑いながら、もうあれはなくなってしまいましたかと訊く。むろん、まだあろうなどとは思っていないのである。横光さんは毎夜のように、銀座に出るといったが、資生堂の喫茶部に行ったり、風月堂にはいったり、名物料理を食べたりするだけでいわゆる遊ぶほうではなかった。しかし、青年たちが思い切って遊ぶのを想像するのは楽しかったらしい。

太宰治は津軽の名家の出だったから仕送りを受け、さして金には不自由しなかったろうが、檀一雄と三人で遊ぶとき、いつも金を出すなり、借りるなりするのは檀一雄で、太宰治ではなかった。その太宰治が檀一雄を湯河原に連れだしたという。連れだすからには太宰治がオゴるつもりだったのだろうが、さんざん遊んで、金を使い果たしてしまった。その後始末をするために、太宰治は檀一雄をひとり湯河原に残して、東京に帰った。

しかし、いくら待っても太宰治は戻って来ない。しびれを切らした檀一雄が、宿に渡りをつけて東京に帰り、心あたりを探したが、家にはむろんどこにも太宰治は見あたらない。ふと思いあたって、井伏さん（鱒二）のお宅を訪ねてみた。井伏さんは太宰治が師とする人である。果たして太宰治はそこにいて、井伏さんと将棋を指していた。

さすがに檀一雄も腹に据えかねたのであろう。ぼくの家に来て、「太宰の奴、なにもなかったような顔をして、『お手は』などと言っていた」と憤慨したが、ぼくはそのときの太宰治の顔が目に見えるように思えた。太宰治は金を借りるために、八方奔走した。しかし、いずれもうまくいかず、思いあまって井伏さんを訪ねたものの、恥ずかしくって言いだせずにいたに違いない。

ところが、驚いたことに太宰治はこれを「走れメロス」という小説に書いた。「走れメロス」はシルレルの作品を受けてつくられたもので、メロスが山川を馳けに馳けて、親友のために約束を果たすという物語である。教科書にもよく採用されている。太宰自身がメロスと思われがちだが、実は檀一雄である。そのときの檀一雄からメロスが発想されたに違いない。

新宿日活館の地階に、「モナミ」という大きな喫茶店があった。喫茶店といっても、酒も飲ませれば料理も出すのである。ぼくは檀一雄をそこに誘った。むろん、その憤慨をなだめるつもりもあり、金はぼくが出そうと思っていたが、檀一雄はテーブルにつくなり、広いホールに満ち溢《あふ》れた大勢の客を見渡して、ボーイを呼びメニューを持って来させた。そして、このメニューにあるものを全部持って来いと命じた。

全部持って来られたんでは、ぼくが出そうにも出しようがない。仕方がない。こうなったからには、檀一雄にまかすことだ。大いに飲み、大いに食いするうちに気焔が上がり、いよいよ発刊しようという、『鷭』の話などするうちには、憤慨も忘れてしまったように太宰治の才能を称《たた》えはじめた。

『鷭』は着々として進行しつつある。古谷さん（綱武）がすでに編集を引き受けてくれた。尾崎さん（一雄）も書いてくれるという。きみもむろん書いてくれるだろう。太宰治はこれによって必ず文壇に出る。もはや成功を収めたようなものだが、もし秀才を知っているようなら、紹介してくれたまえなどと言って夜を過ごし、揚げ句の果ては遊廓に繰り込んだ。

翌朝、朝早くからやっている喫茶店に二人ではいると「ブレック・ファースト」と朝食を注文した。みょうに顔の肌が荒れて、荒涼としたものが感じられた。ひょっとすると昨夜から遊び、いままた払おうとしているこの金は、檀一雄が湯河原の宿のために集めて来たものではなかろうか。それをしも使わずにいられない檀一雄の生きざまを思って、ぼくは寒々としたものを感じないではいられなかった。

檀一雄の言うように、それでも『鷭』は古谷さん（綱武）のもとで編集され、着々と進行していた。古谷さんのお宅は東中野にあり、古いが庭のある日本家屋の二階屋で、その二階の広い座敷が編集部になっていた。すでに若い女の編集者もい、いわゆる同人雑誌とは構えがすこし違っていた。古谷さんはからだは小さかったが、ぼくらに対して兄貴のように振る舞い、いつも和服姿だったが、ぼくらのように紺絣など着ていなかった。

なんとなく行きやすいところがあって訪ねるうち、檀一雄ともここで落ち合うことが多くなった。いつも昼を過ぎたころだったが、隣が寝室になっているらしく、若い女の編集者を交えて話しあっていると、古谷さん夫婦はあくびをしながら出て来て、昨夜は朝まで原稿を書いていたとか、酒を飲んでいたとか言う。見かけはそうも思えないが、古谷さんの酒は飲んで酔うというようなものではない。飲んで行くうちに、だんだん正気になって来るのである。だから、飲まぬ間が酔っているようなもので、すでに寄せられていた太宰治の原稿「葉」を開き、陶然としてその一節を読み、「『鶴』に寄稿する作家は幸福だ。こうして読んでもらえるんだから」などと言って笑う。すこぶるご機嫌なのである。

三人そのまま連れ立って、東中野の駅近くの喫茶店を歩きまわり、飲み屋にはいって夜を更かすこともあったが、古谷さんを置いて出てよく二人で檀一雄のところに行った。檀一雄は落合の横丁に建て込んだ二階屋の二階にい、古谷さんの家からも近い。階下には尾崎さん（一雄）夫妻がいた。当時のことを尾崎さんは「なめくじ横町」という作品に活写していられるから、委しく触れることは避けるが、檀一雄の部屋に上がって驚いた。

部屋いっぱいにカンバスが散らかっている。文学青年の部屋というより、画学生の部屋である。カンバスに描かれた、あるいは描きかけられた画は、ただ驚いたというだけで、かくべつ気にもとめなかったが、後にこれはと思うような画を見せられ、「アンドレ・ドランわがものならず」といった詩のあるのを知った。ひょっとすると檀一雄は画家をも志していたのかもしれぬ。画といえば、尾崎さんもうまかった。尾崎さんは玄関の土間のすぐ横の部屋を書斎にしておられ、鉛筆で幼児の寝顔を描いた大きい目の画用紙が貼られていた。あるとき、尾崎さんからこれは子どもの誕生日に、写真のかわりに描いてやったのだと聞かされて、目を見張ったことがある。

思わず横道に走ったが、檀一雄は更に驚いたことに、壁に大きな横長の紙を貼っていた。そこには大きな字でびっしりと、なん月なん日までになん枚、なん月なん日までになん十枚と墨書されている。もうこんなに注文されているのかと訊くと、檀一雄は笑って注文なんかされていない。しかし、太宰治は必ず芥川賞をとらす。ぼくはそのうち直木賞をとる。そのときの用意にいまから鍛練しておくのだと言ったが、いつ行っても読んでくれる原稿は最初の一、二枚で、進んでもいなければ、変わってもいない。いたずらにうつ勃としたものが胸にあって、小さな器には盛り切れなかったのかもしれない。

檀一雄はあれほど遊び、あれほどモテながら、女の子が遊びに来る気配は、まったくなかった。豪放闊達に振る舞いながら、ここからはといった厳しいものを持っていたのかもしれない。ところがある日、年増の女がやって来た。なかなかきれいなひとで、よく言う叔母さんとはこのひとかと一瞬思ったが、それにしてはあだっぽすぎる。寒々とした部屋も、明るく華やいだように思われる。

檀一雄はかくべつぼくに紹介せず、にこにこ笑って、このごろ胃の調子はどうですかなどと訊いている。年増の女も笑って、わたしなにしろ悪食でしょう。直るはずがありませんよと答えるだけ。互いに用件めいたことを口にするでもない。表はただ遊びに来たという様子だが、なんとなくぼくにもこの年増の女は、品はいいが飲み屋の女将《おかみ》かなにかで、飲んだ借金を取り立てに来たらしいということがわかって来た。

なにしろ、檀一雄はカフェやキャバレーにはいると、まず女給たちに思い切ってチップをやる。それで檀一雄をみると、他の客を相手にしていた女給たちまで寄って来て、檀さん、檀さんということになる。したがって、女給に置き去りにされた客はいなくなる。檀一雄は悦に入って連れとともに大いに飲み、飲んだぶんは借りとくよと言って、平然と出て行くのである。

それはそうと、年増の女はいっこうそれらしいことに触れようとしない。野暮なことを言わなくても、自分がこうして来たからには、わかってもらえるはずだと思っているのであろう。檀一雄にもむろんわかっている。にこにこ笑いながらふと額に手をあてると、机にあった検温器を取り上げて、小脇に挟んだ。しばらくそうして検温器を抜き取り、ちらと見てなに食わぬ顔でまた机の上に置いた。

どうなさいましたの。お熱でもおありになるのですか、と年増の女が心配げに訊いた。なあに、なんでもありませんよと檀一雄は事もなげに答えたが、なんでもないじゃありませんよ。見せてご覧なさい、と年増の女は検温器を取り上げて驚いたように言った。

まあ、四十度もあるじゃありませんか。早くお寝みにならなけりゃ。寝こむほどのことはありませんよ。そんなことおっしゃらずにと言って、年増の女は夜具を敷かんばかりにして帰って行った。驚いたのはぼくである。いまのいままで、四十度も熱があるとは気もつかなかったからである。すると、檀一雄はふたたび検温器を取ってさっと振り、ぼくにも計ってみろと言った。計ってみると、ぼくも四十度になる。二人は顔を見合わせて、大声で笑った。檀一雄はだれが計っても、四十度になる検温器を持っていたのだ。

その後、なん日かして檀一雄は、東中野の駅近くの「香蘭」という飲み屋に、ぼくを連れて行った。すると、調理台の向こうに、あの品のいい年増の女がいるのである。年増の女は檀一雄を見ると驚いて、もう飲み歩いたりして大丈夫なんですかといたわるように訊いた。大丈夫もなにも、あんなもの大したことはなかとですと檀一雄は笑った。愉快になるとよく九州弁を出すのである。

太宰治は阿佐谷の奥まった家の二階に住んでいた。もう記憶が定かでないが、なかなかいい部屋で、奥さんらしい細身の女がいた。その女が声を上げて「ああだ」と呼んだので、「ああだ」とはなんだと訊《き》くと、太宰治はすこし恥ずかしそうに、「女中のことだよ」と答えたのを覚えているから、女中もいたかもしれない。当時の青年としては、裕富な仕送りを受けているらしいことが、ひと目でわかった。

それにしても、檀一雄が愉快になると、好んで九州弁を使うのに、太宰治はどうしていつも恥ずかしそうに津軽弁が出るのを避けていたのか。棟方さん（志功）が、文化勲章をもらったとき、NHKが番組をつくった。津軽弁まるだしで、その底抜けに明るい楽天家振りが、とてもよく出ていて面白かった。アナウンサーが「それでも棟方さんはお若いとき、こっそり東京弁を、習おうとされたことがあるそうですね」と訊くと、棟方さんは「こいつ、調べたな」と言って、人前かまわず大口を開けて笑った。

太宰治も東京に出て、なんでも二万円も使って遊び歩いたという。むろん、そうして津軽訛《なまり》を洗い流し、すっかり東京弁になろうとしたものらしい。もうこれならと自信をつけ、銀座の一流のバーにはいって、東京弁のつもりで盛んにしゃべり、きみはぼくがどこから来たかわかるかねと女給に訊いた。すると、そくざに女給から東北からでしょうと言われたという。太宰治の東京弁は洗練されているとはいえなかったが、そんな話を聞かされねば、津軽訛があるなどとは気もつかなかった。しかし、太宰治はそれでは我慢がならなかったに違いない。太宰治はどこかハイカラに見せたがるところがある。よくとしをとるとお国言葉に戻るというが、今日生きていたとしても、棟方さんのようになるとは考えも及ばない。

あのころの文学青年が話すことといったら、文学のことである。いや、文学のことに熱中して、文学のこと以外は話さなかったといっていい。あんなに文学のことばかり話していて、文学ができるのかと思われるが、それがあのころの文学青年だったので、話しつづけてつい夕暮れになるのも気づかずにいた。むろん、檀一雄も一緒だったから、三人連れ立って東中野に行き、「香蘭」ののれんをくぐった。あの品のいい年増の女が愛想よく迎えてくれる。おそらく、檀一雄は飲んだ借りはまだ払っていないに違いないが、ここはひとつ信頼して、飲むだけ飲ませたほうが、得だと踏んでいたのであろう。

飲みかつ語るうち、太宰治はじろじろとぼくを見て、きみは柔道をやったというが、ほんとかねとぼくに言った。ほんとさとぼくが答えると、太宰治はどうも信じられんと言う。どうして？　どうしてでも。柔道をやったにしては、首が細いじゃないか。ひとつ握手してみよう。太宰治は顔はちょっと哀愁を帯びていたが、からだは意外に骨太い。しかも、その手は大きいのである。大きいその手でギュッと握られて、ぼくは思わず悲鳴を上げたが、しびれを切らした手を振って、ちょっと立ってみたまえ、とぼくは太宰治に言った。軽く技がかかったが、太宰治はまだ信じられぬというような顔をしている。檀一雄がからからと笑って、止めようともしない。事実、冗談だったし、だれも冗談としか思っていなかった。


檀一雄はその「香蘭」で、きみが中原中也と会ったときとよく言ったが、不思議なことに中原中也がどんな青年であったか眼に浮かばない。後に中原中也の帽子をかぶった写真をみたとき、そういえばそんな青年が台にもたれて、酒を飲んでいたような気がするだけである。そうかなとぼくは言うと、そうかなじゃないよ。それ、太宰の桃の花だよと檀一雄が笑う。

そういえば、太宰治、檀一雄とあたりかまわず文学の話をしていたとき、それらしい青年が太宰治に、きみ、ちょっと訊くが、花はなにが好きかねと言った。桃の花と太宰治は答えた。

桃の花か、それらしい青年は笑ったように思われた。うん、と太宰治は頷いたが、それから花を咲かせていた文学談に身がはいらなくなった。

話していてもそれらしい青年の笑いが気になるのか、桃の花と答えた自分が恥ずかしくなったのか、酒もまずそうに飲んでいたが、いつとなく太宰治はいなくなってしまった。太宰治がいなくなった後、それらしい青年も立ってしまったのか、ぼくたちの話に加わったのか、まったく記憶にない。ぼくたちの話に加わったのなら、それらしい青年が中原中也であること、中原中也がどんな青年であったか、すこしは覚えているはずである。あるいは、当時ぼくはいくら飲んでも酔わないと言って、得意になっていたが、酔わぬつもりで酔ってしまっていたのかもしれない。

太宰治にしても檀一雄にしても、ほんとうは立派な叙情詩人である。その叙情性をいずれも深めて行って、人生の深淵をみせてくれるに至ったと言っていいのだが、ぼくはそもそも叙情なんかと思っていた。ひとつには、ぼくを弟のように可愛がってくれた、北川さん（冬彦）の影響によるものかもしれない。北川さんは叙情を敢えて否定して、叙事詩を提唱し、みずから範を示していた。

ぼくがなによりも文学において構造を重視し、新しいジャンルを造るのでなければ意味がないと言っているのも、いまもってそうした北川さんの提唱の延長上にあるからかもしれない。

その違いが後には如実になって現れて来た。すなわち、『日本浪曼派』を結成して太宰治や檀一雄は佐藤春夫のもとに走り、北川さんやぼくは踏みとどまって、横光利一のもとに集まった。

それでなくても、ぼくはもの心ついてから朝鮮に育ったのである。ほかに花がないわけではないが、ほとんどアカシヤの白い花か、れんぎょうの黄いろい花しか印象にない。だから、かえって花に興味を持つという人（北川さんなどそうである）もある。しかし、ぼくは興味がなくなって、小学校のとき「春」という作文を書かされ、辞書から草冠の字を拾って、これが一時に咲き匂ったと書き、お前の春は極楽のようだと先生から笑われたほどだ。

そんなぐらいだから、花のことなぞ訊く奴も訊く奴なら、答える奴も答える奴だとしか思わなかった。しかし、後年月山にはいり、ようやく丈余の雪がとけたとき、桃といわず、桜といわず一時に咲いた花に感動して、ふと太宰治が桃の花と言ったのを想いだした。太宰治はつい忘れがたい真実を言ったので、真実を言ったことが恥ずかしかったのかもしれない。

『鷭』は二号が発刊された。檀一雄は荒いというより凄まじい生活をしながらも、『鷭』発刊のために叔母さんに借りたという四千円には手をつけなかったのであろう。檀一雄は放埒に見えながらも、タガが緩むようなことはなかった。それが立ち姿といったものを感じさせ、明るく爽やかな人柄と相俟って、みなに好意を持たせたのである。

太宰治は一号につづいて、二号にも「猿面冠者」を書いた。古谷さん（綱武）はれいによって感激し、東中野の喫茶店をなん軒か回り、揚げ句の果ては新宿に出て飲み、暗記した「猿面冠者」のはしばしを、陶然として朗したりするのである。

古谷さんは自分も小説を書いたことがあると言っていた。それも照れ臭そうに言うのだし、だれも古谷さんに小説が書けると思っている者はなかった。しかし、そうして感激してくれ、暗記してくれ、朗唱までしてくれるのを喜ばぬ者はない。古谷さんを心の中では軽んじながらも、古谷さん、古谷さんと古谷さんのもとに集まって来、なんとなく古谷さんは一方の雄のようになっていた。

『鷭』は原稿料こそ払わないが、普通の同人雑誌のように、同人が金を出しあってつくられるものではない。そこが同人雑誌と一格違うところだが、そういう雑誌は他に『作品』というのがあって、後にはそれぞれ文壇の雄となったような俊秀を集めていた。

いまは、多くの文芸雑誌があって、それぞれ新人賞を募集している。したがって、文学を志している者はまずこの新人賞を狙い、それがやがて芥川賞なり、直木賞なりを受けて文壇に登場する。しかし、当時は同志があいつのって同人雑誌をつくり、なんとなく評判になって、原稿料はもらえないが、金は出さぬでもいいという一格違った雑誌に進出する。ここから『改造』なり『中央公論』なり、『文藝春秋』なりに抜擢されれば、作家として通るということになる。

そうした一階梯をなす雑誌をつくり、しかも二号を出し得たことは、『鷭』に集まる人々の誇りであった。この上は『作品』に劣らぬ俊秀を集めようとの意気込みで、だれからともなくだれかいないかという話になり、ぼくはただちに我妻隆雄のことを思い浮かべた。

我妻隆雄は上にしても下にしても、ぼくらといくらも違わぬ青年で、横光さんの推薦で「青芝」という小説を『作品』にも書いていた。そりゃ、いい。早速訪ねてみようとみなが言うので、ぼくは我妻隆雄の下宿先を教えてやった。幸いなことにおなじ落合で、檀一雄の家と近いのである。

数日後、ぼくは横光さんのお宅で、学生服の我妻隆雄と会った。さぞかしぼくに対して喜んでくれてると思いきや、みょうに蒼い顔をしている。ただし、我妻隆雄は瘠形でせいが高く、いつも蒼い顔をしているのである。

それにしても、様子がいつもと違う。我妻隆雄が辞したのをしおに、ぼくもついて出た。『鷭』と切り出したが、なんとも答えない。檀一雄がきみを訪ねると言っていたが、来なかったかと訊くと、我妻隆雄は吐き出すように言った。あんな奴らは作家じゃない。無頼漢だ。

我妻隆雄のこの様子を伝えると、檀一雄は事もなげに笑って、なあに、ちょっと殴ったりしたもんだからと言った。なんでも、その夜は太宰治も行ったらしい。二人は酒もすこしははいっていたのであろう。意気込んで『鶴』の話をしたが、我妻隆雄はなんと思ったのか、蒼い顔をして黙っている。あまり元気がないので、元気づけてやろうと思って、まず檀一雄が膝を乗りだして、平手で頬を張った。

張ってから急に気の毒になり、首を差し伸べ顎を上げて、張り返して来るのを待った。しかし、蒼い顔をして黙ったまま、張り返して来ない。あまり張り返して来ないものだから、ついいらいらしてまた平手で頬を張ると、なんと思ったか太宰治まで乗りだして来て、平手で頬を打ったというのである。太宰治の手は大きく、骨太で握力が強かったことは、すでに述べたとおりである。あの手で思い切り張られたら、さぞ痛かったろう。ぼくはその光景を想い浮かべて、なんだか愉快になった。武勇伝でも聞くようで、いやな気持ちがすこしもしないのである。

それからだいぶ後になるが、そうした武勇伝をぼくも目のあたりに見ることになった。たぶん、だれかの出版記念会が阿佐谷あたりにあって、誘われてみなで秋沢三郎の家に押し掛けた。檀一雄が太宰治の作品を褒めると、酔った勢いもあって、秋沢三郎が「太宰の腰ぎんちゃく」とか、「太宰の腰ぎんちゃくになるな」とか言った。

檀一雄は秋山六郎兵ヱの原稿まで、これはいいものだと言って持ち歩いていた。秋山六郎兵ヱの名は受験雑誌『考へ方』の懸賞小説の選者をしていたから知っていたが、檀一雄の旧制福岡高等学校時代の教授だとは知らなかった。その教授が原稿を、海のものとも山のものとも知れぬ檀一雄に託したのか、海のものとも山のものとも知れぬ檀一雄が買って出たのかしらないが、『鷭』にも載せなかったところを見ると、もっと大きな舞台に売り込もうと考えていたのであろう。

すくなくとも、檀一雄がところかまわず太宰治を褒め、なんとかして太宰治を売り出そうとしたのは、檀一雄の自信のあるところを示すものであり、檀一雄の大きさを示すものであった。それを秋沢三郎から「太宰治の腰ぎんちゃく」とか、「太宰治の腰ぎんちゃくになるな」とか言われたのだから、黙っていられなくなった。

檀一雄は秋沢三郎になんと言ったかわからなかったが、なにか言った。しかも、それがだんだん早口になり、クライマックスに達したと思った瞬間、間髪を入れずパチンと平手で、力まかせに秋沢三郎の頬を張った。北川さん（冬彦）も同席していて、そのあまりの見事さに感心し、だんだん早口になって、クライマックスになって行くあそこがすばらしかったねと言っていた。

北川さんは詩人とはいいながら、詩人という言葉が連想させるような、軟弱なひとではない。柔道が強く肩車が得意だと自慢していた。旧制第三高等学校にいたころ、旧制第一高等学校との試合で、よく琵琶湖に行った。試合のあとは喧嘩になるのである。手拭いで煉瓦を縛り、喧嘩の場に馳けつけたが、いざ振り回そうとすると、いつの間にか解けて、煉瓦がなくなり、手拭いだけが手に残っていたという。

秋沢三郎も檀一雄に平手打ちを食らって、反撃はしなかった。黙って立って窓の外を見た。みなも声を発せず黙っていた。たしか、秋沢三郎の奥さんではなかったかと思う。突然声を放って泣いた。檀一雄のような若い者から張られるようでは、秋沢三郎も先が知れていると言うのである。

なお、檀一雄から張られた我妻隆雄および秋沢三郎の名誉のために言うが、後年我妻隆雄は『週刊読売』の編集長になり、秋沢三郎はサンケイ新聞の文化部長になった。なまじ、文学などをやってたから、うだつが上がらなかったので、文学を捨ててしまえば、いずれも立派な社会人になれた人だったのである。

ぼくはそれを思いだして檀一雄に、きみに張られたやつは、みんな偉くなったじゃないかと言ったことがある。檀一雄は嬉しそうに困ったものですねと言った。なにが困ったものですね、だかわからなかったが、そうとわかっていたら、ぼくも張られとくんだったなと言うと、そうしたらちょっと立ってじゃないですかと笑った。ぼくが「香蘭」で太宰治から大きな手で握られて、悲鳴を上げながら、立たせておいていきなり技を掛けたことを、檀一雄は覚えていたのである。

なんでも、新宿あたりの喫茶店で大いに文学を談じていたとき、檀一雄は急に横光さんのところに行こうと、ぼくに言いだした。すでに述べたように、檀一雄は太宰治らと佐藤春夫のもとに走って、『日本浪曼派』を結成したぐらいで、横光さんの一門ではない。それに佐藤春夫と横光さんは決していい仲ではない。

中谷さん（孝雄）の出版記念会が開かれたとき、佐藤春夫と横光さんを同時に呼んだ。二人は中谷さんを挟んで右と左に席をしめたが、会の間じゅう互いにひとことも口をきかず、会が終わるとむろん挨拶するでもなく、そのまま右の佐藤春夫は右の出口へ、左の横光さんは左の出口へ出て行って、一同を啞然とさせた。

しかし、横光さんは文学の神さまといわれ、文壇に確乎たる地位を占めていた。そうした自信から来る余裕もあったのであろう。檀一雄の気っぷを愛していた。一門のものが盛んに太宰治の作品を褒めるのを、嬉しげに聞いていた。

横光さんの二階の書斎に通されると、すでに義秀さん（中山）がいた。石塚友二がいた。石塚友二は書店を開いて、その旗揚げにある少女（名は忘れた）の「薔薇は生きている」を出版するについての、相談をしに来ていたようである。いや、相談はまえまえから行われ、横光さんは賛成していたものらしい。れいのように袖に手を入れ、懐からさッと札を出した。二百円である。

檀一雄は間髪を入れず、傍から手を差し伸べた。そして、拝借致しますと言って、二百円を受け取り懐に入れた。この光景には度胆を抜かれたらしく、義秀さんは大きなからだを揺すって笑い、いやァ真剣白刃取りだと後々まで感嘆していた。

できればむろんその金を、義秀さんもほしかったに違いない。そのころ、義秀さんは谷中の墓地近くにいた。あの美しい奥さんもまだ元気でよくご馳走をしてくれ、さして困っていたとも見えなかったが、金買いが来たのをさいわい、歯から金冠を抜き取って酒を飲ませてくれたこともあった。

義秀さん（中山）のことが出たから、しばらく義秀さんのことを語ろう。義秀さんをはじめて見たのは、むろん横光さんのお宅でであった。義秀さんは筋骨逞しく、六尺豊かな大男であったから、ぼくはすぐだれだろうと思ったが、横光さんは敢えて引き合わそうとはしてくれなかった。やがて同門の青年にあれは早稲田大学で、横光さんと同級だった人だと教えられたのである。

そのうちなんとなく言葉を交わし、つき合うようになると、横光さんは自分から進んで、義秀さんのことを話してくれるようになった。横光さんが喫茶店にいると、下に柔道着をきた義秀さんがはいって来、盛んに文学を談じはじめた。横光さんはおかしくなって、義秀さんにお前と柔道をやったら、面白かろうなと言った。

横光さんは精悍な風貌はしていたが、瘠形で決して大きな男ではない。なにをということになったのだろう。義秀さんは横光さんの言うままに、横光さんがいたという文化会の柔道場についで行ったが、組むといきなり背負い投げを食って、額を床柱に打ちつけた。それを義秀さんに話すと、いやァ、俊敏なものですなと言っていたから、ほんとの話だろう。

後には第一書房から『貧時交』などという詩集を出していっぱしの詩人になったが、当時はまだ銀座の与太者にすぎなかった菊岡久利が横光さんを訪ねて来た。横光さんは会わなかった。菊岡久利は玄関でこんど銀座で会ったら、向こう脛をかっ払うからそう思えと、捨てぜりふを残して去った。横光さんはたちまち立って、大岡さん（昇平）の大きな家のほうへと下る坂道まで菊岡久利を追って行った。そして、その胸倉をつかんで、そんなことで驚くようで、作家になれるかと言ったのである。

事実、横光さんの小説には必ずといっていいほど、撲り合いの場面が出て来る。勝った負けたという言葉が出て来る。この場合、明らかに菊岡久利が負けたので、負かした以上横光さんはそれにこだわるような人ではない。

また、菊岡久利は『モダン日本』で、日本十大美男子に選ばれたほどの、容貌と恰幅の持ち主、つき合ってみれば明るくすずやかで、だれからも好かれた。菊岡久利という名のごときも、菊池寛の菊と横光利一の利を取って、横光さんがつけてやったものである。銀座の与太者時代の名は高木寿之助といったように思う。

しぜん、義秀さんや菊岡久利は、ぼくの家にも来るようになった。母はそれをとても喜んだので、ぼくのいないときも上がり込んで母と話をして帰った。そういえば、北川さんにしてもそうである。北川さんはすでに文壇においても、詩壇においても確乎たる位置をしめていたが、天性無邪気な愉快なひとで、夜店で掬った鰻を提げて来て、料理してくれたりした。

母もすっかり洗脳されたのであろう。天眼鏡を持ち出して、『罪と罰』や『ボヴァリー夫人』を読み上げた。感嘆おくあたわずついに横光さんを訪ねドストエフスキーとフローベールは大文豪で、二人は世界文学の土俵で、四つに組んで水がはいったようなものだなどと言ったらしい。そしたら、横光さんはいちいち頷いて、嬉しそうにそうだと答えたというから、こちらが冷や汗をかかずにいられなかった。

谷中に義秀さんをしばしば訪ねながら、奥さんからも温かく迎えてもらったりしていたので、奥さんが胸をわずらっていようなどとは、思ってもいなかった。しかし、義秀さんは母には相談していたのだろう。義秀さんの奥さんが急に容態が悪くなって、裏に墓地の見える谷中にはいたくないと言っていると、かえって母から聞かされた。

空家を探すにはたいして骨の折れる時代ではない。それでも陽あたりのいい南向き、庭もすこしはある家と八方馳け回って、母は古い二階屋ながらようやくそれらしい家を見つけて来た。おなじ世田谷でぼくの家からも遠くはない。ということは、横光さんのお宅からも遠くはないということである。軽い気持ちで往き来するようになったが、奥さんはもう二階で寝たきりらしい。義秀さんはいつもひとりで階下の座敷にいたが、谷中の家でずらりと並べていた大百科事典のようなものもない。なんだか周囲が荒びて行くようである。

義秀さんは横光さんとは違って、立派に早稲田大学の英文科を卒業していた。津や成田の中学の教師をした経歴もあり、たまたまぼくがジョイスの話をして「下宿屋」のことを「ボーディングハウス」と発音すると、「なに？　あ、バディンハウスか」と言い直して得意げに笑う。バディンハウスと発音するのが正しいことはぼくも知っていた。しかし、正しくそう読むことが、照れくさく、真面目にそれを言い直す義秀さんがおかしかった。

檀一雄が太宰治と二日がかりでつくったという文壇番付のようなものを持って来た。なんでも、これを印刷して売るつもりだったらしい。内容はほとんど忘れてしまったが、特命全権大使という欄があり、義秀さんの名が書いてある。なんで義秀さんが特命全権大使なのかと訊くと檀一雄は、そりゃ日本を代表して外国に派遣された者は、阿倍仲麻呂にしても吉備真備にしても、堂々たる偉丈夫だったそうじゃありませんかと言った。裏を返せば、文壇に名をなすとはともかく、堂々たる偉丈夫ぶりには利用価値があるというのである。

義秀さんには若者たちから、そう言われてもしかたがないようなところがあった。母も一緒になって笑っていたが、内心は奥さんの容態もああだし義秀さんも文学、文学と言っているときではないと考えたらしい。たまたま、明教中学の女校主亀谷仲さんと昵懇《じっこん》にしていたので、英語教師のくちを見つけ、義秀さんを就職させることにした。

義秀さんも藁をもつかみたい気持ちだったのだろう。喜んで勤めに出たが、その日のうちにやめてしまった。津のほうだか成田のほうだか知らないが、その人が校長だったために勤めをやめたというその人が、明教中学の校長をしていたのである。義秀さんはそれでいよいよ覚悟をきめたのだろう。もしそこで妥協していたら、文学に徹することにはならなかったかもしれない。

義秀さんは商品券を持って、母に詫びに来た。母はいまそんな心配をするときではないと言って、受け取らなかった。義秀さんはしばらく考えていたが、では改めていただきますと言い、ちょっと商品券を押しいただくようにした。

義秀さんといえば、袴こそはいていなかったが、いつも茶褐色の着物に羽織を着、角帯をしめていたという印象がある。それがめずらしくいま買って来たばかりのような黒いジャンパーにズボンをはき、あの偉丈夫がちょうど子供が新しい着物を着せられたときのような感じで、うきうきとして訪ねてきた。あるいは、そうした恰好を一度はしたいと思ってい、母が受け取らなかった商品券で買ったのかもしれない。

義秀さんは母としばらく談笑してから、急に思いついたように、真新しい『文藝』（当時は改造社から出ていた）を取り出して、ま、これを見てやって下さいと言った。横光さんの推輓《すいばん》によるものだろう、「教師の態度」という義秀さんの小説が載っていた。母もむろんそうした雑誌に載るのが、どんなに大へんなことか知っていた。義秀さんが帰ると、大の男があんなにも嬉しいものかねと言いながら、自分も嬉しそうにしていた。おそらく、これが亡くなる前に奥さんを喜ばした、義秀さんの最初の作品だったのではあるまいか。

義秀さんのお陰で、後に芥川賞を争った田端修一郎に紹介されたり、上野の宇野さん（浩二）のお宅に連れて行ってもらったりした。宇野さんのこれも書斎になっている二階に通されたときは、驚かずにはいられなかった。たしか、真夏だと思ったが、雨戸をしめ切って、電灯をつけている。たしか牧水の筆になる「いくやまかはこえさりゆかばさびしさのはてなむくにぞけふもたびゆく」という軸が掛けられていた。

宇野さんは白くのっぺりした感じのひとで、こうして書いていると、掌《てのひら》から汗が原稿用紙を濡らす。そんなときには天花粉をつけるのが、いちばんいいなどと言う。それをまた義秀さんが、天花粉ですか、なるほどねと真面目になって答えている。文学の話はしないのかと思っていると、『文學界』を開いて長崎謙二郎の作品を示し、小説はやっぱりわたくしだねと言う。ははあ、やっぱりわたくしですかと、これにももっともらしく義秀さんは頷く。わたくしとは言うまでもなく私小説のことである。

冗談かと思っていると、宇野さんは厠にでも行ったのか席を立った。席を立つと義秀さんは、感に堪えぬように仰ぎ見ながら呟くのである。宇野さんは歌うようにして書く。そんなことを言いながら、へんになってながく入院していた。文学の道は厳しいな。冗談どころではない、義秀さんは大真面目なのである。

宇野さんに連れられて、御徒町に出た。宇野さんはぼくらと左側を歩いていたのにひとり離れてすうっと右側に移る。どうしたのかと思っていると、義秀さんがこの先に蛇がいる。宇野さんは蛇が嫌いなんだと教えてくれ、はじめて義秀さんらしい笑い方をした。といって、カッカッカッとあの大笑をしたのではない。おかしくてたまらぬというように、声を抑えて笑ったのである。

すき焼き屋にはいった。義秀さんはなにか気がついたかとぼくに言った。気づかぬと答えると、宇野さんは気づかれぬように下足番に駄賃を出した。下足番に駄賃を出すというのが粋なところで、下足番もなに食わぬ顔ですばやく受けとる。そこの呼吸が大切なのだ。われわれ田舎者とは違うよと言って笑った。こんどはカッカッカッというあの大笑をしたのである。

雄図むなしく、『鸖』は二号で廃刊になった。ぼくがまだ旧制第一高等学校にいたころ、これはと思っていた友人たちにも依頼して書いてもらっていたが、すでに活字になっているらしく、古谷さんの名前でゲラ刷りが送り返されて来たという。檀一雄が叔母さんからもらった四千円という大金がありながら、どうしてすでに活字になり、ゲラ刷りまでとれるところまで行きながら、廃刊しなければならなくなったのか。

『鸖』は守部市美という人が神田で、いわゆる組み屋をやっていて、そこで組まれていた。守部市美は辻潤の序文つきで『太陽を抱く女』などという詩集を出していた詩人である。ぼくは母がこの人と知り合いだった関係から知り合い、食うや食わずの生活をしながらも、いつも意気軒昂としてひとめで九州人とわかるような人柄を愛して、よく出入りしていた。

守部市美の言うところによると、『鸖』を組み上げた段階で、古谷さんのところに集金に行った。組み屋としては当然のことである。しかし、古谷さんはこちらは座布団の修理にも困っている。『鸖』に払う金があるくらいなら、座布団の修理をすると言ったという。よし、それならばと守部市美は組んだものを壊してしまったと言って、困ってはいたろうにカラカラと笑った。

しかし、どう考えてもぼくには古谷さんが、そんな啖呵を切る人とは思えない。古谷さんは旧制成城高等学校に入学したというぐらいで、良家の子弟である。しかもそこを中退——などとぼくが言えるがらではないが——というぐらいな文学青年なのである。『鵜』に寄せられた太宰治の原稿に感動して、酔えるがごとく暗誦してみせる姿しか浮かんで来ない。

ところが、ちょうどそのころ檀一雄がぼくの家にやって来て、古谷さんを新宿で殴ったと言う。『鵜』は古谷さんと共同編集ということになっていたから、そんなこともあったろうが、毎日のように古谷さんを訪ね、あれほど古谷さん、古谷さんと言っていた檀一雄である。

その檀一雄がどうして古谷さんを殴ったのか。わけを訊いてもわけは答えず、殴ったら古谷さんがころころと二、三回ころがったと言って笑うだけである。そりゃそうだろう、古谷さんは小男で、酒のせいか肥っている、というよりむくんでいる。これに反して檀一雄は背も高く、剣道ででも鍛えたように、見るからに精悍なからだつきをしている。そんな檀一雄に思い切って殴られたもんなら、古谷さんでなくっても、たまったものではない。

檀一雄はただ笑うだけだが、なにやら興奮している。母も察するところがあったらしく、ぼくたちが飲みに行こうというのを、むしろ歓迎するように送りだしてくれた。新宿で飲んだ。銀座で飲んだ。浅草で飲んだ。飲みながらふとぼくは義秀さんに真剣白刃取りだと感嘆させたあのことを思いだした。言うまでもなく、横光さんが石塚友二に渡そうとした二百円を、檀一雄がさっと受け取ったあれである。あれは檀一雄がなんとか『鷭』を存続させようと苦慮していたときの、降って湧いたような好機だったのではなかったろうか。しかも、その二百円をもってしても、もはやいかんともなし得なくなっていたのであろう。

太宰治はぼくたちと飲み歩きながらも、ぼくたちのように、荒れっぱなしに荒れるようなことはなく、机に向かうことは忘れなかったようである。同人雑誌に毛のはえたような雑誌にではあるが、着々と作品を発表した。それがいかにもしゃれていて、いずれも評判がよかった。

檀一雄はここでひと押しすれば、もう文壇に出ると考えたのであろう。『鷭』の廃刊にもこりず、また同人雑誌を出そうと言いだした。雑誌名はノヴァーリスの作品からとって『青い花』。青い花は無限への憧憬の象徴とされている言葉だが、檀一雄はこれは太宰治を文壇に出すためにやるのだから、目的が達しられれば、一号出しただけでもやめる、とハッキリ言っていた。

こんどは古谷さん（綱武）のふの字も口にしなかったが、人材集めには熱心で、表紙などにも趣向を凝らしていたらしい。檀一雄は太宰治が資生堂の化粧箱を出して来て、こんな模様がいいなんて言うんだとこぼしていた。

すでに述べたように、檀一雄には画の才もあり、素養もある。それにたとえ一号で終わらすにせよ、表紙に資生堂の化粧箱の模様をなんて言われたんじゃ、こぼすのも無理はない。しかし、太宰治の文学にもそんなところがないとは言えない。

太宰治の同郷には、葛西善蔵がいるではないか。すこしは葛西善蔵でも学ぶがいい。どこの飲み屋でだったか、酔いにまかせてそんなことを言ってると、たまたまいあわせた北川さん（冬彦）が、太宰治はすでに葛西善蔵じゃありませんか。ただし、赤ネクタイをした葛西善蔵ですかね、と自分で自分の言葉がおかしくなったように、愉快げに笑った。

その後、太宰治と新宿で飲んで、遊廓にとまった。どういうわけかそのときは、檀一雄はいなかった。翌日、二人で肩を並べて、新宿駅のホーム下の広い通路を歩いたが、まだ人かげはほとんどない。そんな早くに出て来たのである。太宰治は妙に黙っているし、こちらも別に誘いかけて言う気もしない。

遊んだ後にだれもが感じる、あのなんともいえぬ空しさ、味気なさを互いに抱かせられているのだろう。そう思って気にもとめずにいたが、太宰治がふと葛西善蔵の名を口にして、葛西善蔵なんかヘドが出るほど読んだと言った。いまごろなにを言いだすのかと思ったが、すぐ赤ネクタイをした葛西善蔵うんぬんが耳にはいったのだと気がついた。

むろん、そんなことを太宰治に、檀一雄が言うはずはない。北川さんはなおさらである。とすればこのぼくしかないが、そういえば太宰治はゆうべ機嫌よく飲んでいた。その酔いにまぎれて、むろん北川さんが言ったなどとは言わず、ぼくの言葉として、ぼくが言ったに違いない。それほどあの言葉にぼくは、わが意を得たりと思っていたのだ。

太宰治もこいつ奴がぐらいなことを言って、つい聞きのがしていたのが、けさになって甦って来たのだろう。太宰治はじゃと言って、ホームへと上がって行った。ぼくもじゃと言ってそのまま歩きつづけたが、お互いになんの挨拶もせず別れたような、索漠としたものを感じないではいられなかった。太宰治にしてもそうだったに違いない。

檀一雄はほぼ『青い花』発刊の目処《めど》がついたから、新宿の「モナミ」に来てくれと言う。行ってみると、いかにも檀一雄好みの盛大なもので、驚くほど人が集まり、飲んでは盛んに文学を論じていた。『鷭』のときとは違って、こんどは同人費をとる魂胆らしいが、これだけ集まれば軽く同人雑誌の一つや二つ出せるだろう。

そう思ったが、いたずらに会合を重ね、気焔を上げるだけで、いっこう出そうにない。これでは飲み食いで、同人費もとんでしまう。もともとぼくは引っ張り込まれて同人になったので、作品を発表する気などまったくなかった。まったくなかったが、檀一雄が太宰治のために、賭けようとしてしたことだ。

ひと事ならず心配していると、やっとのことで『青い花』が出た。檀一雄が太宰治に譲ったのだろう。表紙にはほんとに資生堂の化粧箱の模様のようなものが使われていた。しかし、いざ出来てみると、シャレていて、それはそれとして悪くはない。ただ、作品の数が少なく、いかにも薄っぺらなのである。

その薄っぺらな『青い花』に、太宰治は「ロマネスク」を発表した。これで太宰治の文壇進出は、ほとんど決定的なものになった。檀一雄の目的は達しられたのである。かねて、檀一雄が目的さえ達しられれば、一号出しただけでやめると公言していたように、『青い花』は廃刊になり、やがて佐藤春夫をいただく『日本浪曼派』と合流した。

すでに述べたように、ぼくは行動を共にしなかったが、『青い花』はそのよって来たるところを見ても、独逸浪曼派といってもいいようなものである。これが『日本浪曼派』と合流することは自然のなりゆきといってよく、多くの人材を輩出して、一時代の日本の思想を形成して行ったことを、知らぬひとはあるまい。

太宰治の登場と相前後して、『文藝』に兵本善矩の「靫の男」が掲載された。なんでも小林さん（秀雄）の推輓によるものとかで、みなはさすがにと舌を巻いた。上司小剣は文芸時評で、「谷崎潤一郎の『春琴抄』と四つに組んで、勝ったと言いたいが、土俵ぎわで押し切られた」と書いた。横光さんも「芸だな」と感嘆し、横光さんの書斎に寄るほどのもので、これを口にしないものはなかった。

ある日、横光さんを訪ねると、書斎の角に茶褐色の着物を着た貧相な小男が、借りてきた仔猫のように正座している。横光さんに言われて、ぼくはこれがあの兵本善矩だと知った。たちまち連れ帰って母に会わせ当分泊まってもらうことにして落合に行き、檀一雄に引き合わせた。なにはともあれ、飲もうということになり、檀一雄が先立って歩く。兵本善矩はひと目で惚れ込んだらしく、その後ろ姿を見ながら、うん、あいつはものになるかもしれんと呟いた。しかし、いざ飲みはじめるとなると、この貧相な小男が次第に正体を現して来た。借りて来た仔猫どころか、虎も虎すさまじい虎なのである。

兵本善矩は飲みだすと、底なしに飲みつづけてやめようとしない。しかも酒癖が悪く、なにをしでかすかしれないのである。「叛の男」の評判に力を得て上京したらしいが、それでもらった稿料など高が知れている。ぼくらが会ったときは、すでにすっからかんになっていた。ぼくらはむろんそんな兵本善矩の懐を、あてにしているわけではなかったが、飲み歩くうちこちらもすっからかんになった。

さすがの檀一雄も、これでひとまず引き上げようと言ったが、兵本善矩はまだ飲むと言ってきかない。それではみんなでぼくの家で飲もうと、ぼくも誘ったが、兵本善矩は耳をかそうともしない。檀一雄は覚悟をきめたのだろう。よし、河上さん（徹太郎）を訪ねて、借りて来ようと言った。当時、河上さんはたしか白金台町にいたから、ぼくらはそのあたりの店まで来ていたのかもしれない。

河上さんの家は広く、鉄格子の門扉の横に、小さな鐘が吊るしてあった。兵本善矩が撞木《しゅもく》を取ってこれを叩くと、女中が出て来て門扉を開けた。檀一雄はなんの躊躇もなくはいって行ったが、兵本善矩は鐘を叩くのをやめない。やめないばかりか調子に乗って、ちょうど火事を知らすとき半鐘を鳴らすように、「カン、カン、カーン。カン、カン、カーン」と鳴らし、止めてもきかないのである。

あまり出て来ないのではいってみると、明るく電灯に照らしだされた洋間で、檀一雄は大きなテーブルを挟んで、河上さんと向かいあっている。かくべつものを頼んでいる様子でもないが、暗い庭のむこうから、兵本善矩の叩く鐘の音が「カン、カン、カーン。カン、カン、カーン」と聞こえて来る。

ぼくはいたたまれなくなって、檀一雄を連れ戻そうと思ったが、檀一雄は悪びれもせず出て来た。河上さんからいくらせしめたかは知らない。しかし、流連《りゅうれん》（いつづけ）はしたが、まだ荒亡《こうぼう》（遊び）はしないと駄々をこねる兵本善矩の言いぶんを聞いて、三人で新宿に戻り、遊廓に繰り込んだのだから、それに見合うだけのものはもらったに違いない。

しかし、こんなことすら、ほんの序の口だった。兵本善矩は酔っては知名の作家、知名の出版社を片っ端から訪ね、あの「靫の男」の評判も、自分で目茶目茶にするようなことをして、ほうほうの態で引き上げて行った。ぼくは物の怪が落ちたようにほっとしたが、去れば去ったで妙に懐かしい。思いだすともなく思いだしていると、兵本善矩から手紙が来た。東大寺の上司海雲が面倒を見るという。きみも奈良に来ないかと言うのである。

ぼくはいままでの生活を吹っ切る絶好の機会だと思った。母も賛成してくれた。横光さんも北川さんもむしろ激励してくれた。明日はいよいよ発とうという日、檀一雄を訪ね東中野で飲んだ。宇野さんがその小説を褒めていた、あの長崎謙二郎の店でである。

しかし、互いに談笑しながらも、その笑いは空しく消えて行くようだった。互いに互いが去っていくような気がしたのだ。そうだ、太宰治、檀一雄、ぼく、絣三人組は一つの枝になった三つの果実のように、熟すれば枝を去って、それぞれの道をとらなければならない。深夜、檀一雄は駅まで送って来、いつ帰るとぼくに訊いた。ぼくはただきァと答えたが、まさかながい戦争をおえ、いわゆる戦後もおえようとするまでのながい年月、会うことなしに過ぎようなどとは思わなかった。

（「読売新聞」一九八一年十一月二十七日〜十二月二十一日）

檀一雄　花と孤愁――『火宅の人』を読む

檀一雄の『火宅の人』を読んだという声を、実に多くの人々から聞いた。いや、こんな人がと思うような人からも、そうした声を聞かされた。そうした人たちは等しく「一気に読まされてしまいましたよ。小説としていいかどうかはわからないが、とにかく凄まじいもんですね。圧倒されました」と言うのである。ぼくもまったく同感で、そうとしか言いようのない、有無を言わせぬものを『火宅の人』は持っていて、洪水の中に相共に押し流されそうな心地にさえさせられる。殊に、ぼくなどは檀一雄を親しく知っていただけに、思いは思いを呼んで、『火宅の人』が小説として書かれたものであることを忘れるのである。

たとえば「29年　8月9日　奥秩父ニテ落石ニ遭イ、肋骨三本ヲ折ル」とある。するとあれからもう二十三年にもなるのかとまず思う。そのころぼくは奈良を振り出しに各地を転々とした生活をひとまず打ち切って、東大久保の高台にあるアパートの二階に落ち着いて、新宿一円の街の灯を眺め渡しながら、友人たちが提げて来てくれる焼酎をあおっては、徹夜も辞さず談論してい、たまたま斯波四郎から、檀一雄の入院のことを聞き、「きみはむかしからの友だちなんだろう。見舞いに行かなくてもいいのかい」と言われた。

むかしとは『火宅の人』に「私の収入は、大変むらが多かったが、あらまし、月に五六十万円から、百二三十万円ぐらいであったろう。原稿なら、頼まれれば何でも書いた。多い時は連載十本を越えていたようなことがあったかもわからない。（略）そのむかし、わずかに二三枚の原稿を、深夜、書いては破り、破っては書いていた頃の、苦渋の思い出と、考え合わせてみると、まったく、自分でも隔世の感が深い」とあるむかしである。そのころ、檀一雄は下落合の二階屋の二階に住み、壁に大きな紙を貼って何日までに小説何十枚等々と書き込んでいた。流行作家も顔まけのようなスケジュールである。驚いて「こんなに注文があったの」と訊くと、「ある筈がないじゃありませんか」とあの心持ちうわ向いてする、檀一雄独特のすがすがしい笑いを笑うのである。ときに、得意げに一篇の詩をみせて、ひとには苦渋の色などまったくみせなかった。いつも絣の着物を着、学生服も着ず、学校に行く様子もなかったが、これが若き日の檀一雄で、『火宅の人』の中にもそうしたいかにも檀一雄らしい檀一雄を、ぼくは随所に生き生きと見ずにはいられない。

それはともかく、ぼくはそれから連日のように慶大病院に見舞いに行ったが、ある日檀一雄はベッドに寝たまま、雑誌『改造』の記者に口述をとらせていた。『改造』は間もなく廃刊になったので、その口述は載ったのか載らなかったのかしらないが、突然興奮した口調になって、「やっぱり、太宰治が言ってたのがほんとうだ。志賀直哉じゃいけない」と、言って口をつぐんだ。その意とするところはわからなかったが、ぼくはおやと思わないではいられなかった。太宰治を信じていたことはわかる。しかし、檀一雄が同人雑誌『新人』（同人雑誌ながら、檀一雄は檀一雄らしく、大新聞に三段六ツ割かなにかの広告をでかでかと出して当時の文学青年たちの度胆を抜いた）に掲載した処女作「此家の性格」は色合い物語こそ違え、その筆致息づかいを一見しても、志賀直哉の『暗夜行路』の序章をなぞったものである。またその太宰治をなんとしても認めさせると言って、クォータリー『鷭』や同人誌『青い花』を発刊したが、『鷭』は同名の志賀直哉の小説からとったほどだ。

檀一雄は退院すると、お礼だといって一夕ぼくを石神井の自宅に招待してくれた。寄せ鍋でなかなかうまかったが、すくなくともぼくにはまだ「私は自分の家に居さえすれば、終日だって、自分の肴の仕込みに熱中している。刺身庖丁、出刃庖丁、薄刃庖丁、西洋庖丁と、ズラリとならべ、それをたんねんに研いでみたり、芋をむいたり、魚を割いたり、あっちでグッグッ、こっちでグッグッ」といった気配は感じとれなかった。傍にはふくよかな老婆という気のしない、美しい婦人が坐っていた。檀一雄はことさらに紹介はしなかったが、至極しぜんに「お母さん、お世話になったんだよ」などと言っている。ぼくは思いだすともなく慶大病院で檀一雄が、足をさすらせていたふくよかな美しいお嬢さんのことを思いだした。訊くと笑って檀一雄は、「妹だよ」と言った。妹といえば、檀一雄から妹だと言って紹介された娘がいる。そのひとは檀一雄とよく似ていたが、妹だよと紹介されたお嬢さんは檀一雄とは似ていない。「似てないね」と言うと、檀一雄は「そりゃァ、そうでしょう。種違いだもの」と笑った。そういえば、あのお嬢さんはそこにいた婦人とそっくりで、檀一雄は下落合にいるころ、『鷭』を出しておばさんから四千円借金したと言っていた。そのおばさんがこの婦人だったのではないかとふと思ったりした。それにしても、このおおらかさはちょっと真似ができないなと、いまさらのように檀一雄の人柄に打たれずにはいられなかった。

檀一雄はすでに「此家の性格」で、この母のことを思いあたらすようなことを書いているし、『火宅の人』ではやがて起こるであろう、矢島恵子との恋愛事件を語って、更にズバリとそのことに触れている。「それにもかかわらず、私は、恵子と同席で一郎に会うことだけは、極力さけた。自分の幼年の日の抜きがたい印象を、まざまざと記憶しているからである。母の情痴事件なのである。当時十歳だった私は、その大学生と、母と、私と、同席した時に、やっぱり子供心に青ざめた。性の知識なぞ何もない。また、私の目の前で、どんな愛の囁きが交わされたわけでもない。ただ本能的に、母とその大学生との浮き立ったような男女のつながりを感じとり、カッカッと火の出るように恥ずかしかったのである。憤ろしかったのである。是非善悪の愛情の価値判断では決してない。今では、その母の情痴に関して、私ほどあわれ深く回顧する者はないだろう」。「今では」である。天性のおおらかさと見える檀一雄の人柄も、すでに幼年の日からの厳しい哀しみに耐えて、いわば自力本願によって得られたものだったのだが、そのときはそこまでは思わず、寄せ鍋で飲んでいると、突然檀一雄は、

「井上靖さん（どうしてそんな名が出て来たのかわからない）。あの人だって、シンとした寂しいものを持っている人ですよ」

「シンとした寂しいところ？」

ぼくはそう問い返したが、これはあの豪快な檀一雄が下落合のころから、いつもきまって口にする言葉で、『火宅の人』にも随所に出て来る。ぼくはそれから思いだしたように檀一雄を石神井に訪ねて友人たちを紹介したりしたが、思うところあって東大久保のアパートを引き払い、山形県庄内平野に遊んだり、三重県尾鷲市で働いたりした。『火宅の人』はじつにそのころから筆を起こし、ぼくがふたたび上京するまでの、まったくぼくの知らなかった間の檀一雄が語られている。随所に若き日の檀一雄を彷彿させるような、ひさびさに見る英雄遍歴譚である。この英雄に、『ヨブ記』を思わすように秩父落石、つづいて、次郎の日本脳炎が襲いかかる。この次郎もぼくは知っていた。ぼくがテーブルを間にして檀一雄と向きあっていると、ぴったりと傍によって来て、箱かなにかの上にきちんと坐る子供がいる。えらくおとなしいいい子だと思っていたが、いつの間にかぼくの前の菓子がなくなっている。ぼくが話している隙を見すまして、すっと手を伸ばし、菓子をとって食べては澄ましているのである。檀一雄が面白

げに笑って語るところによると、なんでも先祖が柳川藩の財政に関与したことをしているので、遺伝的にクスネる才能があるのだそうだが、あの可愛い子が廃人となり、ときに「『ククーン』と云う不思議な笑い声」を漏らし、「もう、人に対する笑い声ではなく、太虚に向って、ひそかに自足しているような、あてどのない響」だなどとあるのを見ると胸を痛めないではいられない。

しかし、こうしたぼくの『火宅の人』の読み方は、私情に溺れすぎてはいないだろうか。ぼくらはこの部厚い現実の中を歩いていて、ふとこれは小説になると感じることがある。そんなとき、ぼくらはそれがなにを純粋に抽出し、あるいは帰納し演繹し、必要にして充分な小説の世界を実現して、読者をその世界のなかに密閉する。密閉されてある以上もはや別個の現実として、この部厚な現実から分離されねばならない。況んや、私情に溺れることにもたれかかることなど許されないわけだが、こんな小説に対する考え方を固執せず、これを密閉小説というジャンルをつくるものとして、非密閉小説というジャンルがあり得ないかどうかを問うてみたい。そこではむしろこの部厚な現実が混入付着し、小説としての必要にして充分な純粋な小説の世界の実現を、みずから拒むことになるかもしれない。しかし、この非密閉小説もその混入付着によって部厚い現実となり、ぼくらが部厚い現実を歩いていて、ふとこれは小説になると感じるように、非密閉小説から小説を感じさせることはできないだろうか。ぼくに『火宅の人』を読んだと言った多くの人々は、むろんぼくのように檀一雄とジカに交わったことはないのである。しかも、そうした人たちも「一気に読まされてしまいましたよ。小説としていいかどうかはわからないが、とにかく凄まじいもんですね。圧倒されました」と言ったのだ。

志賀直哉の小説は一見、この部厚い現実と接続しているようにみえる。事実、そこに登場する人物から現実の人を連想することも、連想された現実の人から小説に登場する人物にある想いをはせることも可能である。ところが、それは驚くべき節度をもって描かれ、倫理的なまでの構造を持つことによって完璧に密閉された世界をなし、たやすく挿話《エピソード》を入れることをみずから拒絶する。挿話もまたそれ自身が世界であり、密閉の完璧さをさまたげるからである。ところが、檀一雄の『火宅の人』はそんなことに頓着していない。「たとえば……」という前置きを乱用かと思えるほど多用して、平然と挿話をもって語り、あたかもシャープに写されたカラー写真を見せ、それらを両手で両傍に押し開いて、みずから進み出て思うところを存分に語り、かつ訴える感がある。あえて記述の重複なども恐れぬかのようだ。慶大病院のベッドで檀一雄が突然、「やっぱり、太宰治が言ってたのがほんとうだ。志賀直哉じゃいけない」と言ったのは、あえて密閉小説から訣別して、非密閉小説のジャンルに踏み切ろうとする決意だったかどうかわからない。檀一雄はそれなり口をつぐんでしまったのだから。しかし、檀一雄は深く志賀直哉に傾倒していたと思われるだけに、たえずその金縛りから逃れようとしていたことはたしかだろう。ちょうど、『火宅の人』の主人公が寂寞と孤愁（それが「シンとした寂しい」という言葉になって出て来るのだが）をあれほど愛しながら、その寂寞と孤愁を恐れて、戦おうとせずにおれなかったように。しかし、どうしてあんなにも恐れ、戦おうとせずにいられなかったのか。それは檀一雄が身をもって、寂寞と孤愁が本来の相であることを知っていたからで、そのために檀一雄は「『ククーン』と云う不思議な笑い声」を漏らし、「もう、人に対する笑い声ではなく、太虚に向って、ひそかに自足しているような、あてどのない響」をたてる『火宅の人』の次郎に二人だけで住みたいといったほのかな憧れをすら感じるのだ。

そのような本来の相に触れる眼差しは『火宅の人』の致る所で見ることができる。「これもその頃垣間見たバカげたエロ映画の一つであったと思うが、フランスの兵士か何か、野ッ原の中で、二人の女性に会い、その一人と接吻抱擁しているうちに、いつのまにか、三人卍巴の交渉になり、（略）草上の狂乱をほしいままにくりひろげているわけだが、彼ら三人の狂態をよそに、いや、それを撮影したであろうカメラマンの思惑のそとに、ススキだか枯葦だか、遠いあたり、蓬々と乱れそよいでいる尾花の揺れが、一瞬、痛いほどの底深い凄涼さで眼にうつり、ああ、やがて肉のことごとくが朽ちほろびて、いずれ帰るところはあの草の根だな、とまことにつまらない感傷までが、にわかにヒシヒシとした実感に変って、シンと鎮まるような其の場の鎮静が感じられたことがある。つまりは、人間の生態が、その極限のみじめさで、自然の中に投げ出されていたせいであったかもわからない。しかしどのように気高くとりつくろった男女の愛慾も、いずれはあのススキの中のはかない作為の狂態と、大してちがいのあるものではないだろう。まもなく我々を噉む死の波濤が巨大に過ぎるからである」

しかし、このような本来の相を見ることで、『火宅の人』は決して諦念に止まってはいない。それを檀一雄は人なみはずれた健康のせいだと言っている。つまり、生きものとして、生きる力が横溢しすぎているのである。こうした主人公がむろん諦念に止まっているはずもなく、もし諦念に止まっていないとすれば、英雄遍歴譚をなすか、更には懸軍万里の遠征をなすかしかない。『火宅の人』に檀一雄は「そうだ。私にとって、旅の記憶の大部分は、路傍に売られている雑多な食糧の埋積の模様と、それを買い漁って煮たり炙ったりしながら喰った、さまざまな飲食の思い出ではないか。なにも日本の町々に限らない。中国でも、朝鮮でも、台湾でも、いやいやモントレイの桟橋まぎわで買ったウデ上った蟹の色、ニューヨークの支那町で買い漁った豚のモツ、ロンドンの市場で買ったゴリゴリの蕪の歯ざわり、鮭の温燻、パリの火曜市だの金曜市だのに夥しく積み上げられた兎だの、家鴨だの、馬肉だの、牡蠣だの、雲丹だの、エスカルゴーだの、ムール貝だの……。そいつをホテルに持って帰って登山用の俎板や庖丁やコッフェルでこっそりと調理しながら、一人で飲む粗悪な葡萄酒」と書き述べているが、まるでそうした遠征における戦利品の趣きを呈しているではないか。いずれにせよ、贅を尽くした料理にはどこかに殺戮のにおいがただようものである。しかも、料理者にとってその殺戮が不思議に愛情になっているのだ。「ひょっとしたら私がある町にいると云うことは、そこの町の魚屋、野菜屋、肉屋等をうろついて、アンコウのモツをもう一切、皮と背鰭のところをもう一切、などとその魚肉に触ってみたり、ごねてみたりしている生活以外のものではないのかもわからない」

ぼくが檀一雄から一夜招かれて馳走になり、こうした料理をはじめて目のあたりにしたのは、ぼくがふたたび上京してからのことであった。すなわち、『火宅の人』に描かれている期間は、ほぼぼくが東京を去り、ふたたび戻って来た間にあたっているのである。むろん、ひどく喜んでくれ、ぼくも嬉しくなにをおいても語りあいたかったのだが、檀一雄はなにはともあれ馳走してくれたかったらしく、大きな手袋をはめ、これは何々料理、これは何々料理と世界の国々の名を上げながら、鍋や皿を運んで来、「河豚の料理の免許をとる。とったら、第一番に森君に食ってもらわなきゃあね」と笑ったりした。おおよそ、「自分で煮炊きした丸ごとの豚の肝臓や、四五時間も煮とろかした牛の舌などのようなスケールのでかい手造りの食物を、ドカドカと大皿の上に切りならべて手摑みに喰ってみたいような」と『火宅の人』にあるたぐいのものである上に、河豚の料理を第一番に食わせられたんじゃと、食わざるにすでに辟易したが、檀一雄は「手摑みに喰ってみたい」というより「手摑みに食わせたい」のが檀一雄の本領で、檀一雄は戦利品をなにもかも、押しつけてでも分けてやりたいのである。そして、なんと言うかと思うと、「ぼくは坂口安吾から料理だけは許すと言われてたんだ。でないと、きみは気が狂うだろうから、とね」とニコッと笑うのだ。

いや、料理ばかりではない。随所に現われる風景描写も、いわば贅を尽くした饗宴で、これまた戦利品なるがごとく『火宅の人』に「おそらくクイーンズのファウンテン・レイクか、キユウ・ガーデンの湖畔の別荘地帯をドライブしていた時だったろう。何の話からか、輝いている空の雲だって、湖水の見事な眺めだって、あの森だって、みんな桂（『火宅の人』の主人公の名である）銀行が貸出している財産だ、取り返そうと思えば、いつだって取り返せる、あの雲の光り具合だって、水の輝きだって、森の繁みだって、あの樹立の梢の揺れざまだって、桂銀行が貸出しているものです。欲しかったら、いつでも取り返してみせますよ……」などと述べている。更についに癌の危惧からS病院に入院しても次のように記して、あくなく景色を希求してやまないこと、なんら料理のそれに対すると異なるところがない。「私は鼻から胃の腑まで、長いゴム管を抜き通され、係りの看護婦が四十分に一度ずつ、試験管にたまった胃液を換えにやってくるのを待つのである。彼女は四十分に一度ずつやってきて、何の表情もなく、その胃液をちょっと空に透して眺めやり、新しい試験管と交換するわけだ。ゴム管を嚥んでいるから、動くと呼吸がつまる。そのゴム管が喉を逆撫でするのである。さりながら、その四十分の空が、まことに美しい限り……。ちぎれ雲が、左から右に、左から右に、動くともなく動いてひろがってゆくのである」しかも、檀一雄は料理にそうであったように、一刻千金とでもいうべき素晴しい風景描写を、押しつけてでも分かち与えようとしているかにみえる。

『火宅の人』は次郎発病につづいて、矢島恵子との痴情問題から妻ヨリ子との心情の背離から来る家庭の火宅化の様相を描いている。しかし、これとて世間にはざらにある話で、しかも欺瞞のうちになにごともないかのように保たれているのだが、主人公はなんとしても男であることしかできない男であり、矢島恵子は女であることしかできない女であり、妻ヨリ子はもはや女であってはやって行けない環境にある女である。ここにその必然があるだけに、救いようのない事態が起こる。その発端を『火宅の人』にはこう描いている。

「『ヨリ子』『何でしょう?』幾分強ばった妻の顔がこちらを向いた。『僕は恵さんと事を起こしたからね、それだけは云っておく……』『知っています』」知っていても、「僕は恵さんと事を起こしたからね、それだけは云っておく……」などと言わなければ、ヨリ子はすくなくとも表面は黙っていただろう。黙っていただろうことは分かっていながら、それをあえて言わずにはおのれが許せないというのが、この主人公であり、ここにもどこかに殺戮のにおいがしないでもない。当然、矢島恵子との同棲がはじまる。しかし、ここにも救いの手掛りがまったくなかったわけではない。「私がある週刊誌に小説を連載していたところ、作中の主人公がしばしばスクーターを乗りまわす話があって、そのスクーターのことを、私は何の思い違いか、不用意に或る会社の特定の製品の名で書いてしまった」ことから、その製造会社からサイド・カーつきのスクーターをもらう。その練習場が浅草の下宿にはないことから、石神井の家に運んで来ると、意外にも妻のヨリ子が運転できるのである。「その細君のすぐまうしろ。クッションの柔かそうな補助椅子が目についたから、咄嗟に飛びのり、『さあ、飛ばせ』私は雷族のアベック風景よろしく、細君の腰にしがみつくのである。『いやですよ』と細君は一度腰を浮かせかかるが、『わー、チチさん、上等ね。早く、ね、早く、お池を廻ろ』子供達の歓声があがってはもう駄目だ。細君もようやく観念したようにアクセルを廻し、サイド・カーは威勢よく、辺りの朝靄をついて驀進する。私は思いがけない細君との親昵《しんじつ》を、久方ぶりに肉感として感じとったような、奇妙な、後ろめたい、昂奮をさえ覚えながら、細君の腰まわりに、しっかりとしがみついたままだ。しかし、一番昂奮したのは子供達であったかもわからない。『乗ろう。ね、スクーターに乗ろう』と私達の顔さえ見ると、せがむ。それも母だけの運転では物足りない面持で、『チチもおいで。ね、チチも乗ろう』私は子供達のさそいに応じて、図々しく、細君との相乗りに馴れたが、細君もまた私との相乗りに馴れた。私はしばらく浅草に帰ることさえ忘れてしまった有様だ」

ぼくはこれを読んでいて、はしなくも『法華経』の「譬喩品」を思いだした。たしか、火宅のたとえはこの「譬喩品」にあった。もうだいぶ前に読んだので定かには覚えていないが、こんなことであったのではなかろうか。ある長者がふと振り返ると、家が燃えている。中には大勢の子供たちがいるのである。驚いて救いに馳け込んだが、すでに梁のあちこちで火を噴いているのに、子供たちは悪ふざけに夢中になっていて、早く逃げよと言っても耳に入れようともしない。そこで長者は子供たちに、「お前たちがいつも欲しがっていた、鹿の曳く小さな車が外に来ているよ」と言うと、子供たちははじめて長者の言葉を聞いて、長者について馳けだして来た。しかし、外には鹿の曳く小さな車などなかった。子供たちがなじると、長者は「なるほど、鹿の曳く小さな車はない。しかし、お前たちにはあれを上げよう」と言って子供たちに指さしてみせた。そこには白象の背に置かれた見事な大きな乗り物がある。子供たちは乗り物によじのぼって歓声を上げたという大乗への導きの教えだが、この教えの根底にも大乗への導きのためとはいえ、騙しから逃れられぬということ、いや、むしろなぜ究極においては騙しという概念を哲学しなければならぬかを示唆している。檀一雄がとくに「火宅」なる一章をもうけて、スクーターの話を語っている以上、この「譬喩品」を心に思い浮かべていたことは間違いない。

しかしこれもそれなりになってしまうが、男であることしかできないほど男であるということ、生きるものとして生きる力が横溢しすぎるということのためだとすれば、健康すぎるということにはすでに悪徳でなければならぬ因子があり、道徳は衰退を待たねばならぬと云えぬことはない。『火宅の人』にも「それは、ほとんど私の心身を八ツ裂きにするように私自身を駆りたてて、逸脱へ、逸脱へと、追い上げるのである。その恐怖に怯える日に、時には、呪文のように、よし、己の天然の旅情にだけは忠実であれと、つぶやいたこともある。それ以外に私に云い聞かせる鎮魂の言葉がないからだ。魚玄機ではないが、私は早く四十の日を待った、いや五十の日を待った、いや、六十の日を待っているとさえ云える。私の枯渇が、即ち静かな慰安であり、大いなる休息であるような時間への期待である。例えばカザノバでさえ、四十八歳から後の放逸のことを聞かないではないか。おそらく、平穏な市井の人にまぎれ帰れたのであろう」と述べているが、これは諦念などとはほど遠い、絶望とすら言えるだろう。しかし『火宅の人』の主人公は絶望することができず、いよいよ征服しようとかかるのだ。

たまたまA財団の招聘があったのを幸い、『火宅の人』の主人公は欧米旅行を試みることになった。「私は自由が欲しかったのだ。人の世から、もがき、のがれるほどの、苦しい自由が。嗤《わら》われることは、覚悟の前であった。私もまた、彼らと一緒に、さかんに嗤いたいのである」と『火宅の人』の主人公は述べているが、ふと愛人矢島恵子はかつては馬賊だった有力者島村剛の囲われ者だったという囁きが甦り、その部下に殺されるかもしれぬという恐怖感から、自殺の真似さえ繰り返すのである。「深夜（ニューヨークのアール・ホテルの）部屋の窓をこじあけては、『ギャッ』自分の頭脳を犬のうんこのあたりに、こなごなに粉砕させる幻影に辛うじてささえとめられていたようなものだ。『ギャッ』『ギャッ』の口癖は、その頻度を増していったけれども、しかし、戸外に向って窓枠に腰をかけるのはやめた。ブラインドの綱が腐触しかけていることに、気がついたからだ」この自殺の真似とはなんであろう。「明瞭な相手を手に取ることが出来」ぬ暗殺者とは死であらねばならぬ。この死に対してある種の動物が死に襲われたとき、死んだ真似をして死から逃れようとする、生に対する猛烈な執着にほかならない。おのれに対する偽りといえば、これほど滑稽な、しかも当人にとっては切実な偽りはないといっていい。

しかも、こうした『火宅の人』の主人公が毛利氏に会うのである。「『忙しそうに歩いているでしょう? ニューヨークにくると、すぐあのテンポに巻きこまれてしまいますよ』毛利氏はそう云って、私の肩にかばうように手をかけながら、横断歩道を渡って行く。なるほど、その毛利氏の足どりも、舞うように早い。『でも、ニューヨークは、歩くのが一番いいですよ。あとは地下鉄、タクシーはいけません……』ウォール街の中を抜けて行った。その両側の銀行や、証券会社の玄関の真上のあたり、何の祝祭か知らないが、星条旗がハタハタと鳴っていた。突きあたって、右に曲る。その左手の建物を指さして、『スチルネル教会です。煤煙で随分よごれちまっておりますが……、いい教会でしょう?』その教会は、吹きだまりの積雪の中に、まるで烏が羽根をひろげたように、どす黒く建っていた。『私、信徒でも何でもないんですけど、時々、フラリとここにやってきては、この教会の中で一二時間、坐りこむんです。すると、奇妙に心が鎮まりますね』そう云って、私の肩を支えながら、教会の門口に立った。『ちょうど私、一時間ばかり、すぐそこの事務所で用談がありますから、その間、あなたもためしに坐ってみてごらんなさい。すぐ帰ってきます。あとで御一緒に、銀行へ参りましょう』」この毛利氏は『火宅の人』の主人公が友人の壺野から、困ったら頼めと言われていた人である。とすると、毛利氏はもはや仏といっていいのではあるまいか。このようにしてこの話は「譬喩品」の火宅の教えを思いださせ、はるかに照応していることに気づかされる。時間はこの照応によって様式化され、ぼくはさきに『火宅の人』を非密閉小説といったが、この部厚い現実からふと小説を感じるように、『火宅の人』から小説を感じて来るのだ。

しかも、『火宅の人』の主人公の眼前にはしばしば、ただそれを待つしかない「四十の日、いや五十の日、いや、六十の日」の行きつく先として、養老院の老人達がズラリと塀ぎわのベンチに腰をおろし、つくねんと南の日射を浴びている素晴しい冬晴れのブルックリンの渚沿いの光景が現れたり、互いに支え合いながら、死に向かって歩くようにとぼとぼと行く老夫婦の姿が現れる。むろん、『火宅の人』の主人公はそうした寂寞と孤愁こそをもっとも愛しながら、もっとも恐れて戦わずにはいられなかったものであることは、すでに述べたとおりである。しかし愛人矢島恵子はむろん、菅野もと子も実吉徳子もそれぞれの人生を見せながら『火宅の人』の主人公から去って行く。こうしてすべてのものが去って行くことこそ、死ではあるまいか。

檀一雄に石神井に招かれた夜、ともに新宿に出ていわゆる檀街道と呼ばれる裏街の店々で飲み、新宿駅のホームに立ったとき、

「『男の放浪記』(ぼくは『火宅の人』をそういうふうに聞いていた)は筆がとまってしまったじゃないか」

そうぼくが訊くと、檀一雄は暗然として駅ビルを眺めながら言った。

「うん。あと三十枚も書けばいいんだがね」

ぼくはふと志賀直哉の『暗夜行路』を思いだした。『暗夜行路』もその最終章に至って、十年に近い沈黙があり、その間に主人公の時任謙作の死を苦悶の極にあって描こうとした着想から、至極自然なものにしようという具合に変わったと、当時ぼくは奈良にいて志賀直哉その人から聞いていた。

「それで結局主人公はどうなるの」

「そりゃ、死にますよ。人間ですから」

と、檀一雄は笑ったが、その後九州能古島に移り、筑紫野の柳沢病院から九大病院にはいっ

て、録音テープにとって完成したという最終章「キリギリス」は、S女からも去られ、「私は、ゴキブリの這い廻る部屋でウイスキーを飲み乾しながら、白い稲妻と一緒に酔い痴れの妄想を拡げているが、次第にサラサラと自分の身の周りに粉雪でも降り積んでくるような心地になった」とはるかに、

墓碑銘

石ノ上ニ雪ヲ
雪ノ上ニ月ヲ
ワガ　コトモナキ
シジマノ中ノ憩イ哉

に照応させながら終わっている。それこそ「『ククーン』と云う不思議な笑い声」「もう、人に対する笑い声ではなく、太虚に向って、ひそかに自足しているような、あてどのない響」が聞こえるようだが、ぼくには癌の危惧から病院に入院してからの三章「きぬぎぬ」「骨」「キリギリス」からはあの洪水のような圧倒感が失われ、淡々としてすでに死んだ者がかすれ行く思いにふけっているような気がしないでもない。それならば伊吹山の雪に死んだ日本武尊をおも

わすような英雄遍歴譚の主人公にふさわしい苦悶の極の死において、たとえば北極のオーロラを見るような世界をかけめぐる夢でもみさせたらいいのではあるまいか。まだ檀一雄の死も知らず、そんなことを思ったりしたのだが、ちょうどそのころ檀一雄は麻酔薬をしりぞけ、

　モガリ笛いく夜もがらせ花ニ逢はん

と、みずから書いた色紙を眺めながら、その強烈な生が有無を言わせぬ死と自力で闘う激痛に堪え、ときにまどろんでは「チロルに行った夢を見た」とか、「台湾に行った夢を見た」とか言っていたという。「旅に病んで夢は枯野をかけめぐる」というが、檀一雄の夢はやはり世界をかけめぐっていたのだ。モガリ笛は烈風が柵や竹垣などに吹きつけて、笛のような音を発する冬の季語であり、檀一雄は青年の頃から世阿弥が好きで、世阿弥的な意味で花という言葉をよく使っていた。能古島は冬、玄界灘の烈風に曝されるが、もはやみずからがモガリ笛といっていい激痛の中で、この花はいよいよ象徴的な深い大きさに拡がっていったのではないだろうか。

（「海」一九七六年三月）

檀一雄の終焉

一月三日夜十一時、真鍋呉夫から電話があった。滞りなく檀一雄の密葬を柳川ですませ、檀家の人たちは能古島に戻り、自分は太宰府にいる。できれば、八日ごろみなと共に上京し、十日に青山斎場で告別式を行いたいとのことである。真鍋呉夫も昨年暮れから九大病院につめていたから、さぞかし疲れていることだろうと思い、一応電話を切って、翌四日朝あらためて電話を入れ、檀一雄終焉の模様を知り、檀一雄がその死に至るまで、檀一雄であることをやめず、檀一雄でありとおしたことに、胸を打たれずにはいられなかった。

林富士馬からあれは肋骨悪性腫瘍（新聞等では肺悪性腫瘍と報道されていたが、いまだ病名さだかならず、遺族の同意を得て患部を切りとり、検査中だそうである）で、激痛を伴うものだと教えられていたから、彼の生涯の友情にこたえることもならず、ひたすら激痛のなからんことを祈るしかなかったが、果たして檀一雄はそうした激痛にもかかわらず、極力麻酔薬をしりぞけ、文字通り掉尾を飾るにふさわしい大作『火宅の人』を完成した。

『火宅の人』の成功は、むろん、檀一雄を喜ばせずにはおかなかった。「ゆうべ、銀行から電話が掛かってきた夢を見たよ。あんまりお金がはいって、置きどころに困っているから、取りに来てくれというんだ。しかし、いまとなってはいくらお金がはいっても、これを持ってどこに逃げるわけにもいかん」と、笑ったりしていたそうだが、檀一雄は麻痺した下半身をさすらせながら、激痛の中にもまどろんで、よく夢を見たらしく、「ゆうべはチロルに行った夢を見た」とか、「台湾に行った夢を見た」とか言い、夫人のヨソ子さんもうわ言のように、檀一雄が邱永漢の名を口にするのを聞いたという。電話の真鍋呉夫は笑っていた。しかし、その眼には涙をあふれさせていることが、ハッキリわかった。

邱永漢も檀一雄を夢中にさせた一人だ。『火宅の人』に「29年　8月9日　奥秩父ニテ落石ニ遭イ、肋骨三本ヲ折ル」とあるときのことである。ぼくはそのころ東大久保の小さなアパートの二階に住み、新宿一円の街の灯を眺めながら、友人知己が提げて来てくれる焼酎をあおって、徹宵も辞さぬような毎夜を送ってい、斯波四郎から教えられて慶大病院を見舞ったのだが、檀一雄はベッドの上で、「これじゃ、女房も抱けない」と笑いながら、傍らにいた青年をぼくに紹介して、「きみ、邱さんだよ。知ってるだろう。知らんはずはないさ。下落合にいるころ、まだ学生だった邱さんと会ってるんだから。こんどいい原稿を書いたんだ。これからは邱さんの時代だ。弾丸雨霰だ。やられるよ文壇は、これからの邱さんに」などと言い、肋骨の痛みも忘れて、枕もとの原稿を持ち上げてみせようとしたりした。

退院すると檀一雄は、待ちかねたようにハイヤーを借切って邱永漢を乗せ、原稿を持って回った。どういうわけかぼくも誘われて同乗したが、思いだすともなく太宰治のことを思いださずにはいられなかった。かつて、檀一雄はここに天才ありと言って、まだ無名の太宰治の原稿を持ち歩き、クォータリー『鷭』を出したときも、同人誌『青い花』を出したときも、太宰治が世に出ればそれでいいのだと言っていた。また「太宰治にはなんとしても芥川賞をとってもらう。ぼくはあとからゆっくり直木賞をいただくのだ」と言っていた。しかも、たえず太宰治に兄事していると言い、その態度を翻さなかった。

その後、ぼくは東大久保のアパートを去り、ふたたび山形県の庄内平野の農漁村に遊んだり、三重県の尾鷲市で働いたりして、いたずらに歳月を過ごした。帰京すると、檀一雄は一夜ぼくを招待して御馳走をしてくれたが、ぼくが石神井の家を訪ねて、長椅子に掛けるか掛けぬかに、電蓄からチャイコフスキーの「アンダンテ・カンタービレ」が流れて来、いかにも嬉しげにほほ笑んで、「きみ、この曲を覚えている?」と言った。「アンダンテ・カンタービレ」はぼくの処女作「酩酊船」のモチーフになったもので、「初心に帰って頑張ってくれたまえ」と言ってくれるつもりだったのだろう。あとで檀ふみさんから聞くと、あれはあのときのものではないと言って、なん度も買いにやらされたそうである。『火宅の人』ではその愛情と行動はもっぱら女性に向けられている。その実際はちょうど離れ離れになっていて知らないが、檀一雄の愛情と行動がつねにあまねく無辺に及んでいたことを信じて疑わない。

「『旅に病んで夢は枯野をかけめぐる』というが、檀一雄の夢は世界の果てばてをかけめぐり、果ては星辰に分け入らんばかりだなア」

ぼくも笑ったが、にわかに涙があふれて来た。しかし、真鍋呉夫は意外にシッカリした声になって、

「奥さんは『はア、ずいぶん苦しみました』とのひとことでした。勇戦奮闘だったのでしょう。そのときは遠慮していましたが、安らかないい顔でね。枕もとには、

モガリ笛いく夜もがらせ花ニ逢はん

という色紙がある。むろん、自分で書いたので、激痛の中でもこれをジッと眺めて、耐えようとしていたものですよ」

ちなみに、モガリ笛とは冬の烈風が柵や竹垣に吹きつけて、笛のような音を発するを言うという。

（「東京新聞」一九七六年一月八日）

文体余話

戦後間もなく、同人雑誌をやろうというので、かつての学友たちを主とする連中が、神田の喫茶店に集まったことがあった。ぼくは同人雑誌そのものには興味はなかったが、学友たちへの懐かしさも手伝って、顔を出させてもらった。姿かたちは変わっていたものの、面影は残っている。ただ、歯の抜けた者が多く、あちらこちらで笑うその口の中が、ポカリポカリと黒くみえる。

からだの中はまっ暗で、歯がなくなるとまる出しになるのかな。ぼくもそのひとりなのに、ひとりクスクスおかしがっていると、立ち上がって来て挨拶してくれた、ジャーナリスト風の青年があった。

「池田と申します。北川さんと奈良のお宅でお目にかかってから、なん年になりますか。おひさし振りですね」

北川さんとは北川冬彦のことであろう。ぼくは青年のころ、奈良公園の南を限る瑜伽山《ゆかやま》と呼ばれる松林の中にいた。庭は枯山水で青垣山のたたなずく、国のまほろばを一望にすることができたので、北川さんにもよく遊びに来てもらったりしたが、池田という青年には覚えがなか

った。それでも、そのときは挨拶を返して曖昧に過ごしたが、あとで北川さんに訊くと、

「池田克巳でしょう。覚えてませんかね。もっとも、あのころは瘠せていて、髪をながくしていたからな。いまでは、『法隆寺土壁』などという詩集を出して、詩壇では認められた存在になってるんですよ」

とのことだったので、いつとなくつき合うようになった。つき合ってみれば、ふたりには共通の友人も多い。

「いや、瑜伽山に訪ねたときは驚いたな」と池田克巳は街を歩きながらも言うのである。

「きみは机に和紙を置き、墨をすって硯に筆をつけ、悠然として文字を書く。そして、こう言うんだ。『日本人にはこれが一番ですよ。なんといっても、文章は考える速度で書かなければならないし、書かれる速度で考えなければならない。なぜなら、作家の考えはたんに頭にあるのではなく、頭から手までの間にあるんですからね』それも北川さんに向かってだよ。北川さんはぼくなど近づきがたいと思っていたのに、ぼくと同じ年頃の青年で、こんなことを言うのがいるのかなって驚いてしまった」

なにか、ぼくにも戦争など思いもかけなかったころのことが蘇って来るような気がして来て、ほほ笑まずにはいられなかった。その和紙はたしか先年物故した東大寺の管長、上司さん（海雲）から貰ったのだが、敢えてそれに書いていたのは、横光さん（利一）を真似ていたと言え

なくもない。横光さんは信州のひとから、月明紙とかいう一枚漉きの和紙を贈られて、得意になってそれに筆で書いていた。

ただし、ぼくが北川さんにそんなことを言ったとすれば、かねがね横光さんに喋っていたことで、当時文壇では小説はあらかじめ筋が頭にあって書かるべきか、筋は書きながらおのずから生まれるべきかといったやりとりが、真面目に行われていた。そうでなければ、小説は面白いものにならぬとか、生きたものにならぬとかいうのである。いまから思えばのんびりした話に聞こえるかもしれない。しかし、そうした背後にはそれぞれおのれの文学を守ろうとする、文壇的配慮があったので、もし小説が生きたものであるためには、筋は書きながらおのずと生まれなければならぬとすれば、こうも言えようじゃないか。そんなつもりで面白がって喋ったのだが、これが横光さんを喜ばすところとなった。

「そうだよ、きみ。それで、ぼくもこうして和紙に筆で書いてるんだ。川端（康成）なんか、どうしてあの文章を書くと思うかい。こうペン軸の一番上のほうを持って、チョイ、チョイと原稿用紙に書くんだ。ああすると、筆で和紙に書くのと同じことになるんだな」

そこで、ぼくは得意になって、北川さんにも喋ったに違いない。そういえば、北川さんも大声で笑って、

「じゃ、ぼくなんかどうなりますかね。原稿用紙の半分は右手で書き、書き終わるとペンを持

ちかえて、あと半分は左手で書く」

「だから、変通自在。詩も書ければ小説も書けるんじゃありませんか」

「そうか、なァるほど」

たちまち、ご機嫌になったような気がするが、元来北川さんは左利きで、左利きは概して両手が利くのである。ところで、ぼくが得意になって喋ったことは、じつはバーナード・ショウあたりのもので読んでいたのを忘れ、だれかれとなく喋っているうちに、ついぼくの思いつきのように、思い込んでしまっていたのかもしれない。だとしたら、バーナード・ショウの権威によって、横光さんはなおのこと喜んだだろう。なぜなら、横光さんはもともと大判の原稿用紙のマス目一杯に雄渾な字を書いていた。そのために、軽い書痙にかかり、火鉢に新聞紙をくすべ、手首をあぶったりしていたが、気の強いひとでそれを喋りたがらず、ペンから筆に代えねばならなかった必然を、他にあるがごとく言いたがっていたからである。

作家の考えはたんに頭にあるのではなく、ペン書きをやめてそれにふさわしい和紙への筆書きになったことが、横光さんを考える速度で書かせるようになったかどうかはしばらくおこう。横光さんの文章はそのころから漢字が減って仮名が多くなり、仮名が多くなるとともに短い文体から長い文体になり、長い文体になるとともに描写的文体から物語的文体にと変わって行った。いや、横光さんはやがてまた筆書きをやめて、ペン書きをはじめるようになると、逆戻りして物語的文体から描写的文体にと変わり、描写的文体になるとともに長い文体から短い文体になり、短い文体になるとともに仮名が少なくなり漢字が増えて行ったのだ。

しかし、すでに文体を確立した作家がその文章を変えるには、決意決断ともいうべき相当の覚悟を要するので、しごく簡単にかたづけることのできぬのは論をまたない。なぜなら、体をなすという言葉があるように、文章は体をなすことによってようやく文章になるので、ほとんど体得をもって自己を確立するに、似ていると言っていいからである。義秀さん（中山）が『厚物咲』で芥川賞を受賞したとき、ぼくはたまたま瑜伽山から上京していて、その祝宴に出席させてもらった。横光さんを主賓にした盛大なものだったが、酒盃がまわるにつれてあちこちから、

「お前はまだわかっとらんよ」

「いや、お前こそわかっとらん」

互いにそんなことを言いあう声が起こったと思うと、撲りあい、取っ組みあいがはじまり大混乱になった。ぼくはひとり面白がって見ていたが、どうやらそれらは横光さんから義秀さんが言われ、義秀さんからみなが言われていた言葉らしい。だんだんわかってみると、驚いたことにはまだまだお前は体得して、自己を確立するに至っていない。そんなやつの文章が体をなすはずがなく、文章いまだ体をなさずして、小説が書けると思うのかと怒鳴っているもののよ

うであった。

「主として口語との不逞極まる血戦時代から、マルキシズムとの格闘時代とを経て、口語への服従時代の今にいたるまで……」

とは、川端さん（康成）が『新文章読本』に引用した、『書方草紙』にある横光さんの言葉である。『新文章読本』は明らかに谷崎さん（潤一郎）の『文章読本』に対して書かれたもので、谷崎さんの『文章読本』が志賀さん（直哉）のそれに照準を置いて、自己の文体を確認しようとしているように、川端さんの『新文章読本』は横光さんのそれに照準を置いて、自己の文体を確認しようとしたものだ。川端さんはこの引用に続けてこう述べている。「なるほど、横光氏ほど『口語との不逞極まる血戦』をした作家はあまり例をみない。武者小路実篤氏も大胆に口語と闘った一人かも知れぬが、しかし私は長く傍でみて、横光氏の苦闘はよく解るのである。ここで横光氏は、『血戦』から『服従』とかいたが、『服従』の意味は決して『屈伏』でも『安住』でもないようだ」

『書方草紙』は昭和六年十一月白水社から刊行された、それまでの小文を集めたもので、川端さんに引用された言葉は、いつどこで述べられたか定かでない。しかし、横光さんはこの刊行に先立つ昭和五年九月『改造』に「機械」、昭和六年四月『改造』に「悪魔」、『中央公論』に「時間」を発表し、決然として文体を一変させて、横光文学に画期的な一時期をつくった。

「いよいよ谷崎さんが『横光論』を『文藝春秋』に書くそうだよ」

消息通の義秀さんはそんなことまで言っていた。しかし、噂に過ぎなかったのか実現せず、つづいて谷崎さんもまた決然として文体を一変させ、昭和六年五月『中央公論』に「盲目物語」、昭和七年十一月『改造』に「蘆刈」、昭和八年六月『中央公論』に「春琴抄」を発表して文壇を震撼させた。れいによって、義秀さんはあのいささか大形《おおぎょう》な詠嘆をみせながら言ったものである。

「尾崎紅葉山脈もついにここに至ったか。これじゃ、『横光論』など書かんはずだよ。横光君はあれで横光山脈をつくるつもりなんだ。見ものだね」

谷崎さんもそのころから、和紙に筆書きになったかどうかは知らない。しかし、別けても「盲目物語」のごときは徹底した物語調で、文体が長くなったばかりかほとんど仮名書きで、ときには漢字でルビが振られているほどであった。

「美しいね、仮名は」

顧みて他を言うように、横光さんは蓬髪を掻き上げ、『岩波文庫』の「中世歌論集」を開いた。ぼくもなんだかおかしくなった。ぼくはもうだいぶ前、横光さんに「中世歌論集」を見せ、仮名ばかりの字面の美しさを説き、同感されて得意になったことがあるが、それをまさか横光さんが『岩波文庫』で買っていようとは、思ってもいなかったからである。といって、横光さんの文体が変わったことに、「中世歌論集」がなんらかの意味を持ったかどうかわからない。

況んや、谷崎さんについては知るよしもなかったとはいえ、その古典復帰への熱情は目を見張るものがあった。おそらく、これも義秀さんからだと思うが、ぼくは谷崎さんから「破門」と題する小説が、二枚、三枚と『中央公論』に送られはじめたということを聞いた。しかも、それが組みあげられる直前になって、かつての和本にならって、改行一字下げをやめるように言って来たなどということを耳にしたが、この「破門」が改題され「春琴抄」となって現われたとき、「盲目物語」についてはは格別口にしなかった横光さんが、いささか興奮気味にこう言った。

「『春琴抄』は佐助にみずからの眼をつぶさすことによって、物語を完璧にした。しかし、ぼくなら佐助に眼をつぶさせず、その心理的苦悶を書いて行くよ。ぼくは小説家というより心理家だからね」

横光さんは自分を心理家と称して、心理主義者だとは言わなかった。あるいは、骨髄から小説家である谷崎さんに対して、敢えてそんな呼び方をしたのかもしれないが、横光さんと谷崎さんは別世界のひとであるかにみえながら、見逃しがたい共通点がある。

まず第一に、そのいずれもが漢字美学への抜きがたい嗜好渉猟にはじまっている。谷崎さんには初期年少のころに「麒麟」という小説があり、谷崎さん自身あれは麒麟という字そのものに魅せられて、書いたのだと語っていた。横光さんの「日輪」の文体は生田長江訳フロオベエルの『サラムボオ』に範をとったとされている。また、横光さんをもって代表される新感覚派文学の文体は堀口大学訳ポオル・モオランの『夜ひらく』『夜とざす』に影響されたという。むろん、横光さんも否定などせず、いやァ、あのころは暇さえあれば古い聖書を読んだり、漢和大辞典を開いて漢字を探していたよと笑っていた。

ところで、ぼくが長い文体になるとともに、物語的になるといったそれを、谷崎さんの文学において肯定するひとも、横光さんの文学においては、必ずしも首肯しないのではあるまいか。しかし、横光さんが谷崎さんに対して、自分は小説家ではなく心理家だといったのをみても、谷崎さんが語ろうとしているところを説こうとしている。この語ると説くとは本来一つのものの表と裏をなすもので、いずれも長い文体をとりはじめた必然を、ここに認めてもいいのではないかと思う。

昭和十二年四月、すなわち義秀さんが芥川賞をとる前年、志賀さん（直哉）の「暗夜行路」の最終篇が『改造』に発表された。実に、十年の沈黙の後の完結である。志賀さんは瑜伽山と尾根つづきの高畑《たかばたけ》におられ、よくその家族づれの姿を公園で見かけたりしたばかりか、二月堂の茶屋で酒をご馳走になったりした。むろん、ぼくは文学の話など口にしなかったが、「暗夜行路」についてはだれからとなく、あと三十枚ほど書けばいいのだとか、苦悶のうちに死なせるはずの主人公の時任謙作を、楽に自然に死なせようとしているらしい、などといったことを聞いていた。

その文体もはじめのころの語尾を「……た」で固めた緊迫したそれから、ときに「……である」を混じえた心境的なそれになっているが、一貫して姿勢を崩さず、当時の文壇の風潮に微動もしていない。もともと横光さんはある意味では志賀文学を越えるつもりで、ああした道をとったのである。当然志賀さんから厚意をもって受け取られると考えていたが、志賀さんは文章はリズムすなわち生命の鼓動で、文法よりは生理すなわち生身のおのれに従うといったひとで、横光さんに対する見方は厳しかった。横光さんも「暗夜行路」の最終篇を見てこう言った。

「もとは言いようもなく新鮮に感じたがな」

「じゃァ、いまは新鮮に感じられませんか」

そうぼくは問い返したが、横光さんはそれなり口をつぐみ、蓬髪を掻きあげてどこか遠くを見るようであった。瑜伽山に帰ったある日、思いもかけず横光さんから、妻とともに奈良に行くかもしれぬという手紙をもらった。ぼくはなんとも言えず嬉しかったが、あるいはといった気がしないでもなかった。果たして、やがて横光さんから信貴山《しぎさん》に廻って時間をとり、そちらに行けなかったと言って来た。

(「文体」第一号、一九七七年九月一日)

白玉楼中の人

その人にしばしば接触しながら、川端さんほど深く知らずに過ぎた人は少ないと言っていい。いまその三周忌（十六日）を前にして、あらためて川端さんの「美しい日本の私」を読み返し、おなじ幽玄へと辿ろうとするその山道において、これほどよき道づれの導きの人はなかったことを思い知って、むしろその人を知ろうともせずに過ぎたことが、いまさらのように悔やまれるのである。

言うまでもなく、「美しい日本の私」は昭和四十三年十二月十二日スウェーデン・アカデミーでのノーベル賞受賞記念講演である。ノーベル賞受賞者として、キリスト教国西欧を前にすれば、なんとしても仏教国日本の幽玄を語り、それによって形づくられてきたところの日本の私を、いまあるこの私を通して語らなければならぬ。

それはまことに見事に語られているのだが、その途次みずからの随筆「末期の眼」に触れ、龍之介の遺書を引いて自殺について論じている。幽玄は究極において生死観であり、この生においてかの死を見るというよりも、かの死においてこの生を見ようとするものである。

強く自殺を否定することを特色とするキリスト教国に対して、自殺にまで論を及ぼさねば、その秘奥を伝えがたいとしたのであろう。しかも、みずからもその自殺なるものを強く否定しながらも、あの一休のような人も二度も自殺を企てたと知って驚いたと言っているばかりでない。好んで求めたように幽明の境へと近づいて行ったのだ。

それを睡眠薬の使用によるとするのは簡単である。そして、それは精神医学的には正しいかもしれないし、そうも思いたいのである。しかし、美を求めて幽玄へと山道を一途に辿ろうとすれば、美もまた次第に誘惑しはじめ、ついには果てもなく奥へ奥へと引き込もうとするのではないかという、誘惑の戦慄を感じさせられぬわけにはいかない。

川端さんは多くの親愛する人々の死に会って、多くの弔詞を書いている。すなわち、昭和二十一年武田麟太郎、同二十二年横光利一、同二十三年菊池寛、同三十年坂口安吾、同三十九年尾崎士郎・佐藤春夫。しかも、これらはいずれも川端文学の精髄をなすとされているばかりでない。いま、菊池さん、佐藤さんに対する弔詞をとってみても、「……幅広い生存が終つた後に却て菊池さんの作品の真価は現はれ光るだらうことは、私共が日頃信じてゐたところでありました。私は菊池さんの生前一度も先生と呼んだことがありませんでしたので、ここでもやはり菊池さんと言はせていただきました」

「いまだ生を知らずいづくんぞ死を知らんや。生は全機現なるをいまだ認め得ざれば死は全機現なりとはさらに覚り得ず、幻人幻境に遊ぶのみ。然りといへども死生別あり幽明異なり、今ただ天外に頭を出す佐藤春夫大人千尺の雲に遊ぶ鶴の如き、詩人を失ひて寒影動き夕陽昏き、私誄詞を献ぜんとして胸中の海水更に一滴の遺るなきが如し……」

あたかも、それぞれその人の文体をすらなぞらえて、妍を競うかにみえるが、むろんそうではない。すでに、幽明異なれるその人にみいられて、そうなりでもしたような趣である。

「武田麟太郎君。愛する人親しい人の死を多く見るにつれて、死の恐怖は却て薄らぐとも言はれる。已に四十歳を越えた君は死者の国に親愛な人々を持ち、今またその大きい一人をその国に送る事がどのやうな思ひであることを知つてゐられるであらう」

嘆きの中に半ば慰めを得つつも、「今日私はつつしんで控へてをるべき身でありながら、ここに立つて弔辞を読ませていただきますのは、私と同じやうに菊池さんの大恩を受けました多くの友人、例へば横光らが大方私に先立ちましたゆゑと思ひますと、それら多くの亡き友人からも私はここに一言お礼を言ふ役を遺されたのでありませうか」(前述菊池さんへの弔詞)と述べ、

その横光さんのために、「国破れてこのかた一入木枯に吹きさらされる僕の骨は、君といふ支へさへ奪はれて、寒天に砕けるやうである。君の骨もまた国破れて砕けたものである」まことに、

この道や行く人なしに秋の暮

である。かえって、いまは美のみの誘惑に、行く方のみのほんのりと温まるのを覚えたに違いない。「美しい日本の私」には、その劈頭《へきとう》に揮毫を頼まれると、道元禅師の、

春は花夏ほととぎす秋は月冬雪さえて冷《すず》しかりけり

と明恵上人の、

雲を出でて我にともなふ冬の月風や身にしむ雪や冷めたき

と、書くと記されている。川端さんはむろんこれらの歌が、ほとんどなんの違いもない姿をとることによって、厳然と境されながらそれぞれに表裏をなす、幽明の世界を現前していることを知っていたであろう。してみれば、「美しい日本の私」にすでにみずからを弔う、もっとも美しい言葉だったと言わねばならぬ。

（「毎日新聞」一九七四年四月十二日）

浄土

わたしは月山、鳥海山の眺めが捨てがたく、山形県は庄内平野のいまは鶴岡市と呼びなされている、大山馬町の山本佐兵衛という家に、ながくお世話になっていた。家は新築で女あるじの清美さんがいるばかり。夫をはやくから戦争で失ったが、子供たちはみな立派に成人し、遺族扶助料が出る上に、和裁ができるので、べつにあくせくしないでもいいのである。したがって、家をあけて出歩くことが多く、夕食近くになってもなかなか戻らない。こちらもそれでどうというわけでもなし、気ながに待っていると、廊下の硝子戸越しにつらなる稲穂のはるか彼方からやって来る清美さんの姿が見える。しかし、そこでまたどこかのばさまとすれ違い、ながい立ち話をし、やっとそれが終わったと思っても、急ぐ様子もなくゆったりと青田の中をやって来て、こちらが見ているとも知らず、すぐそこの堰の橋のあたりから、小肥りのからだで駆けだして来て、

「腹、すいたんでろ。おらァ気が気でのうて、駆けだして来たんどもや」

さも、遠くから駆けてでも来たように、息まで荒げて言うのである。

「なに言ってるの。ちゃあんと、見てたんだよ。えらく長い立ち話をしてたじゃないか」

「ンだか。高江さんが襲われて、堰さ飛び込んで、やっと逃げて来たというもんださけの」

「高江さんたら、こないだも庭の草とりに来てくれたばあさんだろう」

と言って、高江さんも新潟地震で家が傾いたと言い、市から低利の金を融資してもらって新築し、清美さんに自分も地震まで待てばよかったとこぼされているばあさんで、なんの不自由もないのである。

「ンだ」

「そんなら、若いころはロマンス娘まで生んだというばあさんじゃないか。なにも逃げたりしないで、好きなようにやらしとけばよかったのに」

と、わたしが言うと、清美さんも笑うのである。

「バカばかり言って……」

こんな毎日だったから、わたしはひとり茶の間に寝そべって、ぼんやりと横光さんを思いだすことも多かった。「今まで度度東北地方へ来たにも拘らず、梶はこの度ほどこの地方の美しさを感じたことはなかつた。親子兄妹が同じ町内に住んでゐながら、顔を合せば畳の上へ額を擦りつけて礼をするのも、奇怪以上に美しく梶は見惚れるのであつた。稲の実り豊かに垂れてゐる田の彼方に濃藍色に聳える山山の線も、異国の風景を眼にして来た梶には殊の他奥ゆかしく、遠いむかしに聞いた南無阿弥陀仏の声さへどこからか流れて来るやうに思はれた。梶はこの風景に包まれて生まれ、この稲穂に養はれて死ぬものなら、せめてそれを幸福と思ひたかったのが、今にしてやうやくそれと悟つた楽しさを得られたのも、遅まきながら異国の賜物だと喜んだ」

言うまでもなく「厨房日記」の一節である。横光さんは外遊し、『西欧日記』としてまとめられている通信を『文藝春秋』に寄せたが、文壇の一部からもたらしたなにものもないではないかと非難された。横光さんはなにも一番茶から出すことはないよと、笑って筆にしたのが、この「厨房日記」だが、そのころから横光さんの栄光に翳が射しはじめたのである。しかしそれはもうどうでもいいと思われた。わたしにとってもわたしの離れて来たところは、すべて遠い異国である。

清美さんはかつて横光さんが疎開していた西目《にしめ》村の出で、この佐兵衛という家に来たのである。佐兵衛の家はもとは聞こえた宮大工で、大山馬町からおなじ庄内平野でも、更に日本海に近い善宝寺に五重ノ塔を建てたりし、床の間にはその設計図の軸が懸けてあって、ときに稲穂を渡る風に揺れるともなく揺れるのだ。

善宝寺の五重ノ塔が、二万円の大金を投じて建てられたのは明治のはじめだそうで、廃仏毀釈の風が吹き荒れていたであろう。興福寺の五重ノ塔すら四十五円で売られ、薪にするための解体賃も出ないと言って、買われたままになりいまに残されたというから、遠いみちのくの人の信仰の求め方も知られようというものだが、わたしが奈良にいたころにも、荒れた古寺でしばしば草に埋もれた、ヘソのある大きな石を見かけることがあった。

この大きな石のヘソは、ここに分銅柱と呼ばれる太い中心の柱が立てられ、これによって五重ノ塔なり、三重ノ塔なりが構築されていたことを意味する。いや、工法はそのようにして行われるのかもしれないが、分銅柱と呼ばれる太い中心柱はこのヘソから僅かに浮いて、最上層の棟から吊りおろされた形になっている。古来、三重五重とは無限を暗示し、いわば天より天下った柱として、適当に揺れるので地震にもよく耐えられるとされているのである。

あるとき、それを話すと横光さんはニコリと頷いて、それこそ神というものだと言い、ツァラァに日本のことを問われたとき、それをもって答えていたような記憶が、薄っすらとわたしに残っていた。ツァラァはマッチ王、大富豪の令嬢をもらったシュールレアリストで、「厨房日記」には「少し猫背に見える。背は低いがしっかりした身体である。声も低く目立たない。しかし、かういふ表面絶えず受身形に見える人物は流れの底を知つてゐる」と記されている。

そして、「厨房日記」はこのツァラァに招かれた饗宴の夜で頂上に達して来るのだが、饗宴が果ててまさに戻ろうとするとき、引き止められて書斎に導かれ、

「来客が沢山で日本のお話を聞きませせなんだが、日本はどういふ国ですか。僕は他の国のことならどこの国でも多少は想像がついてゐるのだけれども、日本だけは少しも分からない」

と、問われる。まさに対決である。

「日本といふ国について外国の人人に知つていただきたい第一のことは、日本には地震が何より国家の外敵だといふことです。その外敵の侵入は歴史上現れてゐる限りでは二百七八十回ほどあります。……」

たしかに、このあたりに天下る天の柱が出て来ると思ったのだが、「一回の大地震でそれまで営営と築いて来た文化は一朝にして潰れてしまふのです。すると、直ちに国民は次の文化の建設を行はねばならぬのですが、その度に日本は他の文化国の最も良い所を取り入れます。一世代の民衆の一度は誰でもこの自然の暴力に打ち負かされ他国の文化を継ぎたす訓練から生ずる国民の重層性は、他のどこの国にもない自然を何よりも重要視する秩序を心理の間に成長させて来たのです。そのため全国民の知力の全体は、外国のやうに自然を変形することに使用されず、自然を利用することのみに向けられる習慣を養つて来たのは当然です」と、むかしなつかしい言葉に終わっている。

ツァラァは名だたるシュールレアリストである。天下る天の柱をここで使えばよいと思ったそのことが、いつかそこにそう使われているように思わせていたのかもしれない。しかし、横光さんはこの天下る天の柱という言葉を、どこかでたしかに使っている。とすれば、天下る天の柱はいったいどこに行ったのか。その著書のすべてを横光さんからもらったものの、浪々のうちに散逸してしまい、町の貧しい書店で買い求めた、この一冊の文庫本しか持っていないのではどうしようもない。

きょうも、清美さんは朝から家をあけている。あけているといっても、このままこちらも出かけても、この地方ではなんてこともないのである。孤独はいつか孤独そのものが慰めてくれるので、べつにひとりでいるとも感じられない。また、なんの話を持って来る気やらと思いながらも、ふと善宝寺の五重ノ塔を過ぎて、砂丘のあたりまで出掛けてみたい気になった。砂丘といっても、もう高館山に連なっていてかなりの高さがあり、稲穂に沈んでみえる月山や鳥海山も、距離的には遠ざかるにもかかわらず、登るにつれて、浮き上がり、それぞれ雄大な容姿をみせて迫って来るのだ。

鶴岡市から砂丘の向こうの湯野浜へと行く。電車に乗れば僅かひと駅だが、急ぐこともない。高館山の裾ぞいの稲穂の道を歩くうちに、山にかけてある善宝寺の下の五重ノ塔が見え、近づくにしたがってそれが高くなって来たばかりではない。いつ出て来たのか砂丘を越えて流れて来る雲をも、その九輪が掠めているかにみえる。といっても、雲が低かったのかもしれぬ。砂丘にかかってその九輪も低くなり、やがて山蔭に五重ノ塔も見えなくなったころには、目当ての月山もその頂を隠し、暗々としてその山裾も、それらを結んで連なりながら、砂丘とともに取り囲んで庄内平野をつくっている山々も消えてしまった。

しかも、雲間から太い光の柱が立ち、ぼうっとはるかな稲穂の中に円光をつくっている。むろん、円光は光の柱とともに微妙に動いているのだろう。しかし、円光はあの大きな石のヘソのように動かず、かえってそこに吊るされた分銅柱のように光の柱が揺れているかにみえる。暗々とはしながらもそのためにこの世ならぬ世界がつくられ、他はなんであれもはや遠い異国のこととして、他を遠い異国とするすべての人々が、ともあれそこに安穏にあるかに思われ、雨具の用意もなくて来て、やがて驟雨を迎えようとしているのも忘れていた。

（「海」一九七四年六月）

目覚まし時計

渡辺さん（文雄）と「奥の細道」の旅をした。月山の八合目近くにかかったとき、梅雨雲も晴れて、彼方に鳥海山が秀麗な山裾を曳いている。あまりの美しさに車を出、眺め渡していると観光バスが降りて来て、窓から首を出した田舎の老人が、「うまいもの見つけたかね」と親しげに渡辺さんに声をかけた。

渡辺さんはだれもが知っているし、「くいしん坊！　万才」という本を、続篇までも出している。そんな田舎の老人が出てくるのもあたり前だが、その夜鶴岡市にとまり、ふと横光さん(利一)から、「月山筍《がっさんだけ》だよ。お母さんに差し上げてくれ給え」と、指ほどの筍を沢山もらったのを思いだした。そういえば、横光さんの奥さんは鶴岡市の出だった。

横光さんも「くいしん坊! 万才」もいいところで、夕方から必ず銀座に出、肩で風を切るというのか、あの雑踏をひらりひらりとかわして、資生堂、風月堂とひと渡りすると、浅草に足をのばしたり、渋谷まで戻ったりして、店から店にはしごをする。ぼくもよく誘われてご馳走になったが、横光さんはいままで食ったことのないものなら、ともかく口にしてみたいほうで、

「これが作家の精神だよ」

と、得意になっていた。ぼくは家が近かったので、こうして食い歩いて車で帰り、いつも夜中の一時ごろ、横光さんの住いの近くで別れたが、

「これから書くんですか」

そう訊くとニッコリして言った。

「そうさ。ドストエフスキーは夜書いたというだろう。あれは夜しか書けん文学さ」

ところが、その横光さんが突如として、夜型から昼型に変わった。「くいしん坊! 万才」もできず、作家の精神も危くなったわけだが、べつにまいった風もなく蓬髪を掻き上げて、

「いやァ、息子が小学校に上がってね。先生の命令だといって、目覚まし時計を鳴らすんだ。お蔭でトルストイの文学がわかったよ。あれは朝の文学だってことがね」

（「サンケイ新聞」一九七七年七月二十五日）

精神空間の散歩

檀君（一雄）はスイスの料理学校で学ぶつもりでポルトガルに行ったが、たまたまダンと称する酒に出あい、大いに喜んで飲みふけり、ついに果たさずにしまったが、小島さん（信夫）の奥さんはそこで学んで来た。なんでも、欧州諸国では想像以上に、おばあさんの味、お母さんの味を大切にし、特に学校まで行くのは極く少数の専門家で、スイスの料理学校もきわめて素朴なものだそうである。

ぼくたちがいまはもう鶴岡市になっている大山《おおやま》という町から、上京して多摩川に近いアパートに住むようになると、小島さんの奥さんは早速車を飛ばして、料理を運んでくれた。それが一度や二度ではないのである。ぼくの女房は幼いというか、ぼくよりほかに話し相手もないような女だったから、ひどく喜んで小島さんのところへ連れて行ってもらったりしていた。小島さんはよくぼくらが転々として移り住んだ、鳥海山の麓の吹浦という漁村や酒田市にも遊びに来ていたので、女房は奥さんにもまだ見ぬ前から、親しみを感じていたのだろう。

ぼくは小さな印刷屋に勤め、飯田橋界隈まで毎日通わなければならなかったので、小島さんのほうはしばしば工場に来て、近所の喫茶店でご馳走してくれたりしたが、話がおのずと鳥海山や月山の眺めに及ぶことがあった。あのころは、小島さんにもあの見事な松林で松笠を拾ってもらったり、海辺の砂浜で流木を集めてもらったりして、たきぎにするといった貧しい生活をしていたが楽しかった。

ぼくもいまは市谷田町の家に移り、お互いに仕事に追われて、会うこともできなくなった。しかし、どちらも朝型で机に向かうと、ついダイヤルを廻して電話をかける。こちらがかけぬと小島さんからかけて来る。ぼくはこれを精神空間の散歩と思っているが、小島さんもやはりおなじように精神空間の散歩と思っているのではあるまいか。


（「サンケイ新聞」一九七七年八月八日）

無限の儲け

なにか心に索寞を感じたときなど、よく宗さん（左近）にも電話する。宗さんは風貌もさることながら、声にも悠然とした風格があって、このひとと話すことは衛生上すこぶるいいのである。

前回の小島さん（信夫）もじつはこの宗さんを介して知りあったのだが、ぼくが各地を転々としはじめてからも、小島さんとは絶えずつき合っていたのに、宗さんとは音信もなく過ぎ、消息も知らずにいた。ところが、上京してみると宗さんは、詩壇に確乎たる地位を占めている。嬉しくもあり早速電話すると、宗さんもとても喜んでくれ、車を差し向けるから、なんとしても自分の集めた陶器を見に来てくれと自信満々である。

「陶器？」

と、ぼくは問い返さずにはいられなかった。道楽もいろいろあるが、陶器に至って極まると聞いていたからである。果たして、宗さんは講演などで地方に行けば、必ず骨董屋に立ち寄って陶器を買い求め、ひとり悦に入っているという。とすると、宗さんは買った価格よりも何倍もの評価をして、いまや巨大な財産を持っているかに思っているのではあるまいか。よく電話

を掛けているうちに、いつか奥さんとも話すようになり、話すうちに宗さん同様旧知のような気持ちになってそう訊くと、

「宗にはそんな気持ちはないようですよ」

「ないとすれば、二倍、三倍ではない。無限に儲けたつもりになってるんでしょう」

「そう仰有られれば、そうですね。膝に置いて何時間も見惚れてますから」

「宗さんは奥さんが留めようとする暇も与えず、あっという間に買うんだそうじゃありませんか」

ぼくにはそんな宗さんの姿が目に見えるような気がしたのだが、奥さんもおかしくなったらしく、明るい笑い声が聞こえた。

「あのときはわたし、怪しいと思ったからですよ。ところが、やっぱり新しいものでね。宗はどこかで処分して来たようですよ。すこし損をしてね」


（「サンケイ新聞」一九七七年八月十五日）

クコの効力

この連載では、だいぶ料理のことを書いたが、ぼくは料理より薬のほうが好きで、よくきみのは飲むんじゃなくて、食べるんだとひやかされる。朝、目を覚ますと、目覚ましにアスピリンを飲む。夜、寝るときは眠れるように眠り薬を飲むばかりか、薬といえばひとの薬でも飲まずにいられない。そんなことをしていたら、どんな化け物が出て来るかわからんぞと言って、ぼくに胃カメラを飲ませた医者が、ぼくの胃のあまりのきれいさに声を上げた。ざまァ見ろである。

北川さん（冬彦）はぼくのまあ兄貴のようなもので、北川さんもまたぼくを弟みたいなもんだと言っている。上京するとむろん第一番に北川さんを訪ねたが、大変喜んでくれ、まず一杯ということになった。ところが、出されたコップを飲むと、ぼくは自分が泣きそうな表情になるのを感じ、平然をよそおうのに苦労したが、北川さんは自慢げにこれはクコ酒というもので、不老長寿の薬だという。

それだけならまだしも、酒のさかなもクコのあえものなら、やがて茶碗に盛られて来たものもクコ飯である。薬を食べるとひやかされるほどのぼくも、これにはまいったが、北川さんはいつの間にか、クコの会の会長になっていて、あれもクコだと庭いっぱいの木を指さしてみせる。これではいやとも言っていられない。

早いものであれからもう十何年かたった。北川さんも喜寿になり、新宿の中村屋でその祝宴が開かれたが、北川さんの顔はまだつやつやしている。やはりクコの効力かと思っていると、北川さんはニコニコして言った。

「いやァ、としをとったもんですよ。ここに来る前、後楽園でスケートの会をやって来たんですがね。もとは一年くらいやめていても、十分もウォーミングアップすれば、もとのように滑れたのに、きょうなんか一時間もやらないと、もとのようには滑れないんだ」

（「サンケイ新聞」一九七七年八月二十二日）

浄土の音色

放映が終わってＮＥＴの喫茶室で雑談していると、『みづゑ』の木村要一さんが迎えにみえた。銀座のギャルリー・ムカイで開かれている熊谷守一近作展に、ぼくを連れて行ってやろうというためである。ぼくはその近作展について、なにか書くように勧められたとき、躊躇しながらも快い返事をしたのは、かつて文化勲章受賞者に推薦されながら、それを固辞した、そういう人柄を思ったからではない。文化勲章のことなどは、くれるというなら、むしろ貰っておいたほうが、素直でいいではないかと思っていたのである。

ただ、ぼくは縁類といえば縁類にあたる、熊谷守一さんとさしてとしの違わぬはずの、老バイオリニスト川上淳さんと親しく往来した一時期があり、その所蔵にかかる数点を見せられたりしていた。しかし、それらはいずれも熊谷守一さんの初期のもので、これを機にこの眼で、ときに原色版等で見かけた、抽象絵かと思われるまで単純様式化された、開眼した熊谷守一さんの絵そのものに触れておきたかったのだ。

老バイオリニスト川上淳さんは白い山羊鬚を生やし、コーン・パイプをくわえながら、れいの「ローソク」をまだ東大の学生だった湯沢三千男さんが買いに来た話から、そうした熊谷守一さんが絵を描くことをやめて、岐阜の山で木出しのヒヨウ（日傭）をしていたなどということまで、わがことのように話すのである。ぼくにも多少似たような経験があり、それでそんなことを言うのかと思ったが、熊谷守一さんもこういうことを書いていられるのを後で知った。

――東京に出てからしばらくの間、私の付き合った仲間は、画家よりもむしろ音楽家たちでした。（略）颯田と川上は今も元気でいるよしです。（略）私は小さいときから、絵が好きだったように音楽も好きでした。（略）このころはセロを少しいじくりました。川上淳の知り合いのあるセロ弾きが、あるとき女の問題でむしゃくしゃして、愛用のセロの上に乗っかって踏みつぶしてしまいました。ところが私たちの仲間に吉川という何でもなおすひどく器用な男がいて、それをすっかり元通りにして私にくれたのです。私は得意になってそれを弾いていました。しかし、弦楽器というものはなかなかむずかしく、いい音色は出しにくいものです。ある男などは、「君のセロは、いつまでたっても音楽学校入学の二週間目だね」といって笑っていました

（『へたも絵のうち』日本経済新聞社）。

まだ午前の光が満ちていたせいかもしれない。二、三のパステル絵、文人絵風のものを除けば、すべて四号の横、縦のもののようで、最新作といわれる「牡丹」をはじめとするそれらを見終わって、テーブルに向かったとき、ぼくはふと明るい浄土にいるように感じ、快い疲れにも似たものを覚えながら、なんとも言えぬ柔らかな音楽すら、聞こえて来るかに思えたのである。それは色彩の激突が感じさせる狂躁なものとはほど遠い、大地の温かさを覚えさすような、褐色を基調とした調和に満ちたものである。

「熊谷さんはどうして、ここまで平面化して行かれたのでしょうかね」

と、なに気なく呟くと、このギャルリーの女あるじ向井加寿枝さんは、

「そうでしょうかね。わたしはこれほど立体的な絵はないと思いますが。もし絵が立体的でなければ、それは単なる模様じゃないでしょうか」

「絵が本来絵であるところのものになるために、模様かと思えるまでに様式化して来たのは、世界的な傾向のひとつでしょう。たとえば、ゴーガンの絵にしてからが……」

なぜ、ゴーガンの名がぼくの口から出たのかわからなかったが、これも後で谷川徹三さんがこう書いていられるのを知ったのである。ゴーガンのポンターヴェンにおけるグループの一人が語っている話だが、或時彼がゴーガンと食卓を共にした。デザートに林檎が出るとゴーガンは突然「林檎とは何か、どう僕はこれを見るか、色を用いずに林檎の等価をどう与えるかを見給え」そう言って、かたわらのインキ壺へ指を突込むと、いきなり真白な卓布の上へ大きな円周を描いて見せた。こういう探求の方向を熊谷さんも押詰めていったのである。ゴーガンがここで描いて見せたものはいわば形のイデーである。ゴーガンは印象派の光と影とによって物象をとらえるあのやり方を否定した。そこから知的な形体把握と画面構成への道を開拓したのである。熊谷さんの資質にはゴーガン的なものがある（『へたも絵のうち』跋文）。そして、谷川徹三さんは熊谷守一さんが、闇の中で「ローソク」を持って、おのれをかすかに照らしだした、まあ写実的とも言っていいような暗い絵から、ここに至る必然を説いていられるのだが、ぼくはなるほどなァと思いながらも、なおなにかすこし違うという声を聞かずにいられなかった。あるいは、それは自分であのとても九十五歳とも思えぬ、立派な白髪白髯の顔をつくり上げながら、川上淳さんが愛用していたとおなじコーン・パイプをくわえるという熊谷守一さんの声だったのかもしれない。

「そうですね。彫刻でさえも平面化しようという傾向がありますね」

と、木村要一さんが相槌を打った。

「しかし、不思議だな。あの色のない文人絵風の『黒檀彫』や『富士山』は、いやに立体的に見えるな」

そう言いながら、木村要一さんとふたたび立って、絵を見はじめた。「仲秋明月」「朝日」「石仏」「牡丹」「柘榴」「栗」「冬の夜」等々を見て回りながら、ぼくが明るい浄土にいるように感じ、快い疲れにも似たものを覚えながらも、なんとも言えぬ柔らかな音楽すら聞こえて来るかに思えたのは、これらの絵がその全体においてそう思わせたばかりでなく、その一つ一つの絵においてもそう思わせるものであることに気がついた。すなわち、小さな四号の絵、それみずからが、なんとしても熊谷守一さんでなければならぬ、世界をなしているのである。

「『冬の朝日』これは冬の朝日を受けた高麗の壺でしょう。まったく高麗の壺だなァ」

「そうですね」

「それにしても、どれもみな黒だか赤だか、輪廓の線がハッキリ描いてある。これはやっぱり、ゴーガンやゴッホなんかがやった、あれから来てるんですかね」

「いや、熊谷さんのはまわりの色から塗り込めていかれてるようですよ」

「そうすると、この輪廓の線はじつは絵面全体に塗ってあって、周囲から色をモザイクのように、塗りつぶして行ってるのかな」

なにかどの絵にも親しみがあって、ぼくがそんな幼稚なことを平気で言ってると、見かねたのであろう。いつの間にかやって来ていた向井加寿枝さんが、

「そうじゃないのです。黒い線は木炭でお描きになっていて、赤い線はその上からクレオンで描いてあるのです。熊谷先生はそうして輪廓の線をシッカリおきめになると、もうそれを動かさず、色を塗って行かれるのです。輪廓などはいずれは消えて、木地になってしまうんだと言っていられます」

そういえば、絵によって黒あるいは赤で描かれている輪廓の線からは、すでに木地が透けて見えるようであった。浄化されたような、なんとも言えぬいい気持ちになって、木村要一さんにハイヤーで送られて布田に戻ってからも、ぼくは座椅子にもたれて、ギャルリー・ムカイからもらって来た、色刷りのパンフレットのページをめくっていた。「ぼくも印刷屋に勤めているから知っているが、このパンフレットの原色版はまずよくできている。しかし、実物はとてもこんな色じゃないんだ。それにしても、不思議だな。熊谷守一さんは牡丹といえば濃い赤、空といえばこの青ときめ込んでいるように、どの絵もきまって、そういうふうに色が使ってあるんだ」

ぼくがひとりごとのようにそう言うと、『文藝春秋』新年特別号の「九十六歳のお正月」を読んでいた娘の富子が、

「熊谷守一さんがこんなことを書いてられるわよ。おそらく、気軽な口述なんでしょうがね。――何年も前、垣根の外の道で、工事中に積んであった石の中から、気に入って拾って来た石が、何かで落した時に欠けたのを接着剤で着けておいたのが、この間そのつぎめがはがれてしまいました。女の人が綺麗な宝石を喜んで指環にするのと同じなんだろうと思って、わたしはこの石を「指環」って呼んでるんです。けれども今までにこれを見せて、誰一人いいですねと言った事が無い。鶉の卵をちょっと大きくしたぐらいの軽石みたいな、どうって事無い石だからですかね。わたしにはそのどうって事無いのがいいんですから、アトリエに置いたり炬燵に持ち込んだりして眺めてる。欠けたら欠けたで、欠けない前には見えなかった部分が見えてね、あっちから見たりこっちから見たり、一日が終ります――」

「そうすると、谷川徹三さんが言ってるように――ぼくはすでにハイヤーの中で『へたも絵のうち』のその跋文を一読していた――輪廓による形のイデーではないにしても、それぞれの色による面のイデーだったのだな。そういえば、どの面も単純に一色に塗られているが、この面と面との間にはたしかに遠近があるな。向井加寿枝さんはたしかこれほど立体的な絵はないと思うと言ってたが……」

「それが構造というんじゃないの」

「構造？」

「オトウさんはよく言うじゃないの。小説は奥へ奥へと組み立てて行く構造だって。絵だから奥から奥からと組み立てられて来た構造かもしれないけど……」

「それにしても、おもしろい文章だね。こうして聞いていたいから、どこでもいいから読んでくれないか」

――縁先きから見える五葉松は、娘の萬が女学校の頃、正月に生けたのに根があったんで植えたものです。何本かある柿は植木屋が持ってきたんですがみんな渋柿です。小鳥の餌用に播いておく菜が、春には一面の菜の花になって、モンシロ蝶がよく来ます。土盛りの上にはこの他、実生の接木して実のなる柚子や、榧、山椒、うるし、ぜんまい、草蘇鉄、黄花の一重の牡丹、鉄線、ほととぎす、すみれ、伊勢撫子、いかり草、鬼百合、貰った鉢植えのものを土に降ろしたのだとか、今は見えなくても季節になると芽を出して花を咲かせるいろいろな草があって、ただ歩くのなら二分もかからないで元に戻れる範囲ですが、この植え込みのぐるりの道を、草や、虫や、土や、水がめの中のメダカやいろいろなものを見ながら回ると、毎日回ったって毎日様子は違いますから、そのたびに面白くて随分時間がかかります。二十年前に血管障害を起こしてからは、長く立っていられないので、この道のあちこちに十四、五の腰掛けを拵えておいて、休み休み歩くのです。大抵は木の切株とか板切れですから、ちょっと見たのでは腰掛けとは分からないようです。一つ一つ坐り心地は違います。丁度、知らない大勢の人と付き合ってるみたいです。——

なんという自足したいい文章だろう。いや、文章などというものではない、境地そのものである。これでは文化勲章など、貰うもなにもまるで念頭にないのであろう。ぼくは思いだすともなく、あのギャルリーにやはり四号の「石仏」という絵のあったのを思いだした。やや明るい褐色を背景にして、やや濃い褐色の光背を背負った野仏が立てた膝に肱を乗せ、眠れるがごとく思案するがごとく、ややうつ向き加減に坐っている。これもむろん黒い輪廓で描かれているのだが、向井加寿枝さんはたしか、熊谷守一さんはこの石仏を自画像と呼んでいると言っていた。

そういえば、九十五年自分の意志で、あの立派な顔をつくり上げて来たあの熊谷守一さんと、五十六億七千万年後を待つというあの未来仏、弥勒風の柔和な石仏と似ているような気がするのである。しかも、その石仏が次第に突出して来るようにも思えれば、こうして見れば明るい空の下にあるようだが、すでにながい風雪に磨滅して、ただの石に戻って行こうとしているような気もするのだ。また向井加寿枝さんはこうも言っていた。熊谷守一さんはなんでも自画像だとおっしゃるんです、と。

とすれば、熊谷守一さんの絵を、絵が絵であろうとするための平面的なものであるとか、これほど立体的なものはないと思うとか、奥から奥からと組み立てられて来た構造だとか、そういうことは一切無用であろう。熊谷守一さんは「自画像」を描いて、出発して来た人である。その人がもはやなにを描いても、自画像である境地に達し、悠々として自適しているのだ。熊谷守一さんもあの塗り残された厳しい輪廓は、やがて消えて木地に戻る、それでいいのだと言っているという。ぼくはそもそも絵のことなど論ずべき資格はない。ただ、あのギャルリーの絵の全体から、またそれらの絵の一つ一つから、明るい浄土にいるように感じ、快い疲れにも似たものを覚えながら、なんとも言えぬ柔らかな音楽すら聞こえて来るかに思った。ただそれでいいのではあるまいか……。

（「みずゑ」一九七五年二月）

人生の歩み

某月某日

内田福治さんというひとが写真集を持って来て下さった。題して『赤とんぼ』という。名刺には写真家と肩書きされているが、ほんとうはれっきとした会社に勤め、余暇を得れば心の赴くままにひとり旅をして、こうした写真を撮り歩いたものらしい。写真集を開くとすべてモノクロで、見開きいっぱいの大自然や、ほんのその残欠ともいうべきものが、幽遠の彼方から浮かび上がって来るようである。そればかりか、それらがいずれもいつかどこかで、ぼく自身が見たことがあるかに思われた。おそらく、これは内田さんの旅が求道のそれであり、それぞれが世界をなして、人生を感じさせるからであろう。ぼくはかつて自分が旅したあちこちに想いを馳せながら、いったい、なにを求めて歩んで来たかを、あらためて考えずにはいられなかった。

某月某日

ある放送局から青木《あおき》木米《もくべい》、田能村《たのむら》竹田《ちくでん》の話をとの依頼があり、資料として至文堂の飯島勇著『文人画』、中公文庫の村松梢風著『本朝画人伝』をはじめ、幾つかの画集を置いて行った。もとより、そのほうに造詣があるわけではないが、いまさらのように想いだされることがあった。かつてぼくが放浪のさなか、山形県酒田市にいたとき、たまたま本間美術館に行くと文人画展が開かれてい、そよぐともない涼風の二階の座敷に、木米の『兎道《うじ》朝暾《ちょうとん》図《ず》』と竹田の『松巒《しょうらん》古寺図《こじず》』が掛けてあった。ちょうど、田中一松さんが解説にあたっていて、幾たりかの人を前にこんな話をしていた。「竹田の『松巒古寺図』には面白い逸話があります。鉄道などまだ及びもつかぬころ、わが庄内の鶴岡市の某氏がはるばる京都に上がってこれを見、たちまち魅せられて去りもならず、価を聞くと千両だという。店ではもともと売る気はなく、千両といえばこんな田舎爺、腰を抜かして退散するだろうとたかをくっていたのですが、驚いたことにこの田舎爺が、翌年千両箱を積んだ馬を曳いて来た。これでは店も断わるわけにいかない。こうして、この絵は鶴岡の某氏のものになり、わが庄内にやって来たのです。ところで、この画は敬愛する頼山陽の賛を得たいと思って、竹田が豊後から京都まで持って上がったのです。しかし、京都に上がってみると、山陽はすでにこの世の人ではなかった。山陽なしとすれば、この画の賛を得たいひとは、もはや陶工木米をおいて他にない。すなわち、この『兎道朝暾図』を描いたひとですが、これもまた訪ねてみればこの世を去っている。山陽は天保二年、木米は仝三年、竹田自身も仝五年に死に、この画も戦後鶴岡の某氏の手から離れてしまったのです」

某月某日

ギャルリー・ムカイから熊谷守一さんが亡くなったという知らせがあった。熊谷さんはもう九十六、七歳にもなっていたのではあるまいか。ぼくは書庫に降り、熊谷さんの著『へたも絵のうち』を開いてみた。そこには「熊谷守一」と雄渾な筆で署名されている。名も知れぬ木が繁り放題に繁った、豊島区千早町の古い平屋建ての家を訪ねたときは、夏近い雨が降っていて、破れた樋から激しい音を立てて水が落ちていた。しかし、熊谷さんはなんら意に介しないようで、美しいものでも眺めるように眺めていた。あるいは、耳が聞こえないからかもしれない。熊谷さんの言うところによると、あるときからひどい耳鳴りがして耐えられなくなった。そこで、携帯ラジオを買って来させ、便所に行くにも風呂にはいるにも、傍に置いてガンガン鳴らし、こんな音がするのもラジオのせいだと思おうとしたらしい。ところが、いつかその音がぴったり止まり静かになったので、ヴァイオリンを弾いてみたが音が出ない。音が出ないヴァイオリンなど意味がないと思って捨てたら、友人が可哀そうだと言って、新しいのを買ってくれた。しかし、それを弾いてもやっぱり音がしないので、はじめて耳が聞こえなくなったんだなと気づいたそうである。その癖、熊谷さんは白髪の立派な顔に、邪気のないほほ笑みを浮かべて、「画を見れば耳の聞こえるやつのものか、聞こえぬやつのものかすぐわかる」と言っていた。まさに浄土の音色で、観音とは音を観ると書くが、熊谷さんはあの破れた樋から落ちる水にも、ぼくらが聞き得ぬような妙音を、見ていたのかもしれない。

某月某日

秩父鉄道白久《しろく》駅に下車、村で埼玉県重要無形文化財に指定されている、串人形《くしにんぎょう》浄瑠璃《じょうるり》芝居『阿波鳴門《あわのなると》』を見て葡萄園に遊んだ。葡萄は白い葉裏をみせて棚に拡がり、まだ青く食べるには早いが、つぶらな実をたわわに下げて、暑い日射しを遮ってくれる。ぼくはコンクリートのブロックに腰をおろし、ルソーの『エミール』をポケットから出しながら、ふと五木寛之さんから贈られた葡萄の鉢のことを想いだした。その鉢を運んでくれたのがまたいい青年でこう言った。「こんな小さな葡萄でも、大きな実がなってるでしょう。もうすぐ食べられるようになります。食べたら庭に植えてやって下さい。葉を繁らせて立派な葡萄に育って行きますよ」五木さんもそうした意をこめて、あの鉢を贈ってくれたのかもしれない。そういえば、おとといだったか、村野鉄太郎さんから電話をもらった。村野さんは『富士山頂』や『鬼の詩』等の映画を監督したひとで、内田さんの写真集『赤とんぼ』に感心し、こんな写真を撮るカメラマンを探したいと言っていた。それで、内田さんを紹介したのだが、「いやァ、内田さんはあなたが四カ月で撮ろうとしているものを、四年かかって撮るつもりですと言ってましたよ」と、村野さんも嬉しそうだった。みながそれぞれの歩みの中に世界をつくり、人生を見いだそうとしている。熊谷さんなど、医者から両手でつけと言ってつくってもらった丁字型の二本の杖を、片手に束ねて歩いていたが、いまもそうしてどこかに歩みつづけているだろう。

（「文學界」一九七七年十月）

高山辰雄とわたし

聊斎とは山東の淄川《しせん》県満井荘のひと蒲松齢《ほしようれい》の書斎の名であるという。したがって、『聊斎志異』とは蒲松齢の著した「世にも不思議な物語」とでもいわるべきものであるが、わたしは幼少のころはじめて田中貢太郎氏の訳でこれを読み、いつ知らず愛読書のひとつになった。その後、柴田天馬氏や増田渉・松枝茂夫・常石茂氏等の諸訳本が出、ほとんど抄訳にすぎなかった『聊斎志異』の全貌を知るに至った。『聊斎志異』の原文は雅俗折衷体ともいうべき文体で書かれ、これがかえって原文を読みにくくしている。蒲松齢は十一回も科挙にいどみ、よわい五十に至ってようやく断念したといわれているが、科挙はすべて八股文と呼ばれる官用文体で行われた。蒲松齢が科挙を断念せざるを得なかったのは、おそらくこの雅俗折衷体への志向から来たもので、もしこうした志向がなかったならば、『聊斎志異』もついにこの世に現われることなくして終わったであろう。

なぜなら、『聊斎志異』はすでに述べたように「世にも不思議な物語」である。そこに神仙の道が描かれているのは当然であるが、今日考えられるように截然とした区分をなしておらず、儒仏混合して俗信をなしている。著者蒲松齢はこれを敢えて正そうとせず、受け入れている。

そのために『聊斎志異』はなにを語ってもつねに庶民に密着している。すなわち、当時の庶民があの世を考えたようにあの世を描き、この世で賄賂が行われるようにあの世で賄賂が行われるのは当然として、なんの疑うところもない。狐の美人に恋して子をもうける話なども日常のことのようにでて来るが、これもおそらく当時の庶民が、そうした考えだったからであろう。

しかも、蒲松齢は清朝が侵入して来た明末に生をうけ、反満興漢の凄惨な争いを見、聞きしながら、なお科挙を受けつづけた人である。ただこれをわたしなりに書き直せば、諸氏の労作にのっとった和文和訳にすぎぬものになるかもしれないが、これを歴史の上におき、これを書いた蒲松齢その人の心に思いを至せば、あるいは今日あるところの中国の本源的なものにも触れることができるかもしれない。そう思って、雑誌『潮』の編集長西原賢太郎氏および編集者成田福裕氏に『私家版聊斎志異』の連載の申し入れをしたのである。

申し入れは直ちに受け入れられたが、そのときわたしは「もし高山辰雄さんに挿絵を描いてもらえるなら」と注文をつけた。これがいまもわたしにわからないのである。高山辰雄氏は当時日展の理事長の地位にあり、画壇の雄であることはむろん聞いていた。しかし、画壇に疎いわたしは高山辰雄氏がいかなる画風の人であるかさえ、ほとんど知らなかった。しかし、やがて成田福裕氏が承諾を得たといって来、こう言った。

「高山先生は原稿をよく読んで旅に出、すっかり忘れてしまって、あらためて想い出しながら描くと言っていられます」

わたしはこの想像もしていなかった言葉を聞いて、深く考えずにはいられなかった。すっかり忘れてしまって、あらためて描くということは、いちど意識の底に潜在させて、そこからなにものかを取りだして描くということではあるまいか。わたしは幼少年のころ朝鮮（いまの韓国）に育ち、しばしば中国に渡って生活した。それはもう忘れられた遠いむかしになってしまったが、わたしをして『私家版聊斎志異』に筆をとらしめようとしたものは、もはや意識の底に潜在してしまったそこから、なにものかを書こうとしたからだろうか。それはそうに違いないが、果たしてわたしにそれだけの明確な考えがあったとはいえない。

ひと月ばかりして、成田福裕氏に第一篇の「想い幽かに」のパステル画三枚を見せられた。わたしも心してつねにひと月前に原稿を渡すことにしていたが、しばらくは声もなく眺め入るばかりであった。これはもはやたんに挿絵というようなものではない。わたしはなんとなく画というものの真髄に触れた思いがし、心に満ち渡るものを覚えながらも、不思議にこれなら文章もこれに匹敵するものを書かねばならぬなどといった気持ちすら感ぜず、なぜとも知れずいまさらのようにこの人に挿絵を描いてもらいたいと言ったことの幸運を想った。

高山辰雄氏にはじめて会ったのはたしかそれから更にひと月後の昭和五十年五月、渋谷東急百貨店本店であった。あたかも、その六階全フロアーを開けて高山辰雄展が開かれ招待されたからだが、高山辰雄氏は案に相違してというか、思ったとおりというか、身だしなみのいい柔和な紳士である。河北倫明氏の挨拶が終わると、わたしは人混みを避けて思いのままにひとり会場を見てまわった。すくなくとも、高山辰雄氏の代表的な作品がすべて展示されていたのであろう。これがおなじひとの筆になったのかと驚かされるようなさまざまな絵があった。ということは、高山辰雄氏が求めることにおいて強烈であり、強烈であるが故に試みることにおいて大胆なのであって、畢竟するにおのれを持するに固いことを示しているのではあるまいか。そんなことを考えていると、あの身だしなみのいい柔和な紳士とみえた高山辰雄氏に意外に頑固なところがあり、それで高山辰雄氏に対して、案に相違したというか、思ったとおりというか、そんな感じを受けたのではあるまいかといった気すらしはじめた。

『私家版聊斎志異』は潮出版社から出版されることになっていた。校正刷も早くから出ていたのだが、なんとなく気が進まずじんぜん手をこまねいているうちに、はやくも画集『聊斎志異』が渓水社から出版され、原画の展示会がこの一月十四日からギャラリー・ヤエスおよび八重洲美術店で開かれた。六十数点に及ぶ画は一会場だけでは展示しきれないのである。東京の展示が終わると、更に京都、名古屋で展示されるとのことだったが、わたしはまずギャラリーの前に立って、「聊斎志異」と書かれた大きな額の字を見て驚かないではいられなかった。邪気がなくしかも剛健で、高僧の字でも見る思いがするのである。

ギャラリーの中央のテーブルにはすでに高山辰雄氏がい、さも嬉しげにわたしを迎えてくれ、

「森さんともだんだん関係が深くなりますね。やっぱりこうして描かされなければ、これだけのものは描けなかった」

と、満足げである。テーブルには美しい奥さんもい、お嬢さんの由紀子さんもいた。挨拶を交わして二店に分けて展示された六十数点を丹念に見てまわったが、感銘はまた格別だった。ふたたびテーブルに戻ると、パステル特有の色がどの色とも定かならず満ち、形もどの形ともなく溢れて来て、さながら心地よい音楽にひたっているようである。高山辰雄氏は驚くような変貌をみせながらもその道をひと筋に歩き、それぞれの変貌において高峰をつくって来たに相違ないが、これもまたここまで来ることによってしかつくることのできぬ高峰なのではあるまいか。おそらく、いちど意識の底に潜在させて、そこからなにものかを取りだして描くということも、つねにそう志して来たことで、いまにはじまったことではないかもしれないが、すくなくともここにおいて見事にそれが結実しているのではあるまいか。そんなことを思っていると、高山辰雄氏は突然立ち上がって近寄って来た紳士に言った。

「きみ。中国、朝鮮はいいね。じつにいい」

わたしが幼少年のころ朝鮮に育ち、しばしば中国に渡って生活したことはすでに述べた。しかも、高山辰雄氏とわたしはたしかおなじ明治四十五年の生れで、高山辰雄氏は大分県のひと、

わたしは熊本県の者である。してみると、高山辰雄氏とわたしはだんだん関係が深くなって来たどころか、そこにはすでに結ばれた道があったのだ。あるいは、これがわたしに知らずして、なんとしても高山辰雄氏に描いてもらいたいと思わせたほんとうの理由だったかもしれない。

高山辰雄氏はかつて『藝術新潮』に「画家のことば」なる文章を連載したことがあった。そこにはまた道のことがしばしば書かれているが、おおむね心の赴くままになされた旅の道で、一見高山辰雄氏がその芸術において驚くような変貌をみせながらも、ひと筋に歩んで来たような道ではない。たとえば、こうしたほほ笑ましい文章に出合う。おそらく、高山辰雄氏が大分県のひとであるからであろう。あるとき、大分県から阿蘇山を越えて熊本県に向かった。なに気なく見ていると、山肌に定規で引いたような線が何本も走っている。それがなんと放牧された牛の道で、気づいてみればそこを歩む牛たちが、熊本県にはいるといままで黒牛だったものが赤牛に変わっているというのである。

ただそれだけのことだがなんとも面白く、ギャラリー・ヤエスで「聊斎志異」展が開かれるなん週間か前、偶然熊本県に行ったのを幸い、おなじその道を大分県へと逆に辿ってみようと思い立った。珍しく晴天だったが阿蘇はすでに白く、むろん牛の道などどこにもない。しかも、天候は次第に悪化して吹雪はじめ、まだいくらか褐色を帯びた絶壁のような外輪山が薄らぎながら遠のき、自動車もタイヤにチェンを巻かねば走れなくなった。しかも、ぼくはしばしば止まらねば危険なほど揺れるロープウェイに乗り、深い積雪に足をとられ、烈風に息をつまらせて火口へと向かいながらも、不思議にあの牛の道を書いた高山辰雄氏の文章が念頭を離れず、喘ぎ喘ぎこう思ったものである。あの牛たちの歩む穏やかな風景の裏にはこの峻烈さがあり、この峻烈さを克服することなくしては、あの牛たちの歩む穏やかな風景をほんとうに摑むことはできないのだ、と。

（「藝術新潮」一九七八年三月）

凍雲篩雪図

酒田市は最上川河口、日本海に面して発展した商工業都市で、わたしのもっとも忘れ得ぬ街である。先年の大火で街の半分を焼失してしまった。海から来る強風に煽られて、あっという間にそうなったということだが、酒田市は盛んな街だから、たちまち復興するとの声があった。事実そのとおりで、わたしが大火からいくばくもなくして訪れたとき、酒田市は目を見張るばかり、整然とした近代都市に生れ変わっていた。

わたしはかつての酒田市の、ほとんど中心地といっていい、匠町《たくみ》の繁華な通りに面した、二階家の二階に住んでいた。鳥海山がその富士に似た秀麗な山裾を、まさに日本海へと没しようとするあたりにある農漁村吹浦で夏を過ごして、移って来たのである。たまたま東京から友が来ると、そのころはまだ健在だった女房に、焼酎を買って来てもらい、窓際に食卓を寄せて、通りを眺めながら語り合った。女房もすこしはいけるほうで、嬉々として話に加わった。朋あり遠方より来たる、また楽しからずやとはあんなときのことだろう。

あの匠町の家も焼けてしまったろう。そう思っていたが、そのあたりから海にかけては燃えず、旧態依然としてかえって取り残された旧市街のような観を呈していた。わたしがいたころも、佐藤さんという方が階下で歯科医をしていられたが、いまも村上さんという方が歯科医をしていられる。許しを乞うて二階を見せてもらったが、内装は驚くほど立派になっているものの、部屋どりなどはまったく変わっていない。あれを思いこれを思いしながら、同行の人たちと語りあううち、ふと本間美術館を訪ねてみようと思い立った。

わたしは二人の母からいつも大らかな目で見まもられていた。一人はわたしの実の母であり、一人は女房の母である。女房の母は酒田市の在の豪家の生れで、酒田高女を出て阪急沿線の住吉で華やかな生活をしていたが、夫を失ってからは実家に戻っていた。それで月になん度か酒田市に出て来、女房に指図して身のまわりの世話をしてくれたり、本間美術館に誘ってくれたりした。匠町の家がこのように残っているなら、本間美術館も大火を免れて、もとのようにあるだろう。本間美術館はやや海に向かって、旧市街のはずれのようなところにあるのである。

本間美術館は果たして、もとすこしも変わらぬ姿で迎えてくれた。まるでわたしの思い出のあるところを労って、そのまま残してくれたようである。もとは本間家の別邸だったそうで、家は二階建てだが、天井が高いせいか柱が細く瀟洒にみえ、一面に畳が敷きつめられていて、テーブルに向かって椅子に掛け、抹茶なども飲むことができる。庭も鳥海山を借景にした見事なもので、近ごろ収蔵庫のような鉄筋の大きな建物ができたが、はなはだしく景観を損なうには至っていない。

近ごろ、展覧会なるものが盛んに催され、名品逸品の類が一堂に集められる。これぞというものを選んでじっくりと見、その感動を胸に秘めていさぎよく帰ればいいのだが、ついむさぼり見ていたずらに疲れるようなことになってしまう。しかし、本間美術館は必ずしもそのようなことを強要はしない。女房の母などもなにか名品逸品のある部屋で、名園を眺めながら抹茶をいただくという感じで帰り、わたしたちはむろん、そうして帰ることをよしとして満足していた。

たまたま文人画展があり、浦上玉堂、青木木米、田能村竹田の絵が展観されていた。いつもならおそらく、その一つ二つに目を留めて帰ったのだが、田中さん（一松）が解説に見えておられ、なん人かの観客がぞろぞろとついて歩いていた。日ごろ、こうしたものへの解説など無用というより、むしろないほうがいいと思っていたのに、つい仲間になって聞きだすとなかなか面白い。いつとはなしに聞きほれて、浦上玉堂の「凍雲篩雪図《とううんしせつず》」に至って、言いようのない感動にとらえられた。画面には東雲篩雪とあるが、凍雲篩雪の誤りだそうである。渇筆と擦筆を縦横に駆使して、まさに雪になろうとする山峡は、迫り来たって音響を発するがごとくである。

この「凍雲篩雪図」は戦争で行方不明になり、みなが悼んで弔う会をしようとしていたところ、川端さん(康成)に呼ばれて行ってみるとなんとこれがあったという。玉堂は備中鴨方の藩士だったが、五十近くで脱藩、息子の春琴、秋琴を連れて放浪し、詩を読み琴を弾じて東北の山にも二度来ている。この画は東北の冬の山峡をその目で見、その肌で感じたものでなければ描けない。詩を読み琴を弾ずるひとでなければあの響きは聞こえて来ない。写実でなければあの迫真を持つことはできないし、写実を越えたところにまで至らなければ、この感動を等しくなん人にも伝えるということはできない。

「凍雲篩雪図」に接したひとは必ずこれとおなじ山峡を見たような思いに駆られるだろう。わたしもまたそうした思いになった。そして、わたしも放浪の末、月山の山ふところ深くはいって、そのころは訪うひともなかった注連寺にはいって冬を過ごした。山ふところといっても、そこには多くの山々がある。その山々を白くして、いよいよ雪の来ようというとき、わたしはなんともいえぬ感動にとらえられた。そこに「凍雲篩雪図」を見たのである。

玉堂は七十になんなんとして画想湧出し、ついに「凍雲篩雪図」を描くに至った。おそらくは、その死に至るまで漂泊の想いを捨てなかったからであろう。わたしもまた玉堂のそのとしになろうとして、筆力発想ともにようやく衰えようとしている。してみれば、人生がまさに漂泊であることの厳しさを、もはや忘れようとしているのではあるまいか。

（「水墨画」一九八一年十月）

リアリズム一・二五倍論

数年前からフランスに構造主義なるものが台頭してから、わたしは年少から言いつづけて来た構造という言葉を避けるようになった。幼くとも自分で考えて来たぼくなりの構造という言葉が、フランスに台頭した構造主義の亜流のようにとられるのが、いやだったばかりでない。瞥見したところフランスの構造主義は、学としての当然な帰結とはいえ帰納に偏するように思われたし、わたしのいう構造は反対に徹底的に演繹的に思考されて来たものだからである。

わたしのこうした傾向は、徹底的に検討された可能な限り少ない「要請」（公理）を設定して、世界構造をつくろうとする、したがって「要請」いかんによって、それぞれ世界構造が可能であることを示した、ヒルベルト（ドイツの数学者。一八六二―一九四三）に刺激されたのであろう。

小説は大別して、帰納的事実から演繹的展望へと展開する構造を持つか、演繹的展望のうちに帰納的事実を包括する構造を持つかに二分され、カフカ以来ほとんど後者が、現代文学を代表するかの観を呈するに至った。前者をかりに現実的構造と呼び、後者をかりに実現的構造と呼ぶとしよう。しかし、実現的構造と呼ぶところのものも、その演繹的展望は帰納的事実を「要請」として展開されねばならぬばかりか、展開の途上あたかもそれみずからが惹き起こせるがごとくに、矛盾として立ちはだかり、つねにこの矛盾に身をさらすことによってのみ、小説を現在感に満ち満ちた実存たらしめることができるのである。

小説の構造を極め、構造としての小説を実践しようと試みた最初のひとりは、アンドレ・ジッドであろう。わたしはこの試みに魅惑されたが魅惑されるにしたがってかえって不満を覚え、無謀にもわたしなりの論理を打ち立てようと考え、たとえばリアリズムなる言葉を捨て、これを倍率一倍と呼び、その映像が現実との接続する構造を持つものと定義する。そうすれば、その映像が現実と断絶する構造を持つものは、すでに倍率一倍とは呼ばれず、在来の非リアリズムと呼ばれるところのものを定義することができ、リアリズムをはじめとする、もろもろの文学用語の歴史的亡霊から解き放たれた、独立の論理を構築することができるかもしれぬと思ったのだ。

この現実との接続と断絶によるリアリズムと非リアリズムの定義を、友人たちに語ったとき、それはきみの独創ではなく、すでにオルテガ（スペインの哲学者。一八八三―一九五五）の述べたところだと笑ったものがあった。念のために、オルテガが述べたというその箇所を見せてもらうと、なるほど接続と断絶によるリアリズムと非リアリズムの定義が述べられてある。だが、わたしは笑わずにいられなかった。そこには「ガラス板を通して見た外界のように」とあったからである。たんに「ガラス板を通して見た外界」では、倍率一倍とは言えず、したがってそれ以上論理としての構築をみることができない。つねに驚くほど断新な着想を投げかけるオルテガも、残念ながら光学工場の飯を食ったことがなかったと言うべきだろう。

わたしの倍率一倍は、じつは照準眼鏡（一切の射撃に欠くことのできないファインダー）から発想されたものである（文末図参照）。照準は光の直進性を利用して照門、照星を結ぶ線上に被照準体なる現実を置く。ただガラス板に十字線を描いても被照準体を照準することはできない。しかし、わたしたちの眼はそれぞれ眼から相異なる距離にある照門、照星、

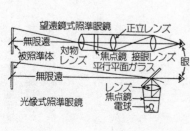

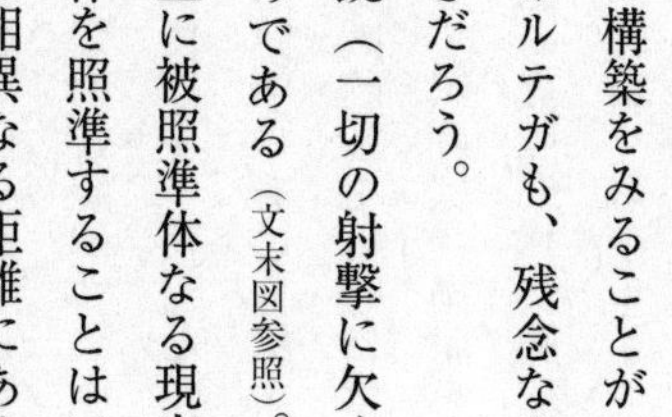

被照準体なる三点に、同時に焦点を合わせて、ハッキリ見ることはできない。そこで、照準眼鏡なるものをつくり、対物レンズによって、被照準体の像を十字線を描いた焦点鏡に結ばせ、接眼レンズを通して見れば、そうした不便はまったくなくなる。この場合、倍率を七倍だとか、八倍だとかにしておけば、被照準体は遠距離のものも拡大されて見ることができるわけだが、それだけに視界が狭くなり、像は現実と断絶して、時には被照準体に照準眼鏡を向けることさえ困難になる。そこで、倍率を一倍にして置けば、両眼を開けて片眼で照準眼鏡を覗くと、像は見事に現実と接続して、ただちに任意の被照準体に照準眼鏡を向けることができる。というのは理屈で、円形の枠を通して見ればみないくらか小さく感じられるから、実際は倍率一・二五倍にしておかねばならない。これが友人たちの間に伝えられた、わたしのリアリズム一・二五倍論の根拠である。

ところが、こうした望遠鏡式照準眼鏡に対して、光像式照準眼鏡なるものがあり、純正の倍率一倍で現実と接続することを可能にするものがある。レンズの焦点に十字線の描かれた焦点鏡を置き、下から豆電球で十字線を四十五度に倒した、平行平面ガラスに照射すればいい。望遠鏡式のそれとは異なり、鏡体のつくる円形の枠を必要としないからだが、譬喩的にいえば志賀文学のリアリズムなど、まさにこの純正の倍率一倍にあたる。それはなんのけれんもなく完璧に現実と接続するものとして、なん人も驚かざるを得ないであろう。しかし、志賀文学に音の上げられぬ者も、これからどうして脱けだせるかに、危惧を感じるものも、少なくなかったのである。

望遠鏡式照準眼鏡には、それを純正倍率一倍にして現実と接続しようとすれば、かえって現実と断絶するという矛盾を生ずる。これがすでに帰納的事実と演繹的展開が孕むところの矛盾であって、いかなる無矛盾な「要請」をもって構築された論理構造も、その究極において必ず矛盾に逢着するというのが、ゲーデル（オーストリア生まれの数学者。一九〇六―　）の証明するところであって、倍率一倍の望遠鏡もじつは望遠鏡のひとつの究極なのである。なぜなら、もし最初に倍率一倍の望遠鏡がつくられたとしたら、だれも望遠鏡としての効用を認めなかったであろう。

歴史的に見ても、リアリズムが小説の到達したひとつの究極であることは、疑う余地はない。しかも、わたしが純正倍率一倍の光像式照準眼鏡の方向をとらず、敢えて倍率一・二五倍の望遠鏡式照準眼鏡の方向をとろうとするのはなぜなのか。それはそうした矛盾を強要する円形の枠が、境界として内部外部を形成してくれ、『華厳経』の言うところではないが、池の蓮の葉にころがる丸い水滴ひとつにも、外部なる全世界が映し出されている。すなわち、内部にもまた全世界があるのであって、そこにも池があり蓮があり、その葉にころがる水滴にも、全世界が映しだされているのであろう。このようにして、わたしなりの論理構造を可能にしてくれるばかりか、これが、わたしなりのものであるだけにわたしの生死観につらなると言っていい覚悟にまで、わたしを導いてくれると予感したからである。

（「毎日新聞」一九七四年二月六日）

生と死の境界——続・リアリズム一・二五倍論

いまはもう記憶も定かでないが、『法華経』の「譬喩品」にこんな話があったと思う。

突然の出火に気づいて、高齢な長者は身ひとつで、ただひとつしかない門から逃れでた。家はすでに猛火に包まれている。しかも、家には子供たちが残っている。高齢な長者はあわてて引き返したが、子供たちはまったく気づかず、身にどんな危険が迫っているかを叫んでも、遊びほうけて聞き入れようともしない。

そこで高齢な長者はいつわって子供たちに、家の外にはお前たちの欲しがっている鹿の車がある、早くおいでと言うと、子供たちはたちまち歓声を上げて走り出て来た。むろん、そこにはそんな鹿の車のあるべきはずもない。子供たちが声を上げて不平を鳴らすと、高齢な長者は子供たちをなだめて、それぞれに七宝で飾られた、象を与えたという。

救われて来たあの世に対して、いまだ衆生の執着するこの世を火宅と称するのも、おそらくはこれに由来するもので、方便といえども衆生を小乗から大乗へと導くことにおいて、悖《もと》ることなきを教えたというよりも、衆生を小乗から大乗へと導くには、むしろ方便を用いざるを得ないことを教えたものである。

いまはしばらく子供たちが中にいて、どうして家がすでに猛火に包まれていたかを気づかずにいたかに目を向けよう。それはただ子供たちが遊びほうけていたというばかりでない。じつは高齢な長者そのひとも、ただひとつしかない門から逃れでるまでは、家がこれほどの猛火に包まれているとは思っていなかったから、子供たちを残して来たとも言えるのだ。

わたしはよく放浪の人などと言われるが、じつは大中小の会社に勤めてはやめ、やめては勤めして来たのである。しかも、その会社の大中小はただ外から眺めて言うことで、ひとたび中にはいって勤めてみれば、いずれもなんら変わらぬ大きさを持っていることに気がついた。すなわち、いずれもこの世とおなじ大きさを持っていたのである。「譬喩品」には、たしかこの火宅に百、二百ないし三百の人が住み、十、二十ないし三十人の子供がいると仮定するという不思議な表現があるが、わたしの言わんとすることを暗示しているのではないかと思う。

外部から見れば、大中小とそれぞれ異なる大きさを持ちながら、ひとたび内部にはいればおなじ大きさを持つ。これは内部と外部を分かつところの境界が、内部に属せず外部に属しているからではないだろうか。さらに言葉を換えて言えば、内部とは境界がそれに属せざるところの領域であり、外部とは境界がそれに属するところの領域であるからではあるまいか（文末図参照）。

内部は、境界がそれに属しないところの領域であるから無限であり、無限であることにおいて同等であるものの、境界がそれに属するところの領域からこれを眺めれば大中小とそれぞれ異なった相貌を呈して来るのである。こうした境界の所属による領域の分類は、すでに数学等にあっては、なんら疑いもない普遍した考えであって、このようにして境界によって内部と外部を接続させ、はじめてまったき世界をなすということができるのだ。ちょうど、わたしがいまここにあるコップを手にとって、このコップとコップ以外のものと言うとき、すでにまったき世界をなすように。

先に述べた「リアリズム一・二五倍論」において、わたしが真の倍率一倍を持つ枠（視界の輪廓）のない光像式照準眼鏡の方向をとらず、よしんばそこに〇・二五倍のまやかしがあるにしろ、望遠鏡式照準眼鏡の方向をとると言ったのは、じつにそのまやかし——いまはもう方便と言ってよいであろう——を強いるところの境界なる観念が導入で

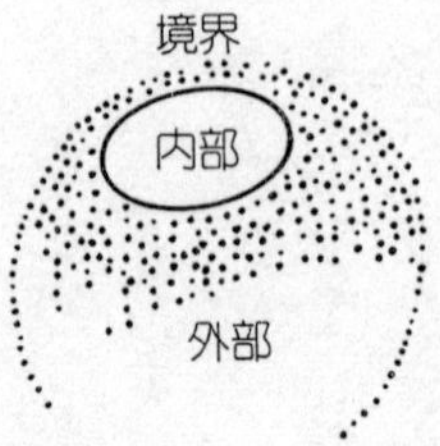

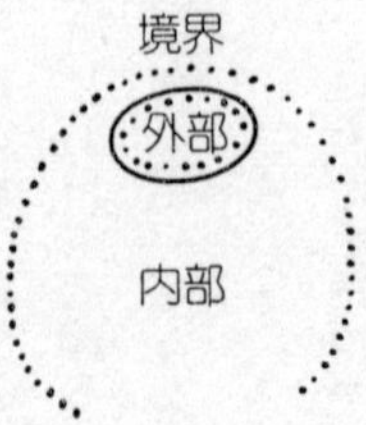

きないと信じたからだ。

もしこの境界なる観念が導入できなければ、これまた『華厳経』に言うように、池の蓮の葉にころがる丸い水滴ひとつにも、外部なる全世界が映しだされているとはいえない。すなわち、内部にもまた全世界があって、そこにも池があり蓮があり、その葉にころがる丸い水滴にも全世界が映しだされているであろうといった論理構造を、可能にすることができないであろう。

このすばらしい譬喩の中には、たんに眼鏡が倍率を高めるというようなものではなく、わたしたちの認識の次元を高める極意ともいうべきものが秘められているのだが、いまはおくとしよう。なによりもわたしたちの認識は、このようにしてわたしという内部に、外部を創造することだと言える。いや、このようにしてわたしは、わたしであることを証明し、からくもわたしであると言うことができるのだ。

なぜなら、わたしたちがこの生をいきていると言い得るためには、わたしたちがこの生の内部にあって、まさに生の内部にあることを証明することでなければならない。しかも、それみずからをもってそれみずからを証明することはできないから、それを証明するためには、外部をなすところの死をもってしなければならないが、境界は外部をなすところの死に属し内部をなすところの生には属しない。

死とはわたしが自分の生から、いずこへかと去るものではなく、生のほうからわたしが去られるものである。すなわち、境界の属せざるところの領域としてのこの生なる内部が、いつしか境界の属するところの領域としての死なる外部になるのであって、それによってはじめてまったき世界をなすと知りながらも、この生をいきるかぎり死を窺い知ることはできない。

ここにおいて、わたしたちのあらゆる認識がそうしなければならぬように、境界がそれに属するところの領域、すなわち死なる外部を、境界がそれに属せざるところの領域、すなわちこの生なる内部に創造し、まさに生の生たるゆえんを証明しようとする試みとしての、さまざまな生死観なるものがでて来るのだ。

これはヒルベルト以来多くの数学者がこころみて来た、それを真なりとするためには完璧なモデルをつくればよいとする試みと酷似している。そのモデルが完璧であるということは、まさに境界がそれに属するところの領域すなわち外部を、境界がそれに属せざるところの領域、すなわち内部につくりだしたということになると考えられるであろう。

しかし、こうした完璧な要請によってなされたいかなるモデルも、その窮極においては必ず自己矛盾を起こすという証明がゲーデルによってなされたのである。してみれば、それは境界がそれに属せざるところの領域、すなわち内部にあって、境界がそれに属するところの領域、すなわち外部を完璧につくることの不可能なるを証明するもので、いかなる生死観もたんなる生死観なるにすぎず、真実はただ真実らしく現れるあいだ真実であり、これを真実とすればすでに真実でないということにおいて、哲学しようという考え方に、わたしを次第に追い込んでいったのだ。

（「毎日新聞」一九七四年三月十四日）

私にとって文学とは何か

私にとって文学とはなにか、とみずからに問うに先立って、私がなぜ文学に戻って来たかを語るのが、手早いのではあるまいか。私が文学に帰って来たかを語ること、すなわち、私にとって文学とはなにか、という問いに答えることになるからである。ながく各地を転々としながらも、上京すると私はまた多くの若者たちに取りまかれることになった。

私は彼等に多くの新しい知識を教えられながらも、つい可愛くなって、からかい半分に言うのであった。君らがそうして私に知識を語る間は、まだ駄目だ。知識などというものは、いかにそれが新しいものにしろ、すでになにかのジャンルに属している。重要なのは、君らがこのジャンルを新たに開いて、前人未踏の境地に立つことである。そのためには、まずなによりもその知識を捨て、君らの定義によって、君らの構造をつくらねばならぬ。

君らは、君らの前途の長きを信じ、私の前途のすでに短いことを笑うかもしれない。しかし、前途はまったく未知であり、未知であることにおいて、私は君らとなんの変わりもないのである。しかも、私は君らより遥かに長い過去を持っている。ケルケゴールの反復ではないが、もしその過去の任意の一点を現在とし、人生をふたたびするの決意に立てば、君らより遥かに有利な立場に立っているのだ、と。

事実、私は私の文学をこのように理解し、文学に帰って来たのだが、反復はいわば永遠の回帰を、私のこの生涯において、証そうとする試みである。いまあるところの現在に安住して、過去を顧みるたんなる思い出に終わることを許さず、たんなる思い出から脱却しようとすれば、過去の任意の一点を現在とした瞬間、私はすでに未知なるものとしての前途に直面するようでなければ、つねに私は私を現在感に満ち満ちた現在において、奥へ奥へと組み立てて行く構造——私は文学をそのようなものだと信じているのだが——を構築して行くことはできない。しかも、その進行の途上には、幾多の体験的事実が亡霊のごとく立ち現れ、進行のよき導きとなるよりも、むしろ乗り越えねばならぬ障害となるだろう。でなければ、たんなる思い出に終わって、反復ということにはならないのだから。

ところでテレビの野球放送などを見ていると、かなり距離があるはずのピッチャーとキャッチャーが、重なりあうほど近くなっているのに気づくだろう。それはカメラが望遠レンズを使用しているからで、ピッチャーとキャッチャーはほとんど同じ大きさに見えるばかりでない。ときには、キャッチャーよりピッチャーが大きく、ピッチャーよりも外野の観客が大きく見えるという珍現象すら呈する。

私はすでに私の持つ過去が長いだけに、それを見極めるために、こうした望遠レンズを使わざるを得ない状態になっていて、もはや私を取りまく若者たちが、二十代であるのか、三十代であるのか、四十代であるのかわからなくなっている。やがてはよく言われるように、遠いむかしはなんとか覚えているものの、昨日今日のことはかえって忘れるようになるだろう。光陰矢のごとしというが、じつはこの望遠レンズの原理によって、意識に実在する光陰の矢の走り来たった距離が短くなっているので、若者たちに対して、前途は未知であることにおいて、なんら変わりがなく、長い過去を持っているというのもなにやら怪しく、若者たちの過去よりも短くなっているかもしれない。

いや、そればかりではない。かつて子供のころに見て、大河の流れと思ったものが、じつはほんの小流れにすぎないことに気づく。そこに渡された大橋梁は、小橋にすぎぬものであり、大平野も原っぱにすぎぬものとなる。これとて私が大きくなったからではなく私のあるところの空間が縮んで来たのかもしれないのだ。

過去の任意の一点といえば、論理的には無限の点である。よしんば、私の過去が、若者たちのそれより短くなり、縮まったとしても、無限であることにおいては、依然として同等であるべきはずだが、遺憾ながら文学として構築さるべき一点となるものは、たとえていえば、「観無量寿経」の全構造を観想せしめる、夕映えのごときものでなければならない。なん人もがなんらかの意味で、いつかはそうした夕映えに出会えるかもしれぬという希望において生き、過去をつくりつつあるのであって、さような夕映えをなす一点が、もはや若者でないが故に、私にあったと言えるかどうか疑わしい。

しかも、前途はなん人にも未知だとすれば、死とはもはや前途がなくなったというよりも、むしろ過去が次第に短くなり、縮まって、ついになくなってしまったものだと、言ったほうがいいのである。かくて、私にとって文学とは、そうした極限としての境界にあって、死の相をとらえ、ムンムンする生をいきる若者たちの敵として、否応もなく、私を私自身のジャンルへと追い込んで来るもののようだ。

（「毎日新聞」一九七四年二月二十日）

幽明への虚実

単純素朴、直感的な現実把握論者から、わたしの論理、ないし論理の実現である『月山』その他の作品が、ある種の疑念反感を買ったとしても、わたしはほほ笑むばかりである。なぜなら、わたしが単純素朴直感的な現実把握論者を否定するということが、すなわち単純素朴直感的な現実把握論者の存在の必然を認めているということを証しているからだ。

更に、わたしが単純素朴直感的な現実把握論者を否定するが故に、かえって単純素朴直感的な現実把握否定論者の白眼視するところとなったとしても、これまた詮なしとしなければならぬ。論理こそはその反対論理をなり立たしめるばかりでなく、反対論理がなり立つことにおいて、その論理がシカと論理たり得るとすら言っていいのである。

わたしは小説はひっきょうするに芸であり、芸であることにおいてその上品《じょうぼん》下品《げぼん》なるは、遺憾ながら出来映えによると信じているから、単純素朴直感的な現実把握論者を否定する者でもなければ、いわんやみずからの論理を高しとして、その反対論理と戦おうとする者でもない。ただですら、わたしはわたしの論理をわたしに耳を傾けてくれる友人たちに語って来たので、反対論理のなり立つことを当然としながらも、いまだにその反対論理なるものを知ろうともしていないことを、告白しておかねばならぬ。

断っておくが、わたしは古典以外は、その人を知らねば、ほとんどその書くところのものを読もうともしない。その人との対話を持つことができなければ、読んでもなにを伝えることもできないし、伝えることによって、はじめてこちらも得ることができると思っているのである。

わたしは青年時代、小説が私小説という形において、もはやどうにもならない状態になっているのを見て来た。しかも、私小説など小説でないというそれだけで、すでに大衆小説とされ、じじつたまたま大衆作家が純文学の雑誌に登場すると、必ず私小説を書き、大衆作家は純文学を随筆と心得ておるんじゃないか、といった憫笑をかったりしていた。

直木三十五が純文学誌『文藝』——当時は改造社から刊行されていた——に登場したとき「私」なる題の小説をもってしたごときである。これは当時すでに純文学なるものが、志賀文学を頂点とし、私小説という形においてわが国の文学なるものを特色づける確乎たるものとなり、ある意味では究極に達していたと言っていい反面には、大衆作家たちに随筆と心得られても、致し方のない状況に立ち至っていたことを意味している。

しかも、わたしは宇野浩二から「小説はやっぱり私がいいね」と聞かされたことがあるが、更に進めて小説は究極的には、それは私だと答え得るものでなければならぬと信じていた。なぜなら、生死も私においてはじめて実存するものとなり、それは私だと答え得るもの、必ずしも在来私小説にわたしを縛するものではない。

とすれば、わたしにとって小説とは私小説からの脱出による新たなるジャンルの開拓ではなく、私小説の変換によってなされる、新たなるジャンルの開拓でなければならなかったのだ。

世に「三冊子」として伝えられるものの一部、服部土芳の『赤冊子』に芭蕉の口伝をしるして、「師の風雅に万代不易あり、一時の変化あり。この二つにきはまり、そのもと一つなり」と述べている。これいわゆる不易流行の説によって来たるところであるが、いったい万代不易などというものがあるであろうか。もっとも、芭蕉はつづけて「かりにも古人のよだれをなむることなかれ。四時のおし移るごとく物改まる、みなかくのごとし」とのべている。

簡単には言えぬが、科学に対して文学を志す者の心のどこかには、遺憾ながらこの万代不易なるものへの憧れが、心のどこかに揺曳している。科学は論理的なものであり、論理的なものは誤謬となり終わらぬまでも、これを含むところの大いなる論理が現れるとき、ただちに歴史の彼方へと形骸化するという、いわば一時流行に対するにも似たはかない軽蔑で、はかないながらも意外にも、小説は論理的なものであってはならぬという、牢固たる信念にすらなって来るようである。

かつて、尾崎紅葉はその雅俗折衷体を会得せんとして、西鶴の書写などやりながら、盛んに洋書的知識をひけらかす山田美妙を笑って、「字引きを引いて、やっとわかり、アッ、こいつは面白れえや、じゃァ面白くねえや」と言ったという。これを野暮にまに受けても、わたしの古典読解力は紅葉の笑った美妙の洋書的知識に優るとは言いがたいが、ほとんど万代不易とされている『源氏物語』も、みずから幽鬼となって遡り、そのおなじ過去に遊ぶ術を心得なければ、金色燦然としているにしろ、もはや位牌に等しい。

しかも、史記列伝が『源氏物語』にもたらしたもの、そのもたらされたものに乗って、やがては中世の芸術論理の秘奥をなすに至る幽玄が生きつづけているのである。このような生きつづけは、いわば評論的生きつづけで、もしこれを亡びずとするものは、いまだこれを含む大いなる論理の現れぬとする者であり、すでに亡ぶとする者はもはやこれを含む大いなる論理の現れたとする者、でなければいかなる論理にも必然的に現れねばならぬ、反対論理に拠るところの者である。

わたしは無謀として憫笑の誇りを受けようとも私小説の変換によってなされる新たなるジャンルの開拓のために、まず在来用語の廃棄において、大胆ならねばならぬとみずからを叱咤した。敢えてリアリズムと言わず、倍率一倍と称するのもこのためで、倍率一倍とはその境界によってなされる密閉にもかかわらず、現実と接続するものと定義しようと試みたりしたのも、その一例である。

しかし、その密閉するところの境界によって、現実と接続すべきはずの倍率一倍では、かえって接続しない。ここにわたしがリアリズム倍率一・二五倍論をとなえるに至ったゆえんがあるのだが、これとて『難波土産』にしるされた近松の「虚実皮膜論」を思い浮かべてもらえれば、さして奇異にも感ぜられぬであろう。「芸といふものは、実と虚との皮膜の間にあるものなり。（中略）虚にして虚にあらず、実にして実にあらず、この間に慰みがあつたものなり」しかも、この境界なるものからして、ただちに内部と外部なる概念が生まれる。いまかりに境界がそれに属するところの領域を外部とし、境界がそれに属せざるところの領域を内部と定義しよう。さすれば、もしわたしが明日を知らぬことにおいて、境界がそれに属せざる領域すなわちこの生に、いつしか境界がそれに属するところとなれば、外部すなわち死になるといえるであろう。

かくて、境界は幽明の境となり、生それみずからによって証すことができず、死によるしかない生の証をも、可能にすることができるかもしれぬという野望すら、わたしに抱かしめるに至ったのだ。

（「東京新聞」一九七四年五月一日）

願望と実現——川村二郎『懐古のトポス』に沿って

川村二郎の『懐古のトポス』は一言にしていえば遠くそのよって来たる所以から説きおこして、「日本浪曼派」を透徹した眼で見なおしたものである。そこに川村二郎が右顧左眄することなく、腹を据えてかかったことを感じさせる。ぼくは「日本浪曼派」には何人かの友人を持ち、傍観的にはその成立の由来から知っているが、傍観的であっただけで、なんの係わりもなく過ごして来た。にもかかわらず、ぼくはこの『懐古のトポス』を読了するに至って、かえってぼく自身の生涯を思いだし、なにかあのときこのときに、ぼく自身の漠然と考えていたものが、次第に明瞭になって来るような気さえするのである。それは川村二郎の持つ説得力のせいかもしれないが、たんにたとえば優れた小説を読まれた読者が、つい自分をその小説の中の人物のように思い込まされてしまうといったたぐいのものとは違う。こう言ってしまえば、ぼくの『懐古のトポス』に対する実感は、すでに述べ終わったも同然であろう。

川村二郎が『懐古のトポス』において、その周到な序説ともいうべきところから、ようやく本論に入ろうとするまさにそのころに、ぼくは東京を去って東大寺の厄介になり、それが縁になっておなじ奈良市の瑜伽山の上に住むようになった。寺院のたたずまい、かすかに渡るあるともなき松籟、土壁や路の砂からも、ぼくはぼくの幼少年期をそこで過ごした朝鮮のことが思いだされるような気がしたからである。川村二郎は「国《くに》思《しの》ひの歌」に触れて、こう言っている。

「いずれにせよ、『うた』が『昔を思い、昔へ向かう人びとの心から』『昔を生きる創造体験として』生れ出たということ、そのことが、歴史上の一時期における歌の特性を規定するにとどまらず、そもそも歌というものの普遍的・本質的な特性に属しているのではないかと想像する時、『国思ひ歌』は、まさにその典型と呼ぶにふさわしいものと見えて来る。もちろんその場合、『昔』とは、確認可能な過去ではあり得ない。今ここにないばかりでなく、かつてあったかどうかもはかりがたい、現実に願わしくもあり、絶対に現実化されることもないという、二重の意味で理想的な状態を、この言葉が示しているといっていいだろう。そうすれば、この『国思ひ』は、志向すべき対象を持たぬ、純粋な方向性のみを印象づける志向、故郷なき郷愁、といったものをあらわしていることになる」

おそらく、そうした想いを通りこしてであろう。遠くかすんで忘れていたと言ってもよいほどだったから、なにかそうした朝鮮のことを思いだし懐古するというより、再現して来たようにすら感じられたのである。

瑜伽山は志賀直哉のいた高畑から、丘陵が延びて終わろうとするあたりで裏には荒池をひかえ、いわゆるたたなずく青垣山にかこまれた大和盆地を一望にすることができる。瑜伽とは端的に解すれば、主観と客観の一体化を意味する。川村二郎によれば三島由紀夫は「日本の風土のなかでは『一如』はあって二元論はない」と言っているそうだが、一如とは読んで字のように一なるが如しで、一つものだというのではない。むしろ、対応し対立するところの二つの概念を、劃然と意識した上での願望としてでなければ出て来ない言葉である。しかし、これについても川村二郎のやがて言及するところとなるので、しばらく措くことにするとして、仏教などにも仏を如来と称し、畏敬の念も加えてではあるが、畏敬の対象とするところのそれそのものを指さすことを、冥々裡に避けようとする趣きがある。しかも、この趣きにおいてこそ玄妙幽玄なる所以があるとされているものを、川村二郎は率直に曖昧と呼び、この曖昧さに避けることなく直面し、東西を対比して秩序ある考察を進め、次第に大和に至るのである。

瑜伽山から朝夕に眺められる大和盆地をかこむたたなずく山々は文字通り青垣山で、奇観をもって美とする者には、ただ平凡な山並みにすぎぬと言っていい。しかし、たとえば驟雨の過ぎたあとなどたちまち霧立ちのぼり、複雑微妙な山襞をあらわにして、すぐれたひと鉢の盆栽がなに気もなくみえながら、この天地自然を感じさせて来るように、連なる高山の頂を見るかの思いをさせるばかりではない。それらの山々そのものも、山ふところあるいは山裾の村々も、あらためてむかしを偲ばせぬ名を、持っていないもののないことに想い至らしめられる。こうしたぼくの心はすでに潜在的に、川村二郎が次のように述べているのとほぼ相似たものを持っていたと言ってもいいであろう。

「これらの歌があってこそ、今日のわれわれが、三輪や二上の眺めに恍惚とする機縁はいよいよ深められるのだから、(それらの歌の作者と)同性な感動と見なすわけには行くまい。それにしても、原始的な心性を近代的なそれと截然と区別して、それぞれが全く異種の構造をそなえたものと推定するような、かつての社会学派の思考の文脈が、ここで妥当するかどうか」

「これらの歌の作者たちは、その目でもって、われわれが見ているのと同じ山を見た。網膜に映った喚起力が、同じだとはいわない。だが、(略)儀礼と習俗の束縛を越えて、歌の作者たちは、やはり、目の前の存在を通じて、存在しないものの美とその測りがたい意味を見ていたのではないか、ということである。いわゆる自然美を眺めるように、ただ見えるものをありのままに見るというのでもない。見えないものを虚空に幻視するというのでもない。この両方の見かたを一つにした形で、さまざまな挽歌や告別の歌において大和の山や川は見られている」

一見、言うまでもない平凡な言葉のように思えるが、簡単にそうは言い切れない川村二郎の基本的な考え方がすでにここに現れているだけでなく、ぼく自身も当時からそう思い、いまだに思っているものを孕んでいる。したがって、いましばらくここに立ち止まって考えてみよう。

川村二郎自身も「書き手としては、かなりしつこく考えたような気もするが、一つのことをあちこちからつつき廻し、言い方を換えて見たにすぎないような気もする。もしそうなら、せめて、いうことは同じでも音色が変わって、ラヴェルの『ボレロ』、とは行かぬにしても、曲想の変化の欠如を多少とも表現のニュアンスが補う、ということになっていれば、と願うばかりである」と書いている。しかし、これを裏返せば川村二郎が一斑を見て全豹を卜せしめるものに達したということで、すでに川村二郎が腹を据えてかかったと感じたのもこれに出ている。必ずしも「日本浪曼派」を見なおす目に右顧左眄なきことを指したばかりではない。

「これらの歌があってこそ、今日のわれわれが、三輪や二上の眺めに恍惚とする機縁はいよいよ深められるのだから、（それらの歌の作者と）同性な感動と見なすわけには行くまい」とはそれらが互いに方向を異にする感動の二つのベクトルだということであろう。このベクトル方式は川村二郎の基本思考をなしているようで、したがってただに懐古においてのみならずたんなる回顧においても、つねに矛盾論が底流にあり、その鷹揚な融合のために曖昧を許容し、「イロニーの場所」なる章を展開する。

しかも、「イロニーの場所」なる章を展開し、イロニーは平衡感覚だという言葉を容認したとき、川村二郎はすでに矛盾として互いに方向の異なる二つのベクトルをなさしめたところの原点を、現在に移動させたかに感じさせる。ここにおいて、『懐古のトポス』はたんなる研究を越えて意味を持つことは言うまでもない。したがって、「さしあたりイロニーは『ディアレクティクの主観的型態』だというヘーゲルの指摘があれば充分だが、（略）一つのものが二つであり二つのものが一つであるということを、知識としてではなく、感覚において知ること、というほどの意味になるだろう」と述べながら、更に「感覚においてである以上、知り方も千差万別であるよりほかなく、そのことがイロニーをことさら難解な心理、乃至生理現象たらしめている。たとえば先ほど『平衡感覚』といったが、それを持つことを幸福と思うか呪いと感じるかでまず色合いは異なってくる。行動する自分を見る自分、その自分をさらに見る自分、こういった、意識の合わせ鏡の無限連続が、直接的な生そのものと意識との距離を能うかぎり拡大するとして、そのような意識を保つことを、生に対する優越と自負するか、生に参与し得ない不幸と嘆くかで、事態は全く逆になって来る」と「華厳経」を彷彿させるような譬喩をもちいて説いている。

しかし、「これらの歌の作者」はそうだとしても、見えない虚空に幻視しようとする考えはなかったろうか。すでに幻視という言葉がある以上、その言葉をなさしめる対立概念があり、幻視する者には虚空から見えないものが示現する——たとえば、密雲の裂け目から立つ光の柱を見る者に、遠く「光あれ」との神の声がしたとしても、敢えて否定することはないであろう。この幻視と示現も構造的には、互いに方向を異にする感動の二つのベクトルであることに変わりはないのだが、このようにして歓喜のあるべきことを教えながら、しかも一如たることを越えて、一体たれと説くのが瑜伽である。すなわち、「一つのものが二つになる」とき、つねに互いに方向を異にする二つのベクトルになり、「二つのものが一つになる」とき、つねに互いに方向を異にする二つのベクトルたることを教えて、いたずらに実存することをやめ、存在としての永遠たれと説くがごとくである。

仏教はその布教の手段としてばかりでなく、このような根元理念によって仏そのものをすら否定する一方では、果てもなく異国の神々を抱擁する。ついには、基督教のそれに比べて多神教的無神論だというものもあるほどで、必ずしも基督教がギリシヤの神々をそうしたように、わが国の神々を流謫したりはしなかった。いや、わが国の神々を流謫したのは、しょせんはわが国の神々だったので、柳田国男もむしろ明治の廃仏毀釈によって、貴重な神々の文献すらも失われてしまったと嘆いているように、本来ならば流謫さるべき塞ノ神のたぐいですら、野仏たちと雑居しているばかりか、ひそかに野仏そのものの中に収まってさえいるのである。とはいえ、川村二郎はなにも基督教に流謫されたギリシヤの神々に対比して、仏教がそうであったと言っているのではない。ただ、流謫された神々を語ったハイネを機縁として柳田国男が民俗学にはいり、折口信夫の「神やぶれたまふ」をあげて、その貴種流離譚への執着を大きな共感をもって述べているのである。

しかし、ぼくは当時瑜伽山の上で、国のまほろばの全円を見晴かしながら、必ずしもそんなことを思っていたのではなかった。ただぼんやりと巨視すれば円環をなすところのものも、微視するにしたがって直線に近づくこと、そのように時間のとり方によってその持つ意味が変容していくこと、そしてその時間に無限を導入すれば、その持つ意味が次第に宗教に近づくのではないかなどと考えたりしていたのである。むろん、そうした考えは宗教のほうから逆算して行ったのだが、それというのもそこでは万葉の歌人ならぬぼくにとっても、「土地が同時に遠い過去の残像でもあったにちがいない、いいかえれば、空間が時間であったにちがいな」かったからかもしれない。もっとも、こういう考え方からすれば時間もやがて記憶として空間となる、ぼくのはそれとすこし違うのである。

ぼくは思い立って樺太に旅立ち、多来加湾にそそぐ悠揚たる大河、幌内川の流域にひろがる広漠とした雪のツンドラ地帯で、馴鹿の群れを追うてテントを転々とさせるヤクート、ギリヤーク、オロチョーンの雑居小集団とともに暮らした。それも遊心の赴くままにそうしたので、格別柳田国男にならって民俗学的なにものかを得ようとしたのでもなければ、折口信夫にならって、身をもって貴種流離譚を味わおうとしたのでもない。またこれらの北方民族によって、ぼくらの祖先がかつてどのように生活したかを知ろうとしたのでもない。ただ、いくばくかの好奇心の他になにかがあったとすれば、ぼくには瑜伽山の上にあって、千年を心とした意味を求めるような気持ちがあり、いささかでもそれを知るためにも、いますこし延長してみたかったと言っていいであろう。

彼等にもかすむ記憶とともに忘れさられたというだけで、伝承して来た話がなかったとは言えないかもしれぬ。ながく文化に見離されたというだけで、かつては文化がなかったとは言えぬかもしれぬ。しかし、彼等が馴鹿の皮を衣服とし靴として、黙々として白樺の薪を燃しながらその肉を食い、時に酔って唄う者があってもその声はもの侘しく単調で唱和するものもなく、テントに吹きかかる吹雪の中から僅かに馴鹿の首につられた鈴の音が答えるばかりである。川村二郎はアルニムの「民謡について」に触れ、アルニムがドイツの田舎、特にライン河沿岸で歌われている民謡の美しさをたたえる、きわめて昂揚した頌歌調を、文明の頽廃を指弾する慷慨調と交錯させながら、「民謡のひびきを聴く時、ひとは心の内なるドイツがはげしく揺れ動き、新しい未来がそのひびきから語りかけてくるのを感ずる。古い歌は民族の未来のためにあるのだ」と叫んでいるのとは、気も遠くなるような違いである。

柳田国男は田植歌について、「言葉は理解の為に世を追ふて改定せられ、歌の形も色々の動機によつて変化したけれども、尚そのメロディーには遠い祖先の世の美しいものが、片端はまだ伝はつて居るであらう如く、歌の趣向の中にも歴代の生活経験、ことに最も探りにくい農民の意図と感覚とが、織り込まれ畳み重ねられて居る。それを此方面から尋ね求めることは、今ならばまだ不可能ではない。たとへ、あの清い歌声が永遠に緑の野から消え去つてしまはうとも、この我々の未来に必要なものだけは、何としてなりとも明白にして置きたいものである」と語っているという。しかし、雪のツンドラ地帯のテントの中では、ひとりだれかが「グーヌングック、グーヌス」と歌いだしても、それに合わせて手拍子を打つものもいない。歌は空しくやみ、人々はやがて焔を失って、僅かに赤く火を留めようとしている白樺の薪のかたわらに横たわる。もしそのメロディーが遠い彼等の祖先の世の片端であり、彼等の未来に必要とするものであるならば、彼等はもはや彼等の未来すら考えなくなっていると言ってもいいであろう。

だからこそ、彼等は亡び行く民族なのだといわれるかもしれない。なぜなら、すでに述べたように懐古ないし回顧は、その過去に互いに異なる方向のベクトルをなさしめる原点を持ち、それを現在に移動させたえず存在を実存たらしめて、未来を展望し立ち向かうことによってしか、ぼくらはぼくらの現在を鼓舞することはできないのだから。いや、アルニムはその「民謡について」を、「精神の現在があるのと同様に、精神の未来、精神の過去というものがある。そしてもしこの未来と過去がなければ、誰に現在を持つことができようか」と結んでいるという。この論法からすれば、彼等はすでに未来をすら持っていないと言えるかもしれない。しかし、過去における原点を現在に移動した互いに方向を異にする二つのベクトル、すなわち現在における矛盾は、つねに矛盾が矛盾でなくなろうとする方向に進もうとするように、展望されそれに立ち向かうべき未来をつくって行くかもしれないが、つくって行こうとするそのことによって、矛盾は更に大きくなって行かねばならぬ。

事実、彼等は朝が来、夜が来れば、あたりはそれらしい風景を呈するというだけの、この世ならぬところの人々といってもよかったのかもしれないが、彼等とともにあることで、ぼくは言いようもない安らぎの中に、はじめて自分を見いだしたような気がしないではいられなかった。テントの移動につれて広漠たる雪のツンドラ地帯の彼方に、連なる山々が現われ、ときに近づきまた遠ざかって行く。それらの山々にはいずれも名もなく、彼等は名もないそれらの山々に名づけようともしない。また、名づけたとしてもなになろう。たとえ、山々が彼方にあり空が晴れ上がっていたとしても、ひとたび吹くとたちまち吹雪があたりを白濁させてしまう。それがもし移動中であれば、ともするとその白濁の中に薄れ消えようとする、橇を曳いて走る馴鹿に彼等自身の命運をまかせ、やがてはどこに点在するとも知れぬ、トド松やエゾ松の林に導かれることを祈る他はない。彼等が殺しその皮を衣服とし、肉を食う馴鹿を神としてである。それはもはや一なるが如き一如ではなく、まったく彼我を分たぬ一体といわれるべきものであろう。事実、ぼくには、彼等のだれがそうとはいえぬものの、ギリヤークあり、ツングースあり、オロチョーンのあることがわかるような気がしたが、彼等自身はそうした一体の中に溶け込んで、すくなくともその区別すら感ぜぬもののように思われた。

あれこそ実存することをやめ、存在として永遠なるものだったのだ。ぼくは瑜伽山に帰ってからも、彼等との生活を夢のように思いだし、いつとはなしにぼんやりと知識を捨てることが知恵に至る道だと考えはじめた。そして、それこそは瑜伽山が瑜伽山と名づけられたところの瑜伽の教えだったにもかかわらず、ぼくは瑜伽山を去って遊心の赴くままに、あるいは太平洋に暮らしたり、南の町々はおろか北の村々までも転々としたのである。そのためにも、ぼくはしばしば働かなければならなかったが、働いたのもひとえにその遊心を満たすためで、あたかもひと冬を北方民族の彼等とともに過ごした、雪のツンドラ地帯の安らいだ生活が、あれはほんとに夢みたことで、もはやふたたび見ることのできぬように考え、見ることのできぬが故に捜し求めようとするにも似たものが、心のどこかに揺曳していたのかもしれない。

それかあらぬか、ときにぼくは心理の深層から神話を引きだしてみせたフロイトを思いだしながら、ひとり頷いて友人に手紙を書いたりしたものだ。ぼくが千年を心とした意味を求めるというのを、迂遠だなどと笑ってはいけない、現にそのようなものとしての神話がいまあるぼくたちの心理の深層にひそんでいるではないか、と。してみれば、ぼくはすでにあの雪のツンドラ地帯の安らいだ生活を、神話と見做していたのである。事実、彼等は神話に見られるようにひとりの亡命者にひきいられ、馴鹿の群れとともに韃靼海峡の氷海を渡り、密林の国境を抜けて来たそれこそ流謫の神々で、もはや彼等の追われたシベリアの曠野も遠く忘れはて想いだすこともなかったが、フロイトが心理の深層に見出したものはエディプス王神話にみられるように暗黒にひそむ根元的矛盾である。「観無量寿経」があきらかにこのエディプス王神話を移入し、それをふまえた上での幻視示現への約束であるとするならば、ぼくがそうして神話と見做していたものは、たんなる懐古の心を越えた願望にすぎぬかもしれない。しかし、また願望が神話たり得ないとは、どうして言うことができるだろう。いや、いかなる神話も願望なくしては、実現されなかったのではあるまいか。

手紙といえば、ぼくは行く先々の町や村から友人に手紙を書いた。そして、それを出す友人は実際は徐々ながらも増えて行ったのだが、たとえ次第に減っていき、まったくなくなったとしても手紙を書き、そのとき出すものこそぼくの語るべき大いなる相手であり、そうした手紙こそぼくのほんとうの手紙であると思っていた。そのとき、ぼくは必ずしも自分を孤独と感じていたわけではなく、みずから好んでここに来たのだと、絶えず自分にそう言いきかせて来た。しかし、自分にそう言いきかせるということは、現にここにこうしているだけで、みずからが行くあてもなく眺める行く雲、流れる水になり得ず、友人を鼓舞することによってしか、自分を鼓舞することができぬような孤独感が潜在していたのかもしれぬ。友人にもまたそうした手紙を書くことを要求し、必ずこうつけ加えた。「きみはどうしてこんなことを書いたのか。それがきみであるからなのか。きみがなにかを書こうというとき、きみはそれがただちに『それは私である』から、と答えられるものでなければならぬ。このようにして、きみはぼくにきみの心理の深層に眠る神話を実現してみせてくれねばならぬ」

ぼくはみずからの願望を友人によってかなえたいと考えていたのだろうが、それがこうした言葉になったのは、おそらく友のくれた多くの手紙からカフカを教えられ、いわゆるリアリズムの名のもとに金縛りになっている「私小説」の拡大の可能性を感じたばかりか、カフカはこのようにして新たな神話を実現しているのではないかと推測したからである。ところが、川村二郎はトーマス・マンの『ヨセフとその兄弟』が「わたしが彼である」という定式にのっとられて書かれていると言い、それが証言として次のような一節をその「始原への旅」から引いている。「カエサルはアレクサンドロス大王を模倣しようとしていたのだ、と、古代における彼の伝記作者たちは信じていました。ところでここにいう『模倣』とは、今日その言葉にひそむよりはるかに大きな意味を持っています。それは神話的な同一化の謂であり、そしてこの同一化は古代にはとりわけなじみ深いものでしたが、はるかに近代の中にまで跡をとどめており、精神的にはいつどこでも生じ得るのです。ナポレオンの形姿に古代的な特徴のあることはしばしば強調されてきました。……彼が東方遠征の時、自分をアレクサンドロスと神話的な意味で混同していたことは、疑う余地がありません。そして後になって、もっぱら西欧に心を向けた時、彼はこう宣言しました。『わたしはカール大帝で[、]あ[、]る』御注意下さい——『わたしは彼を思いだす』ではありません。『わたしの立場はカール大帝の立場と似ている』でもなければ、『わたしは彼のようだ』でもない。ただあっさりと、『わたしは彼である』というのです。これが神話の定式なのです」

「わたしはカール大帝である」もしトーマス・マンが言うように、ほんとうにナポレオンの形姿に古代的特徴のあることが、しばしば強調されていたとするならば、こうした断定はすでに栄光を得たとするものの倨傲であり、その同一化の方向においてカール大帝にまで移動し、みずからを実現させようとしているので、みずからにまで移動し、カール大帝を実現させようとしているのではない。かりに一歩を譲って、これが英雄ひとを欺くたぐいのものであり、このようにして士卒を鼓舞することによって、栄光に向かおうとする者がしばしば陥るところの孤独感から、みずからを鼓舞しようとしたのだとしても、その願望の方向においてはなんの変わりがないといえる。かくて、ひとびとをして無限にその根元的な原型へとさかのぼらしめるので、歴史小説とはすくなくともその移動の方向を逆にしている。とすれば、川村二郎が歴史小説を語って、次のように言っているのも容易に頷けるだろう。「歴史小説とはそもそも近代の産物であり、その建前は、過去を過去として捉えるというより、むしろ過去を今日の視点のもとに合理化し、今日の心理に諒解しやすい解釈を加えることにある。その底にあるのは、当然のことながら、歴史は進歩する、人間は時とともに賢くなるという信仰である」

では、歴史は進歩しないというのか、人間は時とともに賢くならないというのか。それはそれとして大きな問題を持つとしても、ぼくはいまそんな問いを問おうとは思わない。川村二郎もその『懐古のトポス』において、トーマス・マンにそうした神話化の方向が可能だったかどうかを、『ヨセフとその兄弟』で論及しようとしているのである。ぼくは不幸にしてまだ『ヨセフとその兄弟』なるものを読んでいないが、ついに友人の勧めにしたがってカフカを一瞥するに至り、そこに現代の神話ともいうべきものを認めないではいられなかった。カフカはまさに「それは私である」という同一化の手法をとって寓話の世界にもぐり込み、なにものに対しても含んで来ようとする。そうした寓話の世界を、ぼくはなぜ現代の神話と感じるのか。寓話もなお流謫の神のように、かすかながらもまだ根元的な原型をたもっているからなのか。それにしても、その一なるが如き曖昧さには胡散臭さがあり、その同一化には疑ってかかれば、すべてが偽物とさえ思われかねない。そこにカフカのカフカたる所以があるのだが、トーマス・マンにはなんとしても曖昧さに耐えがたい明晰さがあり、なんとかして本物に思わせようとする志向がある。川村二郎が敢えて『ヨセフとその兄弟』を批評の対象としてとりあげたのも、真意はここにあるのではあるまいか。

そんなことを思いながら、たまたまスイッチをひねると、驚いたことには幻視しようとする者に示現するように、ブラウン管からあのギリヤークやツングース、オロチョーンたちが現われた。彼等もまた流謫の神のように追われて、日本の北端の町に来、アナウンサーの問いに答えて、スタジオでこもごも雪のツンドラ地帯への思慕を述べているのである。ぼくは思わず見入りながらも、われともなくスイッチを切った。彼等はもはやその神とし肉とした馴鹿も奪われてしまったのに、その皮の衣服を着せられ、靴をはかせられ、みながみな当時の者でなかったにしても、幼い者が老いて当時のようにあまりにも明瞭に現われて、稚拙な日本語を喋っていることに、顔をそむけたいようなおぞましさを感じないではいられなかったのだ。といって、ぼくが彼等の命運に同情しないなどというのとは、まったく違うのである。

ある生涯

（「文學界」一九七六年一月）

横浜の朝日カルチャーセンターで、なん人かの講師を選び、それぞれに「わたしの一冊」を選ばせ、次々にそれについての講演をさせるという企画があった。わたしは内村鑑三の『後世への最大遺物』を挙げて話すことにした。事実、この本はわたしが放浪した先々にも持ち歩いたし、明治の精神ともいうべきひとびとを鼓舞するものを持っている。その上、内容が簡単明快で、だれにもたやすく理解されると思ったからである。

読者のなかにもすでに読まれた方が多いであろう。内村鑑三はまずわれわれの住むこの地球がいかに美しいか、この美しい地球に生を受けた以上、生を受けたところの証しを残さずに去ることはあまりに寂しいではないかと言う。それでは、なにをどうした形で残せばいいのか。まず金を残すことが考えられる。金を残すといえば、いかにも賎しいことのように思われがちだが、決してそうではない。

金も大いにためるならば、どんないいこともすることができる。しかし、この金をためるということは、これこそ大いなる才能のいることで、だれにもできることではない。それではなにを残せばいいのか。『後世への最大遺物』は暗雲天を覆う日清戦争のまさに勃発しようとする明治二十七年、芦ノ湖畔で行われた。芦ノ湖には有名な箱根用水がある。内村鑑三は、これがなにかいいことをしようと思い立った兄弟二人によってなされたことを語った。

この箱根用水によって広大な荒地が沃土と化し、いまにその恩恵を与えている。しかし、これとてだれものなし得ることではない。では、どうすればいいのか。内村鑑三のところにはひとりのばあやがいた。そのばあやが国などに帰ったとき、あれこれと案じて手紙をくれる。まる出しの土佐弁で、てにをはもろくに整っていないが、こまごまとした心やりが、おのずから伝わって来る。内村鑑三はこれこそ文学というものだが、これさえもできないというものがあるかもしれない。

しかし、そういうひとにすら残されるものがある。いや、残すまいとしても、残さずにはいられないものがある。それは他でもない、そのひとみずからの生涯で、これこそだれにも残されるというより、残さずにいられないものであるが故に、もっとも大切な遺物である。この遺物をして勇ましい高尚なるものたらしめようではないかというのが、内村鑑三の論旨である。これが日清戦争勃発を前にして行われたものであることは、すでに述べた。しかも、身はいわゆる第一高等中学校（のちの第一高等学校）不敬事件に問われて、不敬漢、国賊と呼ばれて、日本国中枕するところなきに至っていたのである。

聴講者にいささかの感動をもたらし得たようである。しかも、わたしは内村鑑三が『後世への最大遺物』で、説いたものを語ったにすぎない。わたしはかつて月山の山ふところ七五三掛《しめかけ》注連寺《ちゅうれんじ》で、激しい吹雪に耐えながら、寺守りのじさまとひと冬を過ごしたときのことを、思いだすともなく思いだした。注連寺はいまではもう想像のつかぬほど荒れていた。寺守りのじさまは七五三掛に生まれたのだから、七五三掛で死なせたほうがいいだろうというので、養老院からもらわれて来た人で、足ももう自由でなかった。

しかし、いよいよ吹雪が吹きだすと、目覚まし時計を掛けて暗いうちから起き、たとえだれも来なくとも、道がなくてはいられるものではないと言って雪を踏んだ。踏み終わると、囲炉裡に坐って終日鉈で割り箸をつくった。敢えてみずからに仕事を課して、空しく今日今日にあることに意味づけようとしたのである。何束かつくって束ね終わると、寺のじさまは煙管を出してわたしに吸わせ、自分も吸うと、やっと鷹匠山《たかじょうやま》まで来たなどと言った。

注連寺はもともと湯殿山《ゆどのさん》の参拝者のためにできた寺で、湯殿山に行くには鷹匠山を回らねばならぬ。塞《せい》の峠を越えねばならぬ。仙人嶽に至らねばならぬ。寺のじさまは割り箸を何本つくればどこまで行くときめていて、さながら吹雪の中を歩くようなつもりでいたのかもしれぬ。ある夜は鷹匠山を過ぎて、塞の峠まで行き着くこともあった。仙人嶽に至ることもあった。これらの山々を越えても、また注連寺まで戻らねばならぬ。こうして、ひと冬かかっても、ついに湯殿山には行き着くことはできなかった。しかし、行き着くべきところに行き着かぬが故に、かえっていまも行き着こうとしているかのように、寺のじさまはわたしの胸に生きているのである。

（「宝石」一九八二年三月）

小説と映画

小栗康平監督の映画「泥の河」は、日本映画監督協会の新人奨励賞を受賞、五十五年度文化庁優秀映画十本の一つにも選ばれた。週刊誌等も競って小栗監督の談話や横顔を紹介しているようで、名声すでに定まったかにみえる。わたしも新人奨励賞の授賞式に出席し、映画「泥の河」を観、紹介されて小栗監督の人柄にも触れた。なにか忘れていた、もはや遠くなったものが、しばし甦って来たような、ほのぼのとした心地になっていたので、ふとあの映画は三十五歳という小栗監督その人の自画像ではなかったか、といった気になった。物語が設定された昭和三十一年に、あのすばらしい演技をみせた食堂の子供信雄や、廓舟の子供喜一が九歳だとすれば、小栗監督自身もおなじような年頃に、おなじような人の世のなりわいを見て来たのではあるまいか。そうした意味で、小説に私小説という言葉があるように、もし映画にも私映画という言葉が許されるならば、あれはまさしく私映画と呼ばるべきものであろうと思い、かえって斬新さをすら感じた。

わたしはかねがね日本の映画が、外国の映画に比べてソロ的であり、オーケストラになり得ないことを嘆いていた。たとえば馬が坂道にかかって、鉄屑を積んだ荷車を曳きかね、それを後押しする馬方が下敷きになって死ぬ。こうした場合も外国の映画なら、それぞれに演技する群集を背景にして描かれるであろう。すなわち、いかなる人生もより多くの人々の人生の中においてあるように、いかなる演技もより多くの人々の演技の中で行われる。これはひとり映画においてそうであるばかりでなく、小説においてもそうである。その壁を打ち破ろうとして、わたし自身も試みたことがあったが成功せず、オーケストラであることを放棄して、むしろソロであることに徹して、日本人の日本人たる所以のものを打ち出そうと観念した。小栗監督の映画「泥の河」がなにか忘れていた、もはや遠くなったものが、しばし甦って来たような、ほのぼのとした心地にさせてくれたのは、そうした時代のあったことをまざまざと再現してみせてくれたからなのはむろんだが、いたずらに野望に燃えず、ソロであることに徹して、日本人の日本人たる所以のものを打ち出し、徐々につくられて来た伝統の忘れ去らるべきでないことを、思い出させてくれたからかもしれない。

しかも、近ごろ珍しいモノクロで、カラーではない。モノクロのほうがカラーに比べてフィルムが変色しないとか、いや、じつはモノクロのほうがカラーよりも金がかかるとか、いろいろ論議があるようだが、モノクロで撮ったのはそうしたこととは無関係であろう。宮本輝氏の原作「泥の河」は太宰治賞を受賞した珠玉の佳篇で、的確に色を用いている。どちらかといえばモノクロであるより、カラーなのである。それを敢えてモノクロを選んだのは、小栗監督に意図するところがあったに相違ない。物語は汚れ濁った大阪の河岸に、へばりつくようにして生活している人々、しかもそれらの人々が戦争にも生きのびてやっとここまで来ながら、スカのように死んで行く侘しさを描いたものである。この侘しさを表現するためにはモノクロに越したことはない。カラーはいつもカラーでありすぎることによってしか、カラーであり得ない。わたしは子供のころ、画を描くときには黒い鏡に映して、まずその形象を捕えよと教えられた。そうすれば色の氾濫が吸収されて、輪廓がより明確になるというのである。

それにしても、不思議なことにわたしは映画「泥の河」を観ながら、侘しさに付き纏うにおいのようなものを感じた。カラーでないことによって、カラーを想起しようとするわたしの感覚が、嗅覚にも働いたのかもしれない。それほど魅せられて、大きな満足をもって観おわったが、信雄が立ち去ろうとする廓舟を追って、橋また橋を走り渡ろうとするとき、冒頭に現われ出た巨大なお化け鯉がふたたび姿を見せる。たしか原作ではそうなっていたはずなのに、映画ではその鯉を見せずに終わる。そのほうがよいとかつてわたしは時評で言ったことがあるので、これにもわが意を得たような心地になった。しかし、原作を再読して、わたしはわたしの時評が当を得たものでなかったことを、知らねばならなかった。あの鯉は人の世のなりわいの上にある、デモーニッシュなものの象徴として、どうしてもあらねばならぬものであったのだ。

それぱかりではない。原作では座標原点を昭和三十年に置いて語られているのに、映画ではそれを昭和三十一年まで移動して撮られている。そのため、信雄の父、食堂の晋平が呟いた「まだ戦争は終わっていない」という言葉は、「もはや戦後ではない」という新聞の記事になり、子供たちが覗き見するテレビには、栃若決戦の相撲が現われる。このほうが観客にそれがいかなる時代であったかを強く訴え、映画としてはいいであろう。卓抜な設定だと思うが、原作では食堂の晋平が前途に物語を持とうとしているのに、映画では過去に物語を持っている。すなわち、映画では晋平には舞鶴にいたとき知り合った女、房子がいた、それを捨てて現在の妻貞子と結ばれ、ともに房子の死の床を見舞うことになっているが、原作ではさようなことは一切ない。ただ目論見も定かならぬ仕事に希望を抱いて、ものみなが去り行く中に、みずからもまた新潟に去ろうというだけである。むろん、小説としてはこのほうが遥かによい。物語の中に物語を持たせることは、物語を二つに割る恐れがあるからである。おそらく、映画においてもそうであろうが、いかにカメラを振っても、少年信雄ひとりの眼で見通す小栗監督の視線の確かさが、有無を言わせぬ映画空間をつくり、物語を割れることから救っている。わたしが映画「泥の河」に小栗監督その人の自画像を感じ、私映画と言いたいと思ったのも、あるいはこの視線の確かさのためであったかもしれない。子役むろん俳優たちもみな、水を得た魚のように、いきいきと演じている。切に小栗監督の大成を望みたい。

（「朝日新聞」一九八一年五月十八日）

Ⅱ

老人諸君

こんどの芥川賞受賞で連日新聞、雑誌、週刊誌、テレビ、カメラに追いかけられ、わたしのとしがいやおうもなく曝けだされることになった。ぼくはその時六十一歳、この一月二十八日で六十二になった甲羅も甲羅、大甲羅の生えた男である。もしぼくの「月山」が受賞にでもなるようなら、マスコミが面白がって、この甲羅に照準を定め、ねらい撃ちして来るだろうことぐらい分かっていた。果たして思い通りの結果になった。

「森さんは若いぞ。驚くなよ、と言われて来ましたが、なるほど若いな」

などという若い編集者があり、ぼくは先刻承知、あたかも手に唾して待ちかまえ、マスコミの裏を掻いたような気持ちになったが、ふと思い出されることがあった。四年程前、喀血だか、吐血だかした。それが尋常な量でないばかりか、一週間もつづいた。幸い、ぼくの勤める印刷所の隣、といっていいほど近くに新宿厚生年金病院があり、産婦人科以外は泌尿器科まで診てもらったが、まったく原因不明に終わった。そのとき、なに気なくカルテを見ると、どういう訳かぼくのとしが六十七歳と書いてある。憤然として、

「六十七歳はひどい。ぼくは五十七歳ですよ」

と、ぼくの好きな女医さんに言うと、そばからまだ若い小ぎれいな看護婦さんが、口に手をあててホホホと笑った。

「そうでしょう。バカに若いお爺さんがいるものだと驚いてたけど、五十七歳ならわかるわね」

これである。ひょっとすると、ぼくを若いと言ってくれた編集者も、こころではこの若い看護婦のように、見ぬくものは見ぬいた上で、おだてているのかもしれないのだ。

連日のように、ぼくの受賞を祝って下さる電報が届けられた。電報が終わると葉書になり、手紙になったが、その手紙もきわだった若い者か、きわだった老人かが目立って多くなった。若い者は老人なんかに負けるものか、おれも奮起してみせるぞといった主旨のもので、老人はかつては小説家を夢みていたが、いまはあきらめてもっぱら短歌俳句をたしなんでいる。しかし、貴殿の出現を見、勇をふるってふたたび小説を書くことにした、といった主旨のものである。ぼくは老人であるから、老人はきらいであるが、一応老人の味方をして老人がどんなものであるかを語ってみよう。

ぼくはまだ若く、母はいまのぼくよりずっと老人だった。街を歩いていると、前のほうを母が歩いている。追いつこうと思うと、どういう訳か足を速めて、逃げようとするのである。逃げようとするから、追いかけると母は突然両手を振って駆けだし、横町に曲がった。ぼくも思わず駆けだして、やっと袋小路のどんづまりで追いついたが、母はすっかり息を切らして言うのだ。

「どうして追っかけてなんか来るの？」

「だって、逃げるからさ。なぜ、逃げたりなんかするの」

「お前みたいな大きな子があるとしと思われたら、恥ずかしいじゃないの。早くお行き」

母には日本競馬会の顔役の娘だった渡部さんという友達があった。これがまたしゃれたハンドバッグから脱脂綿を出してみせたりして、

「女ってほんとに困ったものですわね」

などと言うのである。渡部さんは美しいひとだったが、美しくても母とどっこいどっこいのとしだから、これはちょっと無理である。それにやはりおなじようなとしの、かつては統計局長をやったことのある水瀬さんという老人が組になって、性懲りもなく、麻雀屋を負けて回っていた。

その日は負けが余程ひどかったのだろう。一人勝ちに勝たれたらしい大学生をぼくの家に引っぱり込んで来たはいいが、老人たちは負ければ負けるほどいきり立って、もう一チャン、もう一チャンで、二日つづきの徹夜麻雀になった。さすがの大学生もフラフラになり、目も見えず耳も聞こえずで負けはじめ、もとも子もすってしまった。老人たちはカネはともかく、勝ち

さえすればよかったのだが、青年は、

「腐ったな」

と言って両手を挙げ、あお向けになってそのまま眠ったかと思ったら、若い身空で脳溢血で死んでしまっていたのである。

老人たちはあわてて大学生の下宿をさがして、棺に入れて連れてもどり、そこにあった手紙から四国の生家に電報を打ったりした。生家からは両親が上京して来、あらためて通夜になった。ぼくはいまも、自分たちよりはるかに若いその両親の下座に、ただささえ背丈も縮まった母たち三人組の老人老婆が、いかにも面目なさそうに、ちんまりと坐っていた姿を忘れない。


（「読売新聞」一九七四年一月三十日）

瞼の裏の目

わたしはグレイのオーバーに白い手編みのマフラーをし、大きな黒いカバンをかけ、まだ暗いホームから最後部の車輛に乗る。ボギー車だから、うねうねと曲がる電車がまっ直に伸びると、最前部の車輛まで見通しである。車内はほとんどガラ空きだが、ところどころにスキーに行く若いカップルや、ゴルフ道具や釣道具を傍に置いた老若が掛けているだけである。こういう連中も通勤となると、ギュウギュウ詰めの電車にわれとわが身をブツけるようにして割り込んだり、尻押しまでしてもらって、やっと乗り込むのであろう。勤めもレジャーと思えば、当局も躍起になって、時差通勤を呼びかける必要はないのである。

わたしは勤めもレジャーと心得ているから、そんな憂き目を見ることはまったくない。したがって、あまりいい社員とは言えないが、わたしの厄介になっている小さな印刷屋は、そんなわたしを快く迎えてくれ、わたしとしてもなんの不足もないのである。なにしろ、あまり早くアパートを出るので、見て来ようにも新聞もまだ配られていないのだが、電車の天井には空しく週刊誌のビラ等が下がっている。そのキャッチ・フレーズで、なんとか時流の話題を知ることができるばかりか、このとしでアグネス・チャンや桜田淳子ちゃんの名を口にして、同僚たちを驚かすこともできるのだ。

電車は郊外を走るので、視界も広く見通しもきき、おなじ時刻の空の暗さ明るさで、寒いといってももう春も近いなどと感じるのである。そこで、わたしはおもむろに膝を組み、黒い大きなカバンから原稿用紙を取りだす。原稿用紙といっても、わたしは印刷屋に勤めているのであるから、校正刷に出した紙を二つに切って、ホチキスで止めたものである。わたしはボールペンを走らせながら、いつとなく自分の世界にはいって行く。新宿で乗り換える時間も、わたしにはむしろ一休みで、そのために思考を中断されることもない。地下道を抜けて環状線に乗る。環状線はむろん遠回りになるのだが、グルグルと回って、のうのうと掛けっぱなしに無限に掛けていられるような、安堵感を与えてくれるからである。ようやく客が混みはじめたころ、路線を換えて出勤すれば、べつに時計を見ないでも遅刻することもない。

わたしのアパートはバスもトイレもない小さなもので、必要なものはみな黒い大きなカバンに入れてあり、必要なものはほとんどこれしかないといってよい。いわばわがアパートは方丈の庵であるばかりか、黒い大きなカバンを肩に全財産を持ち歩いているのであるから、ストで動かなくならぬ限りは、電車は動く書斎であって、ときによっては必ずしもわが方丈の庵にすら戻ることを必要としないのである。

こうして、わたしの『月山』ができ上がり、幸いにして好評を得、心うれしく思ううちに、芥川賞が授賞された。考えようによっては、この動く書斎は、ひとりでいるよりも孤独である。わたしにとってはうまい思いつきだというだけで、至極あたり前のことだったが、これがたちまちマスコミの目をつけるところとなった。

連日のように新聞、雑誌、週刊誌のカメラマンが来て、孤独の場にいるわたしにカメラを向けるのである。それでも乗客は少ないしへんなやつがいるからモデルにしているのだろう。そんなぐらいに考えて、べつに反応を示さなかった乗客も、いよいよそれが写真になって現れたところへもって来て、決定的なことが起こった。テレビがぼくの方丈の庵はむろん、動く書斎と、ぼくの一日を撮ろうというのである。テレビとなると撮影も大袈裟なのである。それに藤田弓子さんがついて回ってくれたが、人気番組のショーで弓ちゃんを知らないものはない。弓ちゃんは小柄で、フランス人形のような顔をし、べつに着かざってもいず、

「わたしのサングラスは度がかかってるの。乱視なので、わたしちょっとロンパリでしょう」

と、カチューシャのようなことを言い、わたしのグレイのオーバー、白い手編みのマフラー姿を、ベスト・ドレッサーなどと褒めてくれるのである。なんだか可愛い孫娘のような気がし、こちらがリードして上げるつもりで、結構リードされてしまった。ディレクターもなんとも言えぬ気持ちのいい青年で、むしろ楽しい一日を過ごしたが、それから急に電車の降りぎわに、乗客が声をかけて来るのである。ということは、わたしが動く書斎で孤独でいるつもりの間も、乗客はわたしをひそかに見ているのである。

こんなことがあった。わたしの前の座席に小ぎれいなお嬢さんがかけている。お嬢さんではないかもしれないが、わたしのとしではお嬢さんにみえるのである。ふと目をやると瞼をとじ、とじた瞼の裏で眼球をそらし、「わたしは見ていませんよ」というように、口もとが隠しきれない含み笑いをしているのだ。

（「共同通信」一九七四年二月十六日）

口三味線

若者たちに取り囲まれ、酒がまわって気焔が上がると、ぼくはよく言うのである。だいたい、きみたちの年ごろで、独自性なんてものがあるはずがない。きみたちにあるものは、たかだか知識だけだ。ぼくも若いころは外国の知識をかじり、さも斬新めいたことを言ってまわったものだが、その斬新さを教えてくれたはずの外国の著者の写真を見て、意外に老人なのにおどろかされたことがあった。きみたちだってそんな覚えがあるだろう。独自性などというものは、こうした知識が脱落して、自分が温熟したときはじめて現れるもので、この知識を脱落させようとして、相当の修業を積んだものだよ。

そんなことをのたまいながら、ぼくはよく京王線の新宿駅に、ガラス・ケースに入れて置かれている、杉の大木の輪切りを思いだしていた。ほとんど無数とも思える年輪の一つ一つから線が引いてあり、そのとしどしの出来事が説明してあって、輪切りにされたその杉が、いかに多くの出来事とともに生きて来たかを示してあった。ぼくはそれが面白く、ひそかにわが身になぞらえて、わが意を得たように立ちどまって見入るのだが、たまたまぼくの傍にいた若者が、急に踊りだすような所作をして、太鼓を打つ真似をした。

大木の輪切りのガラス・ケースの上には、よくできた実物大の猿の人形がつくってあって、ときを切って太鼓を打つ。猿真似というが、若者は衝動的にその真似をせずにはいられなくなったのだ。

身の程知らざるぼくも、まさかそんなことまでは言わなかったが、若者たちはぼくの広言に、一応、おどろいたような顔をしてくれて立ち去るので、ぼくはつい若者を打ち負かしたような、揚々たる気分になるのである。しかし、ほんとうの独自性とは、そんなみずからの温熟を待ってなされるようなものではない。どんな杉でも、条件さえよければ大木にはなれるので、ぼくはこうした大木が台風で打ち倒されたのを見たことがあった。こうした大木はその巨大さに似合わず、貧弱な根を持っていて、風多きが故に倒れたというよりも、すでにそれを支えた根の貧弱さによることがわかるのである。

独自性とはなによりもジャンルを開拓するようなものでなければならず、さような開拓は天才によってなされるので、天才なる語は遺憾ながら若者に属し、老人の係わるところでないことを知らねばならぬ。すでに六十三になったぼくなどは、ほんとうはもう口三味線で行くより仕方がないのだが、そこまで大悟徹底できないのだ。

ぼくは若いころ柔道をやったことがあった。大したものではなかったが、自信だけは相当のものがあり、酔いがまわると、ついまだそのころの自分であったような錯覚におちいるのである。新宿の飲食街を千鳥足で歩いていると、ヨタモノたちが喧嘩している。ぼくはいずれがよいにしろ悪いにしろ、懲らしめのため打ちのめすつもりで飛びかかった。しかし、まだ手がその胸もとに届かぬ前に、からだが宙に浮いて落ち、両手をついて蛙のようにペチャンコになった。サクラだったのかどうかしらないが、ヨタモノたちはおどろいて喧嘩をやめ、ぼくを抱き起こして、オーバーまで払ってくれながら言った。こまるな、オッサン！

まだジイサンと呼ばれなかっただけ、幸いと言わねばならぬ。酒田市にいるころは、ぼくもまだ六十に遠かったのだが、街の居酒屋に毎夜欠かさず飲みに来る、小さなからだの老人があった。それがまた酒癖が悪いのである。銚子が一本となり二本となるうちに、みてくれはこんなでも、もとはといった具合に自慢がはじまりついに実演に及ぶのである。しかし、居酒屋も心得ていて、ころ合いを見はからってその筋に連絡するらしく、あわやというころには、サイレンの音がして警察車が止まる。やがて、二人組の警官が両手両足を持っていとも軽々と老人を警察車にほうり込む。サイレンが遠ざかると、客たちは互いに顔を見合わせて、爆笑になるのである。

酒田にレスリングの公開演技があり、その夜レスラーたちがその居酒屋にやって来た。むろん、その老人も来ていて、レスラーたちに酒などすすめながら、例の自慢話をはじめた。二本が三本となり四本となった。そろそろはじまるな、とみなは固唾を呑んだが、老人はヘラヘラとお追従など言うばかりで一向はじまらぬのである。みな興ざめして一人二人と帰りはじめたが、老人はわたしより余程賢明であったといわねばならぬ。

思えば、老人はいまのわたしとおなじぐらいだったのだろうが、警察を定宿として部屋代などの心配をすることもなかったろうし、いざとなればもう根は衰えていて、口三味線でいくべきだということを、わたしより遥かによく心得ていたのだ。

（「東京新聞」一九七四年一月十八日）

コートを買った夜

父は厳格な、むかしもむかし昔風の考え方を厳然と持っていた。文字文章ほど大切なものはないと考えながら、小説ごときは堕落した者の読むべきものだと信じていた。にもかかわらず、小説は文字文章を覚えるのに、もっとも便利なものだと言って、母に命じてわたしのために改造社の「日本文学全集」や新潮社の「世界文学全集」を買わせたのである。こういう矛盾を矛盾ともせず、平然としているところに文明開化時代の人の特徴があるといえば言えるのだが、これが不幸にしてわたしがろくに文字文章を会得することなく、小説に近づくという困った結果になった。母は厳格な父にふさわしい、父の命にこれ従うといった人であった。しかし、この命これ従うというのが怪しいのである。父が死ぬと次第に影響を受けはじめ、小説を知らぬようでは、人としての教養に欠けるところがある、とさえ思うようになったらしい。おどろくほど大きな天眼鏡を買って来て、わたしの意見にしたがって、ドストエフスキーの『罪と罰』つづいてフローベールの『ボヴァリー夫人』を、一字一字拾うようにして、ついに読みあげ大いなる感動を受けた。

その感動をおさえ切れず、よせばいいのに早速横光さんのお宅を訪ね、ドストエフスキーの『罪と罰』は世界一ですねと言った。横光さんは真面目な顔で世界一ですと答え、しかしフローベールの『ボヴァリー夫人』はその世界一の『罪と罰』とおなじ土俵で四つに組んで、水がはいったようなものですねと母が言うと、横光さんは水がはいったようなものですと答えたという。母はそれで大いに満足し、得意の面持ちでわたしに語ったのだが、六十で手習いをはじめた母の言葉にあの横光さんが、どんな相槌を打つべきか、さぞ当惑されたことだと思う。

わたしはときにそのことを思いだし、敢えてとめはしなかったが、あのとしでよせばいいのにと思った母とおなじ六十――ほんとうはそれをもう三つも越えているのだが――になって、またまた小説を書きはじめる気になったことに吹きださずにはいられない。母はそれにわが意を得たのか、新しいコートを買うと言いだした。母は買うからには若向きのものを選びたいので、それがすでに身のほど知らざる滑稽と言っていいのだが、滑稽に思われては困るのである。そこで、わたしがその見たてについて行かされることになった。

銀座のデパートを片はしから歩きまわったあげく、ようやく高島屋で見つかった。数種の色でこまかい格子に織られながら、全体の色調の柔かい外国製のもので、遠目には派手に見えるが、次第に近づいて本人の六十という正体がわかるころには、いつとなく地味にみえて来るというものである。わたしがそれをすすめると、母は早速身につけて大いに喜び、鏡へと近づいたり離れたりした。若い女店員が包もうとすると、押しとどめて古いのを包んでもらい、新しいのを着込んでデパートを出たが、ともすれば笑顔になりそうになるのを抑えるのがせいいっぱいの様子であった。

帰途、新宿で国電——当時は省線といった——を降りて、寄席を見せてくれたり、ビヤホールに連れて行ってくれたりした。それがすでに童心というもので、それを隠しきれないところに、母の性格というよりも六十というとしがあるということを、母はすでに六十なるがゆえに気づいてはいなかったであろう。ビールはわたしが飲ませてもらっただけで、母は酔ってはいなかったのだが、自分もほんのりとした気持ちになったのだろう。後ろから見てるから、ちょっと遊廓を歩いてごらんと言いだした。そんなところは女——とはもう言えなかったかもしれないが——の行くところではない。女などが来るといやがられると言っても、ただ遠くから見ているだけだと言って、母はきかないのである。そして、わたしが女たちから引っぱられたりしてやっと戻ると、お前はほんとにモテるねなんて言ってご機嫌なのである。

そんなことをしているうちに、夜もふけて終電車にも遅れてしまった。当時、わたしたちは小田急の下北沢にいた。タクシーも拾えず、線路の上を歩いて帰ることになったが、下北沢も近い踏み切りのあたりに立ち交番があって、警官が近よって来た。わたしは線路の上を歩いて来たことで咎められると思ったのだが、そうではなかった。男女がこんな時間寄り添って歩くのはケシカランと言うのである。男女ではない母子だと言えばなんでもないのに、母はただあやまるだけでそれを言おうとしない。ますます、さも恐れ入ったような様子を見せて、寄り添って来るのであった。

（「サンケイ新聞」一九七四年一月二十一日）

芥川賞からスキャンダルまで

芥川賞をもらってから間もなく、ぼくはＮＨＫの二人の人から訪問を受けた。当時はまだ毎日飯田橋の小さな印刷屋に出勤していたから、とりあえず外に出て近くの喫茶店「蘭」にはいった。

ＮＨＫにはすでに教養番組、経済番組に出させてもらっていたから、ＮＨＫの人たちの持つ雰囲気はおよそ知っているつもりでいたが、この人たちはすこし感じが違っている。あとでわかったのだが、これが「ビッグ・ショー」のチーフディレクターの三ッ橋実さんとデスクの大谷博さんで、漫画家の加藤芳郎さんからぼくのことを聞いて訪ねてみえたのである。加藤芳郎さんはＮＨＫの「連想ゲーム」のレギュラーで、ぼくはたまたま日本テレビの「春夏秋冬」で顔をあわせたことがあったのだ。

大谷さんはやおらポケットから紙切れを出して、テーブルの上に置いた。三波春夫さん、三橋美智也さん、森繁久弥さん等々大歌手の名がずらりと書いてあり、この中で会ってみたい人はないかというのである。ぼくはむろん躊躇なく都はるみさんや島倉千代子さんの名をあげた。二人は笑って頷いて帰られたが、やがて顔合わせの昼食会に来てくれと言われＮＨＫに行くと、大きなテーブルを囲んで、ずらりとディレクターたちが並んでい、三ッ橋さんが紙を拡げて、これはだれで三波さんの受け持ち、これはだれで三橋さんの受け持ちと説明しはじめた。こうしてぼくはたちまちのうちに「ビッグ・ショー」のレギュラーにされてしまったのである。

ＮＨＫの絢爛な大スタジオでこうした人たちと会うのも、月山の紅葉の中で村人たちと会うのも、しょせんは出会いであることになんの変わりもないと思っていたが、それから民放のテレビやラジオに連日引っぱりだされるようになったばかりか、『週刊朝日』に「文壇意外史」、『群像』に「意味の変容」を連載、『サンデー毎日』に連続対談をはじめたので、講演、読書会等も三つに一つも引き受けかねる有様になった。ある日、日本でも有数な女性週刊誌の若い記者が、ある女性と一緒に写真を撮らせてくれと言って来た。

森さんはたしかNETでその女性が踊るのを見たはずで、もし森さんがその踊りについて、なにかひとこと言ってくれれば、舞い姿をカラーで撮って、売りだしてやれると言うのである。ぼくはたしかにNETで四十がらみのその女性が踊るのを見たことがあるし、そんなことで日本でも有数な女性週刊誌が、売りだしてやってくれるものならと思い、ぼくの部屋でよければと承知したが、それが悪かったのだ。たちまち、NETから電話がかかって来た。

「出てますよ、出てますよ。森さん」

「なにが?」

「四十がらみの女性舞踊家が毎朝来て、森さんの世話をしているようなことが……」

「そりゃ、いいね」

冗談だろうと気にもとめずにいると、新聞社からもおなじように電話がかかって来たので、笑ってばかりはいられなくなった。

「どうしますかね、こんなときは」

「どうも、こうも、詫び状でもとって許してやんなはれ。そのほうが森さんらしゅうて、よろしいがな」

そこで、ぼくは早速女性週刊誌にあてて、内容証明つきの抗議文を出した。デスクが飛んで来たが、四畳半の古アパートにはぼくひとりが机に向かっているばかりである。あらためて編集長ともども、幾つも印鑑を押した詫び状を持って来た。その後、新聞社で詫び状をとって許してやれと言った記者に会うと、

「え？　なんで編集長に指つめえ言うて、一千万円位巻き上げてやらなんだの。どうせ無税やろ、わしらにも百万円も分けてくれたらよかったのに」

ぼくも思わず笑ったが、売りだしを夢みていそいそとやって来た四十がらみの女性舞踊家のことを思って、寒々としたものを感じないではいられなかった。

（「共同通信」一九七四年十二月十二日）

学歴と職業

月刊『現代』八月号に「十五の春に泣いて一生を笑え」というルポルタージュ的論文を書い

たら、次号に次のような投書が掲載された。「森敦氏の〝十五の春に泣いて一生を笑え〟を読んで、受験戦争に翻弄される生徒たちに深く同情はした。が、俗に言われる〝学歴社会〟のもう一つの面もお知らせしておきたい。マスコミは、東大さえ出ていれば間違いなく出世するかのように伝え、結果として東大入試戦争をあおっているが、現実にはそんな生易しいものではない。官庁ならともかく、一般業者、こと中小企業ともなれば、東大卒であるが故に〝生意気者〟扱いにされて、不利益を受けることさえある。……」（千葉県・主婦・中村蔦子・34歳）

ぼくは思わずほほ笑まずにはいられなかった。そうした面もあるばかりか、これは必ずしも一般業者、中小企業に限ったものではないのである。ぼくはある公団に友人を訪ね、第一高等学校（旧制）時代の話をしたら、なにやら胡乱《うろん》な返事をされ、廊下に連れだされて「あんなところであんなことを言っちゃ困るじゃないか」と制されたことがあった。彼はその管理機構を泳ぐためにも、他の嫉みを招くようなことは避くべきだと考えていたらしい。ぼくは生来の奔放放埒さもあり、百年一日のごとき教授たちの授業にあきたらず、第一高等学校もはいったというだけでやめてしまった。やめる以上はだれがその学歴によって、栄光の座につこうと羨むまい。もし働かねばならぬ事態に立ち至っても、働かせてもらえればそれでいいので、どんな職業であろうとどんな待遇を受けようと、不平は言わぬと覚悟していた。したがって、彼のそんな神経の配りようが憐れにもみえ、滑稽にも思えたのである。

ぼくは結果的に見て三度就職し、十年遊んでは十年働いて今日に至ったが、どちらかといえば学歴を放棄したために、職を得る幸運にあずかったと言っていいだろう。なまじい学歴があれば、それ相応の待遇をしなければならず、十年も遊んだやつを傭うはずがない。こうしてぼくは放浪の揚句、尾鷲市の詰所の臨時傭員として、ダムをつくる会社にも入れてもらえたのである。まさに典型的な学歴会社で、臨時傭員は職員との間に雲泥の差があったが、ぼくはなんらコンプレックスを感じなかったばかりか、ここでも職員たちがその管理機構を泳ぐために、どんなに神経を配っているかを面白く眺めていた。酒を飲んでも上役には、その姓を呼ばずに役職名を連発している。役職者は役職者でなにごともなく頷いていそうにみえながら、その中のだれがいつまた自分の上役にならぬとも限らぬことを心得ている。いわんや、理事、総裁が視察にでも来るとなると、弁当ひとつにも大変なことになるのである。

ある日、三時間もかかる山奥の北山川の建設所から、庶務課の職員がジープを飛ばして尾鷲市の詰所にやって来、一服する間もなく発つという。れいによって理事か総裁が視察に来るので、松阪市の極上肉でも仕入れに行くのかと思ったら、名古屋市から電気冷蔵庫の修理工を連れて来るのだとの答えである。電気冷蔵庫といっても、ひと部屋もあるような大きなものである。それにしても、そんなことでなにも名古屋まで行かなくても、電気課にあれだけたくさん職員がいるじゃないか。どうしてその人たちに直してもらわないんだと訊くと、みなに電気は電気でも、弱電系は専門外だと断わられて、やむなく電気課長に頼んだら、「おれはそんなものを直すために大学を出たんじゃない。むろん、いちいち調べて行ったら直せるが、その間に中のものが腐ってしまう。死活問題じゃないか」と逆に怒鳴られたというのである。

幸い、名古屋から来た兄《あん》ちゃんが手もなく直して事なきを得たが、これをもってぼくはなにかを諷刺しようとしたのではない。すくなくとも、彼等の監督によって所定のダムが完成したのである。しかし、ダムは完成されると、そんなに人数を必要とするものではない。一流業者に天下れたのはいいとしても、ぼくのいま勤めさせてもらっている小さな印刷屋に、嘱託でもいいから世話してもらえないかと言う者もいる。しかし、たとえ営業的にいくらかの口がきいてもらえたとしても、それはそれなりのことだし、従業員三十名たらずの中小企業ともいえない零細企業の体質にとっては、そういう学歴者は衛生上にも悪いのである。

「おかしなもんだね。きみにそう言っちゃなんだが、臨時傭員をしてたジープの運転手が土木業者になって、あの当時の職員を使って結構やってるそうだからね」

「そうらしいね」

「結局、ぼくらはなんのかのと言っても、使われることしか考えていなかったんだな」

「そんなことはないだろう。しかし、運転手といえばこの間、ハイヤーの運転手からこんな話を聞いたよ。ああした人たちはみな二日働いては、一日休むらしいんだがね。月の終りに帰るときは、必ずみやげに子供にミニカーを買ってやり、その名を覚えさせてるんだそうだ。それで、子供はもう百近いミニカーの名を覚えているという。なぜそんなことをしているんだと訊くと、まず父さんが運転手をしているということを、シッカリ知ってもらいたい。それで子供が自分も運転手になりたいと言うんなら、これで飯は食えるんだから、運転手になってもらってもいい。もし運転だけでなく、なかの機械に興味を持つようなら、整備士になってもらえばいい。それでも満足せず、自分でその機械を設計したいと言うようだったら、そのときこそどんな苦労をしても、それ相応の大学にやるってね」

「そうなくちゃ、ウソだな。ぼくなんかとしもとしだし、無理して子供に浪人までさせることはないと思うんだが、女房があなたは親からそこまでやっといてもらって、子供にやらせぬことはないってきかないんだよ」

（「日本経済新聞」一九七五年十一月三日）

心やり

「小さな印刷屋ですが、お勤めになるお気持ちはありませんか。あなたのような人がいると話したら、ぜひ来てもらえないかと言うのです。ぼくが差し出て心配し、あなたのことを頼んだのではありません」

山形県庄内平野の大山町にいたある日、そんな手紙が島尾正君から来た。十数年も前のことで、島尾正君はぼくが転々と居を移していた、いわゆる放浪の行く先々に、遊びに来てくれた友人たちの一人である。のん気には構えていたものの金もなくなり、なんとかせねばと思っていたところだったから、この手紙は嬉しかった。

殊に、「ぼくが差し出て心配し、あなたのことを頼んだのではありません」と書き添えてある。森はどんなにまいっても、弱音をはいてひとに頼むような男じゃない。そう思ってぼくを傷つけまいとし、いたわろうとする島尾正君の心やりが読みとれて、心のあたたまりを覚えずにはいられなかった。

上京すると島尾正君は、一家をあげて歓待してくれたばかりでない。ぼくが蓬髪、ジャンパー姿で、雪の中から出て来たままのゴム長をころがしているのを見、奥さんに自分の洋服を出させてくれたりした。島尾正君は瘠せ型ながら、せいもさしてぼくと違わぬと思っていたのに、着てみれば洋服はツンツルテンで、さすがにこれではと大笑いになった。

やむなくあるなりの恰好で出かけたが、印刷屋の主人というのが面白い老人で、ぼくの恰好など目にもはいらぬらしく、得意になって雪国のことを話しはじめる始末である。結局、そのまま勤めさせてもらうことになったが、島尾正君は毎日のようにやって来て、誘いだしては近くの店で、氷白玉や小豆アイスをおごってくれ、愉快に話して帰るので、ぼくは彼のやっていた東都出版がすでにつぶれ、なすこともない日々を送っていたのだとは気もつかずにいた。しかし、一見気軽でひ弱げながら、島尾正君こそ弱音をはいて、ひとに頼むような男ではなかったのだ。しばらく姿を見せなくなったと思っているうちに、東海開発株式会社を起こして、ゴルフ場を二つも持つ身になり、ぼくもふたたび筆を持つ機縁にめぐまれることになった。そのために、かえって会うこともなく過ぎているが、ぼくはいまもって「ぼくが差し出て心配し、あなたのことを頼んだのではありません」そう書き添えてくれた島尾正君の心やりを忘れない。

（「日本経済新聞」一九七六年八月十九日）

借景の効用

ぼくは四畳半に二畳の汚い木造モルタルの二階にいる。毎日送られて来る郵便物だけでも相当の量なので、たちまち身の置きどころもなくなるのである。いきおい、隣りも借りれば階下《した》も借りて行かねばならぬ始末になったが、どれもおなじ造りの部屋ばかりだから、いくつ借りても専用のバスもなければトイレもない。それどころか、どの部屋にも礼金、敷金をとられ、月々相当な金を払わねばならぬ。

それぐらいなら、ちゃんとしたマンションでも借りたらとひとにも言われ、娘にも言われ、自分でもそう思わぬでもないものの、窓を開ければコンクリートの壁越しに孟宗竹が茂り、それが彼方の道路の騒音を防ぐのか、駅の近くにありながら意外に静かで、この点だけはだれもがこの借景を褒める。

それどころか、この借景であるはずの孟宗竹の根が、ひそかにコンクリートの壁をかいくぐり、僅かばかりのこちらの空地に筍を生えさせる。越境して来た以上、所有権は当然こちらにある。それを娘が取って来て料理し、得意になっているのである。

「そうだろう。それだから、ここから動かないんだ」

この時とばかりに、ぼくがしたり顔になってみせると、娘は笑いながらも言うのである。

「だめよ。そんなこと言って、いつまでもこんなところに辛抱させようたって」

（「東京国税局局報」一九七六年八月九日）

さすらい

この新春は新居で迎えるはずであった。なんでも、その新居は市谷田町にあるそうで、国電がそろそろ飯田橋にかかろうとするころ、娘の富子がぼくを窓際に連れて行き、眼下の堀の向こうの丘を指さして、「あの黒い屋根、白い壁の家がそうよ」とさも嬉しげに教えてくれるのだが、電車はあッという間にフォームに入るので、定かにわからぬまま いつも娘と別れて、ぼくはぼくの勤める印刷屋に向かうのである。

印刷屋といっても、小さな印刷関係の工場ばかりが密集している、おなじような工場のひとつで、ぼくは月に二度支払い手形の落ち日と、給料支払い日の前日に行く。行くともう七十は越している小さな老人だが、自動車が大好きでなにかといえば運転を買って出る社長が、待ってたように笑顔で迎えて、家のでき具合を教えてくれる。

「それなのに、まだ見てないなんて。自動車なら二分とかからないんだから、連れてって上げましょうか」

しかし、その自動車は筑土八幡神社の裏に置いてある。そこまで行くのにこの小さな老人は、息を切らして高い石段を駆け登る。それから広い境内を駆け抜けて、自動車を廻して来るので、優に十分近くかかる。その間に、家まで歩いてでも行けそうである。そんなひとだから、会社はいっこう大きくならぬばかりか、なんども倒産すらしたのだが、倒産しても助ける者が出て来て、なんとかいままで生きのびているのだ。

「いやァ、あれは富子が躍起になって建てたんで、富子が移れば世話してくれるものもいないし、嫌でもついて行かなきゃァなりませんけどね。いまのところは郊外で裏は竹藪になっている。来て褒めないものはないのに、どうして女は家に夢中になるんですかね」

「竹藪なら、こんどの家の窓の下も竹藪ですよ」

この小さな老人はひとりわがことのように喜んで、すぐにも自動車を廻して来そうな勢いである。感謝に堪えぬと言いたいが、早くすることをしてしまわねば、放送局から迎えに来る。迎えに来ると放送局の自動車は、もはや堀のはたは通らぬという次第で、とうとう新春までその家を見ずにしまった。

しかし、富子はなにかといえば行っているので、にこにこ顔で家の話をし、

「ほんとに社長さんはいい人ね」

むしろ、いままでこの調布のアパートで辛抱していたことを、幸せのあかしのように言うのである。なにしろ、ここの部屋は四畳半に流しつき二畳の板の間である。まァ、日曜同棲なんかしているOL向きのもので、日々送られて来る本や雑誌をとって置くこともできないから、

二階から階下にかけて幾部屋も借りているが、いくら借りてもおなじつくりの部屋ばかりでバスはむろん、専用のトイレもない。しかし、生涯の半ばを放浪のうちに過ごしながら、ぼくはいったんいつくと、離れたがらぬ猫のようなところがある。

「バスなんかはいらなくても、死にはしないよ」

ぼくはほんとにそう思って、富子がこぼすのを歯牙にもかけず言っているなどと笑って話すと、人の好い老社長は眉をひそめ、あたりを見廻すような小声になって、

「そりゃ、女はそうはいきませんよ」

と、市谷田町の土地を世話してくれたのである。

夜中、ぼくはふと目を覚ました。ぼくももうかつてのように大酒はしないが、眠くなるまで飲んでそれなり倒れるようにして床につくので、夜中に目覚めるようなことは滅多にない。風が出て来たのか、竹藪がざわざわと鳴っている。ぼくはこんな音をあのながい放浪の間、いつもどこかで聞いていたように思い、そうした思いがぼくを放浪して来た土地、土地に連れ去って行くようである。

竹藪越しに遠く犬が吠えはじめた。犬はやがて吠えやんで、また竹藪のざわめきだけになったが、犬の吠え声は耳に残って、いつとなくぼくに竹藪の中からここ数日、まったく猫の姿が見えなくなっていたことを思いださせた。竹藪にはながが年の間、多くの同族の猫がはびこって

いた。それがつい数日前から、まったく姿を見せなくなっていたのだが、ぼくはなんでもないように見過ごしていて、まるでいまそれに気づいたように思いだしたのである。

こんどの家の窓下にも竹藪があるという。なにかこう、あの猫たちがぼくたちに先立って移ってしまったような気もして来れば、たとえどこに行ってもあの猫たちはいなくなってしまっているような気もして来、竹藪のざわめきの中に人生空漠の思いがするのだが、もうできるときまってしまえばそれで満足なのであろう。どうやら、富子は円やかな夢路にはいっているようである。

（「西日本新聞」一九七七年一月二十六日）

出社のひととき

市谷田町に移ってからも、月に二度は筑土町の小さな印刷屋に行く。かってな勤めをしているのに、いやな顔をするものはない。社長をはじめみなひさし振りの客を迎えたようにニコニコしている。これも零細企業だからで、零細企業にもまたそれなりの楽しさがあるものである。調布にいたころは、一時間半近くも混みあう電車で、揉まれなければならなかった。しかし、こんどはどんなにゆっくり歩いても、十五分とはかからない。道はむかしながらのものらしく割と狭いが、あたりはすべて宏壮なお屋敷で、ところどころの電柱の根もとに、残飯類を入れたポリ袋が行儀よく積まれている。

そのひとつに鴉がとまって、ポリ袋を突きやぶり、残飯を啄んでいる。鴉の頭は意外に大きい。近づいても悠然としてい、やがてお義理のように紫がかった翼を拡げ、低く飛んで次のポリ袋に行くだけで、まるでぼくの来るのを待ってでもいるかにみえる。

お屋敷の高い壁の向こうから、犬の吠えるのが聞こえる。しかし、犬は壁の外に鴉が来ているのを感じて、威嚇しているのではない。ただ、鴉のように自分も壁の外に出ることの自由を要求しているのだが、それが満たされたとしても、かえって自由に戸惑うのではあるまいか。ときに、こうした犬がお手伝いさんに連れられて、出て来ることがある。ほとんど、愛玩用の犬とはいえぬしろもので、お手伝いさんを曳っぱりながら、よたよたと電柱に寄って行こうとするが、鴉は飛び立って逃げようともしないばかりか、首を回して顧みようともしない。鴉はこんなしろものなど、ただ電柱にしかけた仲間のにおいを嗅ぎに来ようとするだけで、ポリ袋の残飯類を争って、吠えかけたりできる柄でないのを心得ているのである。

いや、ぼくにしても半ばはそんなしろもの扱いにされているのかもしれぬ。これは偶然テレビで見たのだが、まだ雪の残る北海道に、シベリアから犬鷲が一羽渡って来た。犬鷲がどの程度の猛禽であるかは別として、鷲と名がつくだけあって眼光鋭く、爪を立てた脚にも逞しげに羽毛が生えていて、威風あたりを払うの概があった。

たまたま鴉が一羽傍にいたが、これが驚いたことに一顧もしようとしない。そればかりか、犬鷲が飛び立つと突然羽ばたいてあとを追い、一羽また一羽と仲間が加わって行く。ぼくはよく鴉が群れをなして鳶を追い、追い終わると得意げに鳶を真似て翼を拡げ、落ちかけてあわてるのを笑って見たりしたことがあるが、相手が犬鷲だけに凄まじさを感じないではいられなかった。

むろん、犬もみなここらのようなものとは限らない。ぼくが放浪を打ち切って上京したしばらくは、調布もずっと奥の多摩川のほうにいた。あたりは砂利の採取や運送をやっている朝鮮人の集落で、どの家も犬を放し飼いにしていた。犬たちは群れをなして夜行し、電柱の根もとのポリ袋を食い荒らすのである。

もっとも、明ければ犬たちも嬉々として子供たちと戯れ、べつに危害を加えられたという話も聞かなかったが、あるときぼくはそうした犬たちの一匹が、血を滲ませた鴉をくわえているのに、目を見張ったことがある。かつて一度も、鴉がなにかに襲われたというのを聞いたことがなかったからだ。

会社につくと社長はもう機嫌よく、客用のテーブルに掛けている。七十を越した小さな老人で、奥さんと二階に住んでいるから、好きなとき事務所に降りて来られるのだが、降りて来ても社長の席もないので、いつも客用のテーブルに掛けているのである。

「どうです、こんどの家は。あれだけの眺めの家はちょっとないでしょう」

社長は会社のことはほっぽり出しても、ひとのために夢中にならずにいられぬほうで、こんどの家も社長が心配してくれたのである。じじつ、眼下の外濠を越して、目線の高さに法大の桜並木を一望にすることができる。

「いやァ、娘が喜ぶのなんのって。それに、とても静かで来るほどの客は、こんな街の中にこんなところがあるのかって、感心して行きますよ」

「そうでしょう」

社長ははやくも喜びを隠しきれない顔になった。

「ところで、社長は動植物、鳥類に委しいから伺いたいんですがね」

「それほどでもありませんよ」

しかし、社長はほんとに委しいので、それでその方面の印刷をさせてもらって、会社もなんとかやっているのである。

「犬が鴉を食うなんてことがありますか」

「さァ、それはないんじゃありませんかね」

「そうでしょうね。ところが、ぼくは多摩川のほうにいたとき、血の滲んだ鴉が犬にくわえられているのを見たんです」

「見たと言われるんなら、あるんですかね。しかし、鴉の肉はとても食えるようなもんじゃないと思いますよ。外濠もいまはだいぶきれいになったが、飯田橋のあたりはまるでへどろで、悪臭を放っていた。それでも、鴉は平気で渦巻いていたでしょう。なんでも食って、生きてられるんですな。よく鴉ほど利口な鳥はないと言いますが、なんでも食うそのために、なにからも食われぬようになったおのれを知ることほど、大きな知恵と自信はないんじゃありませんかね」

そういえば、この筑土町の界隈はむしろそんなころの飯田橋にふさわしいような、零細企業の集まっているところである。たとえ、それが大きな知恵と自信になるものであるにしろ、社長をはじめみなはもう、ここがどんなところであるかも気づかなくなってしまっているのではあるまいか。

「じゃ、鉄砲ででもやられたのを、面白がっていたのかな。しかし、鴉もあれでなかなか茶目なところがありますね。このごろはいつも鴉の声で起こされるんですが、あの芸のない声もその気で聞くと、愉快なものですね」

しかし、社長はぼくの思いを知ってか知らずか、この会社もやがて必ず一陽来復するとでも

いうように笑って、
「鴉の声ですか。そりゃ、そうした時期なんですな。いまに、もっとかわいい声の鳥が来て、起こしてくれるようになりますよ」

（「新潮」一九七七年七月）

習う振りして教えた母

なにかといえば、母はこれでも病院船博愛丸に乗り込んで、玄界灘でバルチック艦隊と遭遇したことがあると自慢していた。日露戦争が終わると自力で実践女学校を出、共立職業学校に通ったというほどだから、意気盛んで明るすぎるほど明るく、教育熱心なことといまの教育ママに、優るとも劣るものではなかった。ぼくはそうした母のもとに韓国のソウル、もとの朝鮮の京城に育ったのだが、当時の京城は殖民地政策による官僚万能の街で、奥さまたちは今日の幼児教育の先駆をなすエレンケイやペスタルローチ、フレーベルを読み、かつ論じあっていたのである。

むろん、母もその雄なるひとりで、ぼくは当然幼稚園に行くものと思っていた。いや、胸をふくらませてその日の来るのを待っていたのだが、父は断乎としてぼくが幼稚園に行くのを許さなかった。父はこう考えていたのである。子供を幼稚園にやればいたずらに甘やかされ、甘える癖をつけさせるばかりだ。むかしから、教えて厳ならざれば師のあやまりといわれている。すなわち、師たるものの厳に対して慎んで聞く、これが教育の鉄則でなければならぬ。

そこで、ぼくは塾に通わされることになった。いまは塾ばやりで幼稚園にはいるための塾まであるそうだが、そんな塾ではない。一緒に遊べるような友だちはおろか、ぼく以外に来るもののない家で、思いだしたように白い鬚をしごく老人から『論語』の素読を習うのである。父は漢学の素養があり、塾の老人も先生と呼んでいたが、弟子と言ってもいいような老人に敢えてぼくを学ばせたのは、やはりぼくを甘やかし、甘える癖をつけさせるのを嫌ったからであろう。しかも、医者はわが子の病いをみずから治療せず、他に医者を選んで治療してもらう。学者もまたわが子を教育するのに、他に師を選んで学ばせ、みずから教えたものはないと言って、だれにも耳をかしそうな気配がない。

ところで、その『論語』というのが、小脇に抱えて道を歩くのも恥ずかしいほど大きな木版本で、文字も驚くほど大きい。そもそも、おなじ文字であるものが、難しいの易しいのなどということはない。ただ、字画が多ければ難しそうに見え、少なければ易しそうに見えるだけである。したがって、本を大きくし文字を大きくしていけば、文字は次第にパターン化して、どんな子供にも覚えられぬはずはないといった考え方なのである。いまも子供の本は大きく、文字も大きなのが使われているのは、やはりそんな考え方から来ているのであろう。

ぼくは他の子供たちにはほとんど見られなかった洋服を着せられていたし、子供心にも母を進歩的な女と信じていた。老人の塾などに通わされることになったものの、それでもまだ頑固な父にいちおう逆らうまいとしているだけで、いつかは母がうまくとりなして、幼稚園にやってくれるものと思っていた。ところが、塾の老人から素読を習って家に帰ると、ちゃんと机まで用意してあって、母はニコニコしながら、

「偉かったわね。母さんはまだ『論語』という本なんか、読んだことがないのよ。教えて頂戴」

と、言うのである。

「母さんは『論語』も読めないの。よし、教えてやろう」

ぼくはつい不服も忘れて得意になった。机を中にして母を向こう側に坐らせ『論語』の大きな木版本を母に向けて開き、塾の老人がそうするように白い鬚をしごく真似などして、そこらにあった細い竹で一字一字さしてみせ、

「子曰学而時習之不亦説乎」(子ののたまわく、学んでしこうしてこれを習う。またよろこばしからずや)

と、読んでやった。そして、も一度細い竹で一字一字さして復唱させたが、復唱すると母は思わぬことを訊くのである。

「これどんな意味？」

意味など聞いていなかったので、得意になっていたぼくは、あわてざるを得なかった。次の日、塾の老人に尋ねると、褒められるどころか一喝されたのである。

「『論語』には二千年、三千年にひとり出るか出ないかという聖人、孔子さまの言われたことが書いてある。まだ小学校にもはいらぬやつに、意味などわかってたまるか。読書百遍、意おのずから通ず。黙って何百遍も読んでおれば、意味はひとりでにわかる。これが素読というもんじゃ」

帰ると果たして机が用意されている。ぼくはまたも鬚をしごく真似をしながら、

「読書百遍、意おのずから通ず。黙って何百遍も読んでおれば、意味はひとりでにわかる。これが素読というもんじゃ」

そう言うと、驚いたことに母は笑って、

「そうね。『論語』には二千年、三千年にひとり出るか出ないかという聖人、孔子さまの言われたことが書いてある。お前が教えてくれたって、母さんなんかにわかるはずがないわね」

なんのことはない、学校ごっこだがそれが一貫していて、いよいよ小学校に進むと、黒板ま

で買って来てぼくに教えさせた。素読は次第にぼくに役立って来たばかりか、母にも役立って来たらしく、母の言葉にもおのずと『論語』の文句が出、父を苦笑させることすらあった。ぼくはいまでもなにかをよく理解しようとするとき、これをどう教えれば人にわからせることができるかと考える。教えることこそ学ぶことであると言われているが、人に教えようとすればいやでも理解しなければならぬ。しかも、もっともよく理解させる方法を考えることこそ、みずからもっともよく理解する方法である。ぼくは時に母を想いだし、いつも生徒だと思っていた母こそ、じつはほんとうの先生だったような気のすることがある。

（「日本経済新聞」一九七八年四月二十四日）

陛下の机

いいとしをして小説を書き、『月山』が芥川賞になった。世間の目は『月山』が芥川賞になったというより、いいとしをして小説を書いたということに集まったらしい。いまもそこに勤めている飯田橋近くの小さな印刷屋では、二本しかない電話の一本はぼくのために鳴りっぱなしだった。

「やあ、君やったね。おめでとう。ぼくは井上だよ」

どうやら、京中（朝鮮京城中学）時代の友人らしいが、あいにくぼくは一高（旧制第一高等学校）時代の友人すら、ほとんど覚えていない。それなのに、突然口から声が出た。

「井上？　蛸《たこ》さんかね」

「おお、渾名《あだな》まで覚えていてくれたか。有難い。君は調布にいるらしいね。ぼくもすぐ近くにいるんだ。訪ねさせてもらうよ。こんな電話をしてる暇もないだろうからな」

電話をしてる暇もないだろうから、訪ねて来るというのもみょうな話だが、果たして井上君はぼくの調布のアパートに現れた。せいはもともと低かったものの、頭も薄く白くなっている。井上君が京中時代なぜ蛸さんなんて渾名されたかわからないが、なんとなくいまもやっぱり蛸さんという感じがするから不思議である。ぼくの本を十数冊も抱えて来、みなが君のむかしの同級生だと知ってるんで、署名を頼まれちゃった。面倒でもしてくれよなんて笑うのだが、ほんとうはぼくのことを同級生だと言ってまわり、署名をもらってやるからと知るほどのひとに本を買わせたのだろう。これも厚意というものだと下手な署名をしていると、井上君は窓をおおって来るような隣家の竹藪を眺め、いいところだなとしきりに褒めている。

「まァ、竹藪だけはね。ところが、このアパートの連中はこの竹藪を伐れと言って騒いでたんだ」

「この竹藪を？　どうして……」

「それ、れいの日照権ってやつさ。しかし、日照権があるなら、緑陰権だってあろうじゃないか」

「そりゃ、そうだ」

「それで、ぼくは断然反対したんだ。反対するとなると、こちらは隣室も借りてれば階下《した》も借りてる。それだけ多くの投票権を持ってるから、問題なく勝ってほとんど出て行ったんだ」

しかし、部屋はどれも四畳半に二畳の台所といったおなじつくり、いくつ借りていたにしても、専用のトイレもないばかりか、風呂は相当の道のりを歩いて、銭湯まで行かねばならない。ぼくは元来風呂嫌いで垢もまた必要、不必要なほどつけば勝手に落ちると思っているほうだから平気だったが、娘が承知しない。女はそうはいきませんよと応援の奥さまがたまで現れ、孤立無援のかたちで市谷のいまの家に、移らざるを得なくなった。家は小さく自慢できるほどのものではないが、積年の憾《うら》みか娘は風呂はむろん、トイレなど階上《うえ》階下《した》につくっている。

「家ができたそうだね。いや、おめでとう」井上君からもたちまち電話がかかって来た。「ついては、お祝いに天皇陛下のとおなじ机を寄贈したいんだがね」

井上君からはその後かわいい末娘の結婚式に引っぱり出されたり、突然長男を寄こして百万円都合してもらえぬかなんて言われはしたものの、都合せねばせぬでなんとかなるのか、それなり立ち消えになって、べつに迷惑をかけられたこともない。それが降って湧いたように天皇陛下の机である。さすがに、ぼくも驚かずにはいられなかった。

「天皇陛下のとおなじ机？」

「あれは一位《いちい》の木だっていうじゃないか。その一位の木でつくったものだよ。大きいのがいいんだろう」

「そりゃ、大きいのがいいね。しかし、そんなのがどうして手にはいるんだ」

「いや、お察しのとおりぼくにはなにをするって力はない。しかし、これでもだれかに、なにかをさせることはできるんだ。期待していてくれたまえ」

ぼくもぼくの書斎にそんな机がどっかり据えられると思うと、なんとなく悠揚たる気持ちにならざるを得なかった。果たして、約束の日に井上君は現れたが、机は遠い別のほうから運ばれるのだそうでなかなか来ない。しかし、井上君は悠然と応接間のソファにもたれ、外濠の向こうの法大の遥かな桜並木に視線を向けながら、こりゃまた調布のアパートの竹藪などとは比較にならぬ。この眺めだけでも大したものだと言っている。

やがて法大の校舎の窓いちめんに明かりがつき、門口にトラックが着いた気配がした。出てみると、天皇陛下の机らしいものばかりかテーブルまで積んであり、みなに担がれて机は書斎へ、テーブルは応接間へと運び込まれた。机も机だがテーブルは上板の厚さだけでも五、六寸もある大きな異様なもので、短い頑丈な木株が脚になっている。なんでも、台湾の檜の根本にできた瘤《こぶ》を細工したのだそうである。これを運ばせて来たのは井上君の末の息子で、解体屋をやっているらしい。警視庁のはとりそこねたが、原ノ町の無線電信塔のは必ずとってみせると頗《すこぶ》るほがらかである。どうやら、この青年がこうしたものばかりつくっている家具店にカネを融通してい、それがとれぬのでこうして運ばせて来たとみえる。

しかし、みなも帰って階下《した》に降りひとり床についていると、次第に冷静になってみょうな不安が起こって来た。もしこの家に取柄があるとすれば、軽快につくられていることである。貴重とは貴く重いことかもしれぬが、いったいこの家の床があの机やテーブルの重みに耐えるだろうか。そんなことを考えていると、なにかこう天井が下がって来るように思えるのである。それに、あのときは気づかずにいたが、天皇陛下の机のほうもおろそかならぬ飾りが下の四方についていて、陛下もそうされるのか崩して坐らぬと膝もはいらない。せっかく、ああして運んでもらっていかにも悪いと思ったが、娘も当り前よとばかりに、家具も家にあわせてあったのだと言う。勇を鼓して翌朝そうそう電話をかけ、ことをわけて引きとり方を頼むと、井上君は案外平気で、

「やっぱりね。じゃァ、せめてもぼくの気持ちと思って、あれについてる煙草盆なりと貰ってくれたまえ。息子に言って、今日にでも家具屋に引きとらせるから」

言葉どおりに、その日の夕方家具屋の若い者たちが、トラックでとりに来て持って行った。突然、闖入《ちんにゅう》して来た天皇陛下の机や異様なテーブルがなくなってもとに返ると、やっとわが家がわが家らしさを取り戻したばかりでない。はじめてぼくにはこれがほんとにわが家だという気がして来たのである。ソファにかけて煙草をくゆらしながら、ただひとつ残されたこれも大きな一位の木の煙草盆に目をやって、家具屋の若者たちが丁寧に頭を下げ、「今後ともよろしくお願いします」と言ったのを思いだした。

なんといっても、ぼくの家には来客が多い。ああした机やテーブルを置いておけば、来客の中から注文も出るだろう。そう考えて、家具屋に融通したカネをいくらかでもとれるようにと、井上君が解体屋の息子に知恵をつけたのかもしれない。井上君は京中から城大(京城大学)を出、これという勤めもせずに来たという。それは井上君にそうできただけのものが残されていたからだろうが、それでもなにかの役に立つことを示さずに過ごすのはむずかしい。ぼくはいつか無為に過ごして来たぼく自身を顧みて、漠然とではあるが人生というものに思いふけっていた。

(「別冊文藝春秋」一九七七年第一四〇号)

らしさの真相

羽前大山駅で汽車に乗り、ひとりガラ空きの座席に掛けていると、汽笛の音がしてあたりの風景が動きはじめた。風景といっても、見る限り庄内平野の田園で、汽車はまたやがておなじような小駅に止まるのである。その小駅のホームには、小学校の児童たちが群れをなしてい、歓声に送られながら教師らしい人たちがはいって来る。着く駅でも着く駅でもそういう具合で、汽車がようやく庄内平野から山あいにはいり、山あいを抜けて日本海沿いを走りはじめたときは、ホームの児童たちの歓声に送られて来る教師らしい人たちで、坐る座席もなくなってしまった。しかし、いずれも外国へでも旅立つみたいにピンとした仕立ておろしの洋服を着、わざわざそのために買ったような真新しいカバンを網棚の上に置いているが、使う言葉が方言で人そのものよりも洋服が歩き、カバンが動いているかにみえる。

ぼくにはそれがむしろほほ笑ましかったが、こうしてまるでそこを古里として、永遠にでもいるようにいた庄内平野を離れ、上京して新宿一帯のネオンサインを見はるかす、東大久保の高台にあるアパートの一室にいると、庸夫君というぼくの愛する青年が訪ねて来、たまたま彼が産代教師——というのは、女教師がとった産休のあいだ勤める有り難からぬ教師のことだが

——をしていたときの同僚で渡部という青年が、お話を聞きたいと言うから会ってやってくれぬかと言って来た。なんの話を聞こうというのかしらないが、庸夫君はぼくがながく大山町で、親身も及ばぬほど厄介になっていた山本清美さんの長男である。二つ返事で承諾するとやがて一緒にやってきた、真新しいカバンをさげた渡部なる青年を見て、驚かないではいられなかった。なんとぼくが上京の汽車の中で、終始ぼくの真向かいの席に掛けていた青年なのだ。渡部君もああしてあの連中と研修を受けに来たものらしかったが、余程驚いたとみえ、ほとんどなにも訊かずに帰ってしまった。

「驚いたね。あの汽車の中の目の前の真新しい洋服、カバンがそっくりそのままこんなところに現れて来るんだからな」

後日、訪ねて来た庸夫君にぼくが笑ってそう言うと、庸夫君もさも愉快げに笑いながら、

「驚いたのは向こうのほうですよ。あのときとソックリそのままの浴衣が、こんなところに坐っていたと言っていましたからね」

「そりゃァ、そうだろう。あのときと、まったくおなじ浴衣だからね」

「それにしても、そうした浴衣のまま下駄ばきで乗っとられたというんでしょう」

「そりゃァそうさ、まさか、外国に行こうという訳じゃァないからね」

「そうだとしても、浴衣掛けに下駄ばきはありませんよ。みなはそんな恰好でいられるもんだ

から、たぶん、もう次の駅で降りるんだろう、次の駅で降りるんだろうと思って、坐れない連中があなたの傍に集まってたそうじゃありませんか。それがいつまでたっても降りず、とうとう上野まで来ちまったというんだから、たいていの者は驚いちまいますよ」

「そういえば、ぼくの傍にはだいぶ集まってたようだったな。しかし、ぼくはぼくの人徳のしからしめるところだと思っていたよ」

「人徳もなにも、だれに話しかけるでもなく、知らん顔をして窓の外など眺めながら、タバコを吹かしてたというじゃありませんか」

「それが人徳というものさ。桃李もの言わざれども、下おのずから径をなすってね」

「そうですかね。しかし、それがいかにもあなたらしいと言っていましたよ」

「あなたらしいって、ぼくをいったいどんなふうに思ってたのかね。なんとか、思っていなければ、そんなようなことは言えないはずじゃないか」

「そう言われればそうですが、なんとなくそんな気がしたんでしょうね。そんなことはありませんかね」

「あるさ。ぼくだって彼というより彼の洋服が、カバンを下げて来たときは、まさに懐かしい庄内が現れたような気がしたからね」

「それはいかにも田舎者らしいということですかね」

ぼくは返事をしなかった。そして、顔を見合わせ、二人して急に大声で笑った。

（「すばる」一九七四年、VOL16）

手のくぼの味わい

「いとこ煮」といっても、知らぬひとが多いであろう。小豆粥にしてはやや堅く、赤飯にしてはやや柔らかく、乾したカボチャやニンジンが煮込んであって、ほのかに甘い。ぼくはかつて山形県の庄内平野から、月山の山ふところにはいった七五三掛《しめかけ》の注連寺にい、本堂に集まった老婆たちが重箱から箸ですくって差し出したこの「いとこ煮」を、小皿もないので手のくぼに受けて、はじめて口にした。

雪が深くなりまったく交通が途絶すると、老婆たちはかえって「花見しゅで」と言って、念仏に事寄せて寺の本堂に集まり、「いとこ煮」の重箱と地酒の徳利を持ち寄って酒盛りをし、酔っては卑猥な歌をさも愉快げに歌うのである。

ぼくはほとんど半生を放浪のうちに過ごしたから、格別どこが古里といった気もしないかわりに、そうして放浪した行く先々のどこもが、古里といえば古里のような心地がするのである。

その癖、ひどい偏食でいまに及ぶも一向に直らない。母はぼくの偏食がぼくの性格に及ぶことを恐れ、よく騙したりすかしたりしてくれた。すでに性格に片寄りがあって、ぼくを偏食ならしめていたのであろう。ただですら「いとこ煮」などというものは、見るはむろん聞いたこともなかったから、とても食う気はしなかったが、「おら家《え》の『いとこ煮』だで」と言われて手を差し出し、手のくぼに受けた以上は、もはやどうしようもない。

眼をつぶるようにして口に入れると、甘いというよりへんに甘酸っぱく、泣きたいような気がして来るのである。それだけならまだいい。これでなんとか義理を果たしたとほっとしていると、また別の老婆がすり寄って来て、「おら家《え》の『いとこ煮』も食うてくれちゃ」と箸ですくい取ってくれるので、また手を出して手のくぼに受けずにはいられなくなる。ああした雪深い山間のむらでは、愛情とは強《し》いることであり、強いることが愛情なのである。

見れば、グルリと輪になった老婆たちも、火鉢を離れて酔いかつ歌い、あるいは笑い興じながら、おなじような重箱からおなじような「いとこ煮」をすくった箸を差し出しながら、互いに手のくぼに乗せてやっている。つまり、自分はひとの「いとこ煮」を手のくぼに受けて食い、ひとにはお返しに自分の「いとこ煮」を、手のくぼに受けさせて食べさせている。そして、それがまるで違った味がしでもするように、互いに互いの「いとこ煮」を褒めあっているのである。

ぼくも酔いが回って来たのであろう。こうして強いられる「いとこ煮」が、次第に苦にならなくなって来た。そればかりではない。ぼくは思いだすともなく思いだしながら、なにかほのぼのとした気になった。母はぼくになんとかして赤飯を食べさせようとし、よくこう言ったのだ。

「さァ、手を出してごらん。手のくぼに盛ってあげる。子供のころは、母さんもよくそうして食べたのよ」

（「四季の味」一九七七年四月）

放浪への誘い

お隣りのお隣りの原野さんの奥さんが見え、お宅にはもうお使いになってない机があったでしょう、今夜うちでちょっとした集まりがあるので、あれを貸して下さいませんかと言った。原野さんの奥さんは、ぼくがなんど目かの放浪を打ち切って上京し、ご厄介になった印刷会社の社長のお嬢さんで、この家を世話して下さったひとでもある。親戚同様のおつきあいをしているから、わが家のようにぼくの家を知っているのに不思議はないが、娘はいないし、さァて、どこにあるかなと困った顔をすると、階下《した》にあるわよとさっさと降りて、納戸の奥から机を出して持って行った。ちなみに、わが家の玄関は階段を上がった二階にあって、階下へは降りて行かねばならぬようになっている。

夜、食堂で一杯やりながら勤めから帰った娘にその話をすると、娘は腹を抱えて笑い、そりゃァ使わなくなったものは、納戸に入れとくにきまってるじゃないの、だれだってそう思うのがあたりまえだわと言った。そこに気がつかぬぼくのほうが、余ッ程おかしいと言わんばかりである。ぼくもわれながらおかしくなって笑ったが、もし原野さんの奥さんに言われなければ、すっかり忘れて思いだしもしなくなっていたあの机が、ぼくにとって笑ってはすまされぬ机であったことに、いまさらのように気がついた。それは脚が内側に折って畳める、机というより卓袱台といったもので、欅の一枚板でつくられてはいたが、それもながい年月でソリが来ていた。しかし、ぼくはあの机を後生大事に持って歩き、奈良の瑜伽山《ゆかやま》にいたときはあの机に凭れて奈良盆地を一望にし、たたなずく青垣山を見晴かした。酒田の街にいたときもそうして吹雪に背を向けて歩く人々を、硝子窓から見おろしたりしていた。つまり、ぼくのいるところあの机はあり、あの机のあるところぼくはいたので、いわば生涯の伴侶というべきものであったのだ。

この生涯の伴侶ともいうべき机が納戸に入れられ、納戸に入れられていることすら忘れてしまったのは、ぼくの書斎にそれに代わる立派な机が置かれるようになったからだが、敢えて好んでぼくがそうしたのではない。それにもそうなるなりゆきがあったのだ。ぼくはようやく雪も来ようとする冬の木曾を旅し、平沢の里で漆工房を持つ城取邦雄さんと知り合いになった。城取さんはやがてぼくの家にも見えるようになり、あの机を見ていかにも書斎に似合わないからといって、古代杢目《もくめ》漆塗りのどっしりした机を下さったのである。古代杢目というのは幾星霜風雪に堪えて来た樹の、木目になぞらえた模様のことだそうで、この机によってぼくの書斎は書斎らしい態を備え、ぼくはながい生涯はじめて書斎らしい書斎を持ったような心地になった。

ところが、こうした立派な机に向かうと向かったで欲が出て、更に左右に脇机がほしくなり、城取さんにお願いしておなじ模様の漆の机を二つつくってもらった。というのはものを書くとき、ぼくは書き上げた原稿用紙を重ねて置かず、横に並べて何段にもずらし、全体を見渡しながら書く癖がある。城取さんの下さった机は、むろんあの卓袱台のような机より大きく、ゆったりしているが、それでも原稿用紙は三枚しか並べられない。これにもし左右に脇机を置けば倍の広さになり、六枚並べてずらしながら三段にしたとすると、十八枚も見渡すことができると考えたのである。それもどうやら目的を達し、書斎はいよいよ書斎らしくなったが、書斎がいよいよ書斎らしくなることで、ぼくはいよいよ放浪の心を忘れようとしているのではあるまいか。ぼくにとって放浪の心を忘れるということは、ぼくがもはやぼくでなくなったことになるのである。

そうした気持ちがあったればこそ、ぼくは街中にありながら、なお眺望のきくここに家を選んだのだ。折り重なる民家の屋根屋根を眼下にし、向こうには外濠に沿った通りが走っている。外濠の上の国電の路線からは高い土手になり、遥かに法政大学の桜並木が目線の位置に見える。それでいて、巷の騒音はほとんど聞こえず深閑としている。空も大きく月の出を見ることもでき、月が出ればその深々とした広い地形が、夜目にもほの明るく浮かび上がる。応接間の椅子に腰をおろした客で、この景観に驚かぬものはない。ながい放浪の果てにこうしてここに収まれたのだから、まず言い分はないといっていいであろう。ぼくが放浪の心を忘れ、ぼくがぼくでなくなるかどうかは、ひとえにぼくの心構えの厳しさいかんにかかっているとしか言いようがないのである。

ぼくは一所不住、生涯自分の家を持つことなどあるまいと思っていた。月山も深い山ふところにある破れ寺、注連寺の屋根裏まで見える畳もないがらんとした庫裡の二階の板の間で冬を越したときは、祈禱簿の和紙を糊で貼りつぎして蚊帳をつくり、からくも酷寒の風雪を凌いだのである。和紙を糊で貼りつぎするといっても、雨戸はすでに朽ち破れ、木ッ端を飛ばして激しく吹き込む吹雪が糊を凍らせ、めくれる和紙を押さえようにも手がかじかんで思うにまかせない。それでも、ぼくはこれがぼくの最初につくる家であり、最後につくる家だと思って耐えに耐え、なんとか蚊帳らしいものをつくり上げたのだ。

蚊帳は八畳に満たぬ小さなものだったが、電球を引き入れてあの卓袱台のような机に向かっていると、意外に明るくほのあたたかく、広大な宇宙がそこにあるように思われ、いまもぼくの忘れ得ぬものになった。それがやがてぼくに『月山』を書かせたのだが、注連寺もいまはかつてのように破れ寺ではない。行くにも舗装された立派な道路がつけられ、庫裡の二階にも天井が張られ畳が敷かれ、朽ちた雨戸もサッシの硝子窓に代えられ、境内にはプールさえつくられている。集まって来てくれる人たちもみな当時の子や孫たちで、亡くなった古老たちの話をわずかに聞き伝えているにすぎない。

放浪していたとき、ぼくはどこに行きついたとしても、あらかじめなにかを予想していたのではない。ただ行きついたところをおのが住み家として留まり、留まることができなくなれば働き、働いてはまたなにを予想するでもなく、どこかに行きつこうとして働くことをやめたのである。そこにもし人生があったとすれば、そのことがすでに人生というものの姿であったので、ぼくが注連寺を訪ねたとしても、かつてを懐かしむというだけで、もはや人生を見ることなどできようはずがない。そうは思っても酒田に行けば、かつての住み家を訪れる。かつての住み家は幸いにして大火にもあわず残っているが立派に改装され、どの家もどの店もすっかり変わっていて、酒田がすでにぼくの知る酒田ではないのである。

さきごろ、ぼくは奈良に行き奈良ホテルに一泊した。瑜伽山は高くはないが老松におおわれて、ホテルの前に聳えている。下は民家の静かに立ち並ぶ北天満と呼ばれる狭い通りで、ぼくのいたころから四十年もたっているのにすこしも変わらない。あまりの変わらなさに、遠い過去に迷い込んだような心地になって振り仰ぐと、瑜伽山の上にはまさにぼくのいた離れが立っていた。その離れは瀟洒なつくりで、そこに登る崖路は枯山水になってい、眺望のよさは譬うべくもなかった。あまりの懐かしさにこれもむかしと変わらぬ、やぬしの許しを乞うて崖路を登ったが、登ってみれば枯山水は雑草の繁るにまかせ、離れも見る影がないほど荒びている。しかし、眺望は変わるまい。そう思って佇んだが、たたなずく青垣山こそ変わらぬといえ、見渡すかぎりといっていいほど民家が立ち並び、奈良盆地ももはやかつての奈良盆地ではなかった。

（「日本経済新聞」一九八一年八月十七日）

酒の味わい　ひとの心

ぼくらの時代は高等学校（旧制）にはいると学生と呼ばれ、公然と酒も飲めれば煙草も吸えた。ほんとうは二十歳（学生は猶予されていたが徴兵検査のとしである）にならなければ許されなかったのはいまと同じだが、どういう訳かあの白線の帽子をかぶっていると、巡査も笑って敢えて問おうとはしなかったのである。それで、日本酒は日本の心、これを飲んで神代のころから、その心を養って来たのだなどと言い、その手前もあって修錬した結果、飲んではひとに引けはとらなくなった。

お蔭で、電源開発に勤め紀伊半島の尾鷲市にいたときは、用地交渉の席で並みいるひとたちが、次々に酔って倒れるのを尻目に飲みつづけ、用地係からすこしは酔ってやって下さいよと哀願され、一笑してこんなことを言ったりしたものだ。「出羽庄内の月山に行ってみたまえ。あむらの苔むした墓石に酒多呑居士と彫ったのがある。この世でこんなに飲んだやつはない。あの世でも頼むというのさ。愉快じゃないか」

月山を去ってから、ぼくはまた里にいた女房と、鳥海山の麓の吹浦で小さな世帯を持った。たまたま、その話をすると女房も笑って、「うちのおじいさんもおんなじよ」と言うのである。

「生きてるうちから位牌をつくって、死んでも飲めるようなんとかなんとか亀院ってのを、つけてもらってたの。いままで飲んだのを樽にして並べると、あの山奥から酒田市まで並ぶなんて笑ってたわ。でも、失敗といえば酔って、自転車で川に落ちたぐらいね」

そういえば、ぼくにもこんなことがあった。新宿の裏通りを歩いていると、地ごろふうの若者が喧嘩している。ほっておけばいいものを、思わず割ってはいった。若者は「なにしやがるんだ」とぼくに食ってかかり、おのおのぼくの外套の両袖をつかんだが、「サツが来たぞ」と叫んで左右に逃げ、つかまれた両袖をもぎとられたばかりでない。ぼくからすれば子供みたいなパトロールに、「いいとしをして、あんなのにかまってもらっちゃ困るなァ」と説諭までされたのである。ぼくはまだ用地係に哀願されたころとおなじ自分だと思ってい、酔ったつもりはつゆなかったが、ついとしを忘れて柔道をやっていた、学生時代に戻ったような気持ちになっていたのだ。しかし、飲んでも飲んでも酔わず、飲みつづけて変わらぬというのも自慢にはならない。ときには哀願もしたくなる者も出て来るのも、無理はないと思い知らされたことがある。地方公務員をしてるという青年がぼくのアパートを訪ねて来、ぼくは高等学校もはいっただけですぐやめてしまったのに、「先輩、先輩」と先輩呼ばわりするのは気になったが、見たところおとなしやかで感じがいい。「ちょっとはやるかね」と訊くと、「はァ、ちょっとは」と小声で答える。

「それでは、新宿にいこう」と連れて出て、顔見知りの店にはいったが、これが飲ませてもすこしも酔わず、ただ者でないことが次第にわかって来た。こちらもつい意地になり、店から店へと連れて回って、盃を置く間も与えずつぎについだが、いっこうに歯ごたえがない。だんだん腹が立って来て、そんな自分がバカらしくなり、用もないのに用にかこつけて帰ろうとすると、青年はさすがにあわてて哀願するように、「先輩、もう一軒連れて行ってくれませんか」と言うのである。「もう一軒？」と、問い返すと「ええ、せっかくの思い出に、せめてもゆっくりと味わって飲みたいのです」

いまはみな遠い思い出になり、ぼくの飲んだのも樽にして、おそらくあの山奥から酒田市まで並ぶようになったが、後悔はすこしもしていない。母も酒ぐらいは飲めと言っていたし、日本中ほとんど歩かぬところはないといっていいほど、転々として暮らしたが行く先々に酒があり、そうした酒によってそのところどころの味わいを知り、深くひとの心と触れあうことができたと思っているから。

（「日本の酒」（読売新聞社）一九七五年十二月二十五日）

タバコはわが人生

いまの若者たちは二十歳になると、成人式を挙げてもらって、選挙権を持つことを許される。それも男女ともどもにである。なんたる幸福であろう。これにひきかえ、ぼくたちは二十歳になると、徴兵検査が待っていた。むろん、選挙権があるわけでもなく、男女ともどもなどとは、もってのほかである。

ただ、むかしもいまも変わらぬのは、二十歳になると、公然とタバコと酒を飲むのを許されることだ。そうはいっても、いまの若者たちの中にはべつに気にせず、早くからやってるのもあるかもしれないが、ぼくたちのころは法が厳しく、うっかりやってでもいようものなら、すぐ警官からお前はいくつだなどと詰問される。

ところが、おかしなことに高等学校（むろん、旧制である）にはいり、白線の帽子をかぶってると、たとえ二十歳になっていなくても、どこでどうやっていても警官から咎められるようなことはまったくない。したがって、ぼくらは公然とタバコを吸《の》み、酒が飲まれることによって、高等学校にはいったということが、大人になったような気にさせたのだ。

しかし、タバコも酒も簡単に飲めるようになるものではない。ほんとに、うまいと思って飲めるようになるためには、相当の修行をしなければならない。しなければならない修行があるという以上、それによってたとえば一道に達するといったように、達するところがなければならない。あまりそんな人を見かけたことはないが、酒には酒仙という言葉がある。では、タバコにも煙仙といった言葉があるだろうか。そんなことを思っていると、ぼくはふと横光さん(利一)が、こう言ってある青年を怒ったことがあるのに気がついた。

「きみィ、そんなタバコの吸《の》み方をして、文壇に出られると思うかね」

「きみィ、そんなタバコの吸み方をして、文壇に出られると思うかね」

そう言って、横光さんが青年を怒るからには、横光さんはタバコもまた茶道のようにといかないまでも、その人らしい吸み方があると信じていたのである。怒られた青年はちょっとタバコを口にあてては手を伸べて、横光さんがいつも傍に置いていた、大きなナマコ色の火鉢のへりで叩いて落とす。落とすとまた口にあててちょっと吸う。いかにもセカセカしていて、イライラしてしまう。

貧相というか寒々しく、ぼくもこれでは横光さんが怒りたくなるのも無理はないという気がしたが、横光さんはほんとにその青年には文壇はダメだと思ったのだろう。せっせと書いては持って来ていた原稿を見てやることはせず、そのかわりとてもいい出版社の就職を世話してやった。

当時はひどい就職難時代だったにかかわらず、ぼくは母が敢えて就職させようとしなかったので、好き放題にやっていた。しかし、物好きで勤めてみたい気もあったから、悪戯《いたずら》気もあって、その青年を真似《まね》てセカセカとタバコを吸っては灰を叩いたが、横光さんはぼくに怒りもしなければ、就職の世話をしようとも言わない。

では、横光さんはどんな吸《の》み方をするかといえば、キチンと坐ってちょっと腕組みし、上にした右腕の指に挟んだタバコを、なにか思索でもする様子で吹かすのである。ところが、ある日川端さん（康成）がやって来て吸うのを見ると、まったくおなじ恰好をしている。ぼくはふっとほほ笑まずにはいられなかった。菊池さん（寛）はこの二人とは違って、まるまる太った膝をしていたが、坐って吸うときは、これとまったくおなじ吹かし方をしているのを思いだしたからだ。

横光さんのタバコの吸い方、川端さんのタバコの吸い方、菊池さんのタバコの吸い方に共通するところがある。これはむろん知らず知らず、菊池さんのタバコの吸い方を真似たものだが、真似にもせよこうして系譜をなす以上、伝統を持っているといえる。伝統を持っているからにはすでに道、すなわち煙道というべきものがなければならぬ。

横光さんは医者のとても嫌いな人で、診てもらったら必ずインネンをつけられると言っていた。まァ、医者からなにか言われるのを恐れていたのだが、それがどうした風の吹きまわしか、医者から注意されたとかで、突然一年間禁煙すると言いだした。横光さんは日にチェリーを一罐も二罐も吸う、大変なヘビースモーカーである。できるかなと思っていたら、ほんとに吸わないのである。

それでやめてしまうのかなと思っていたら、そうではない。ただジッと我慢していたのであって、ふと思いだしたように喜色を顔にみなぎらせて、

「そうだ。今日が一年目だ」と言ったと思うと、階下へ向かって大声をあげた。「おおい、すぐタバコ屋に行って、チェリーを五、六罐買って来てくれ」

やがて、あの美しかった奥さんが、チェリーの罐を買って上がってくると、よろこばしげに罐を切って吸いはじめた。むろん、キチンと坐って腕組みし、上にした右腕の指に挟んで、なにか思索でもするようなポーズをとってである。それも、一本や二本ではない。吸うわ吸うわ、忽ちにして一罐空けてしまったといっていいぐらい吸うのである。そんな横光さんの一年間にわたる禁煙はまさに意志の強さを示すものだが、一年目に思いだして吸ったということは、タバコに対する愛情のあることはむろん、礼節であるといえる。

ぼくは菊池さんや横光さんに可愛がられたが、ポーズとしてのタバコの吸い方には反逆した。反逆しながらもヘビースモーカーであることの伝統は受けつぎ、よく服やオーバーのあちこちに焼けこげをつくったりするから、もっとも悪しき伝統の継承者といえるだろう。ぼくが『月山』で芥川賞をもらい、NHKのスタジオ一〇二に出されたとき、タバコを吸いながら答えていると、井川アナウンサーが手をさし伸べ、笑いながら言った。

「おっとっと。タバコの灰が落ちそうになっています。森さんは大変なヘビースモーカーでいらっしゃる！」

そのときも、あらかじめ井川さんに、タバコを吸っていていいかとお断りして、なんでもないことのように軽く許可してもらったから、そんなものかと思い、どのテレビに出演させてもらうときも、タバコを吸いながらやることで押し通した。むろん、昨年一年NHKの「ビッグ・ショー」に出演させてもらったときもやめなかったが、ついにあるときスタッフのひとりから小声で言われた。

「すみませんが、ちょっとタバコを吸って画面に出るのはやめてくれませんか」

「ビッグ・ショー」に出て来るのは大歌手で、そんな人たちを相手にタバコを吹かして対談するとは、もっての外だという投書や電話が沢山来るというのである。なに、おれの人生はタバコじゃないか。人生は降りてもタバコはやめなかったんだからと思っていると、他のスタッフにやれやれという人があって、やめぬことにしたが、ある読書会に出席してくれた婦人のひとりからこう言われた。

「森さんの対話もだけど、話しながらタバコを吸《の》むところがいいわね」

ただし、こんな人はそう言って、投書もしてくれなければ電話もしてくれないのである。

（「たばこの本棚」（青銅社）一九七九年五月二十五日）

オール・イン・レコード

シートにもたれてカー・ステレオを聞きながら、ぼくはジャン・コクトーがこんなことを書いていたのを思いだしていた。「ぼくは手を伸ばして、パリの街の家々の壁をこすりながら歩く。すると、ぼくは幼いころのことを思いだす。ちょうど、レコードの溝を針がこすると、歌や音楽が流れだすように」

ぼくの子供のころは、ポータブルだとかステレオだとかいうものはなかった。まして、カセット・テープなどというものはなく、レコードの溝に腕をまわして針を乗せ、朝顔のようなラッパで聞くものときまっていた。しかし、針を指でつまんでレコードの溝を圧しても、吹き込まれた歌や音楽が、囁くように聞こえるのである。ぼくはなにか秘密の発見でもしたように、レコードに耳を近づけて、その囁きを聞くのを喜んだものだ。

ぼくはちょうど若い友人と別れて来たばかりだった。ぼくはその人のお父さんに気に入られ、お父さんの田舎の家を訪ねて会ったことがある。しかし、そのときその人はまだ学生で、ぼくには子供に毛が生えたぐらいにしか思えなかった。それがいまでは大きな出版社に勤め、ぼくに講演の依頼に来たのだが、その人はその会社の週刊誌記者時代に、北海道の稚内に取材に行ったときのことを話していた。稚内もさびれ果て、真冬のことで雪の中に、ポツンポツンとキャバレーがある。その一軒にはいると客もなく、女がレコードを掛けてくれたがなんとも侘しく、いまも心に残って忘れられぬと言っていた。ぼくも若いころ稚内に行き、宗谷海峡を渡った。当時の稚内は殷賑《いんしん》を極め、櫛比《しっぴ》する二階、三階、四階の建物はことごとくキャバレーといってよかった。女は各階に満ちあふれ、客たちの間にはレコードの歌や音楽が華やかに流れていた。すべては時勢とともに変わってしまったらしいが、なお歌や音楽だけはそこに残っていることを思って、ぼくはいつか無量の感慨にひたっていた。

（「オール讀物」一九七四年十二月）

オール・イン・トラベル

ぼくの父は満一歳の誕生日に、一升餅を背負って歩き、大いに恐れられた。こんな子供は古里《くに》に居つかぬと信じられていたからで、祖母があわてて手織りのチャンチャンコを、つくって着せたらしい。そうすれば、こんな子供も古里に居つくという、まじないのような考えがあったとみえる。しかし、どうやらまじないはきかず、父は南は琉球から北は千島まで、ほとんど国中を歩きまわったばかりか、朝鮮に渡って京城に住み、中国までも足跡をあまねくした。しかし、これも志あってのことだそうで、そのためにいつも素通りして景勝なるものを見たことがなかったと、むしろ得意げに言っていた。ぼくはいつもその父から、

「高校（旧制）なら山口がいい。いい街でカフェーなどもまったくない」

と、言われながら上京して一高にはいった。ぼくがまだ中学校を卒業せぬうちに父が亡くなったからだが、山口から来た学生にそれを言うと腹を抱えて、

「そんなことはないよ。お父さんがそんな街を歩かなかったまでさ」

そのためというわけではないが、ぼくはいささか山口高に行けばよかったという気がして来ぬでもなかった。ぼくらが今日あるところの歴史を知るためには、なんとしても維新のそれを

知らねばならない。それには長州すなわち山口県を抜きにして考えられぬということが、感じられていたばかりでない。山口県は三方を日本海、響灘《ひびきなだ》、周防灘に囲まれ、秋吉台をはじめとして、いまでいう国立、国定、県立公園だけでも七つに及ぶ、景勝に恵まれたところであることを聞かされたからである。

いまにして思うと、ぼくもまた父の轍を踏んで、ほとんど国中を歩いたが、さして志すところもなく、いたずらに風雪とともに過ごし、景勝なるものを見なかった。いまも機を得て山口県に行き、そうした景勝の中に維新の淵源するところを訪ねたいと思っている。幸い、遊ぶところにも事欠かぬらしいから。

（「オール讀物」一九七五年六月）

オール・イン・ファッション

ぼくはなが年、万年筆や時計を持たずに暮らしていた。これがすでにぼくがどんな暮らしをしていたかを語っているであろう。といって、ぼくにはいつもぼくを忘れず、ぼくを愛してくれた友人があり、よく手紙をくれたものである。茣蓙《ござ》をかぶりカンジキをはき、何里という遠くから雪の山坂を吹きを冒してやって来るじさまの郵便配達によって、それらがもたらされると繰り返し読み、ほほ笑みをもってみずから慰めながら返信をしたため、ふたたびその郵送を依頼するために、吹きを冒して来るじさまの郵便配達を待つのである。あればこれに越したことはないが、あってもインクも手にはいらぬだろうし、ただありあわせのもので心を伝えればよいと思っていた。いわんや、吹きまた吹きの山の中では、吹きのあい間に出て道をつくる雪踏みでもするよりほか仕事もなく、暮れれば地酒に酔ってひとり眠ればそれでよいので、時計を持つ必要などなかった。ところが、もうそろそろその地酒もなくなったと思ったのだろう。ばさまが狸徳利を提げて来てくれ、話し込んだあげく、「こうッ、万年筆も時計も持たねえだかや。この節だば、おらほうだとて万年筆や時計ぐれえ、持たねえ者はねえにのう」

「でも、この吹きじゃぼくにはインクも買いに行けないしね」

「それ、郵便配達のじさまに頼めばええでねえか。農協のあるとこださけ、時計だとてあっで。頼んでやっか」

と、ばさまが言うので、わたしは笑って答えたものだ。

「いや、どうせ持つなら、だれも持たないようなものを持ちたいからね」

それももう遠いむかしのことになったが、そのわたしが芥川賞で時計をもらい、サイン会のお礼だと言って、分に過ぎた万年筆をもらった。芥川賞はそうしたじさま、ばさまを描くことによって得られたので、そう思うといまはもうこの世にはないかもしれぬ、あの人たちからの贈り物だったような気もするのだ。

（「オール讀物」一九七四年七月）

秘密

このごろ、忙しいでしょうとみなから言われる。忙しいですねと言わないと義理がすまないようでそう答えるが、じつはもとからぼくにはぼくを愛してくれる若い友人が沢山あって、入れかわり立ちかわり訪ねて来、会社で仕事をしている時間よりも、近くの喫茶店にいる時間のほうがはるかにながかった。それで、ぼくはぼくを訪ねてくれる若い友人から、よく言われたものである。

「森さんはこんなことをしていて、よく会社がなんとも言いませんね」

古い唄の文句のように、ぼくの勤める小さな印刷屋は、狭いながらも楽しいわが家てなところがあって、こうしたぼくを許してくれるというより、諦めている。ここにはぼくのいわゆる早く札つきになれという極意があるのだが、そう言う若い友人自身が、どうやらぼくに仕事をさせなくしているひとりであるのを、気づかずにいるらしいから面白い。

いまはそんな若い友人たちが、マスコミの人たちと変わってしまった。変わっただけで、会社に忠ならざることに変わりはないから、会社のほうはいいのだが、毎日のように会って教えられたり、教えたりしていたKさんとまで、ゆっくりした時間を持てなくなってしまったことを思うと、かえって淋しい気すらするのである。若い友人たちはぼくが郊外の小さなアパートに住み、着たっきり雀で平然としているのを哀れんで、奥さんにジャケツを編ませて下さったり、シャツやズボン、上衣のたぐいから、パンツまで買って来てくれたりしたものだ。

ぼくにはどことなく無頓着な、ダラシのないところがあって、オーダー・メイドよりも既製服のほうが、着心地もよければ似合いもするのである。しかし、ぼくをほんとのぼくより大きく見たり、小さく見たりして、ぴったり合うものが少ないばかりでない。ズボンも上衣もみなが勝手にイメージして買ってくれるのだから調和がとれず、気はずかしくて着られないことが多い。

そこで、どうせ買って下さるなら、あのデパートのどのコーナーで、森に着せるのだと言って買ってくれと、我儘を言わせてもらうことにした。そのデパートのそのコーナーには四十がらみの小肥りのおばさんがい、ぼくはどんな柄のどんな型がぼくに似合うのかわからないほうなので、いつもそのおばさんの言うなりのものを買って着ていた。そのおばさんに相談してもらったら、この前はだれが森のために、こんなズボンを買って行ったから、こんどはこんな上衣を売ればいいと、よしなにとりはからってくれると思ったからだ。

この四十がらみの小肥りのおばさんは、ぼくのために選んでくれた洋服を包んでくれながら、突然こんなことを言ったことがある。

「わたしはこうして、殿方のものばかり扱わしていただいていますが、これでどういうわけか、男縁の薄い方でございましてね。このとしでまだ独身なんでございますよ。いえ、これで正真正銘の処女でございましてね。社長はウソだろう、そんなこと言って、案外知ってるんじゃないかと申すんですがね」

しかも、それがドングリ眼をして、意外に迫力があるのである。ぼくは呆然とし、やがてモンテーニュの随想録を思いだした。もうよくは覚えていないが、なんでもボルドーの市長モンテーニュが会議かなにかしていると、みなの囲んだ大テーブルに、突然闖入《ちんにゅう》して来た肥っちょの年増女が飛び上がり、あろうことかスカートをまくってみせ、

「これでも、わたしに結婚する資格がないのか」

と、なじったという。女としての完全さを持ちながら、なお結婚できないでいる、これすなわち失政ではないかというのが女の言い分だったのだが、どこかにそうした考え方を持っているのが女というものだとは、モンテーニュのたまうところである。

季節がようやく春めいて来、そろそろいままでの冬服では通せなくなった。ある日曜日、ぼくはひさかたぶりで、そのデパートのそのコーナーを訪ねたが、あのドングリ眼の告白を思いだして、心おのずからほほ笑まざるを得なかった。ともあれ、不快を感じるはずはないのだが、四十がらみの小肥りのおばさんは、ぼくにあんなことを言ったことなど忘れたようにケロリとして、チェックの上衣を選んでくれたが、ぼくにはすこし派手なように思われた。「そんなことはございませんよ。殿方はおとしをめすと、かえってこのぐらいなのをお召しになったほうがいいのですよ」

しかし、ぼくはなんとなく、買わずに来てしまった。ぼくはとしのことなど解脱しているから、そんなことにこだわったのではないつもりだが、それでもまだ解脱しきれないところがあって、ひそかなぼくの期待に反して、おばさんがあまりにもケロリとしていたからかもしれない。

ところが、たまたま遊びに来たKさんを見て、あっと驚かずにはいられなかった。Kさんはぼくが買わずに来てしまったチェックの上衣と、まったくおなじ上衣を着ているのである。それも、なかなかよく似合うのだが、その上衣についてはぼくにひとつの物語があることを知らず、Kさんは澄ましている。そう思うと、ぼくの驚きはおのずとほほ笑みに変わって行かざるを得なかった。

（「オール讀物」一九七四年六月）

もうひとつの時計

『週刊読売』から時の記念日のための写真を撮りたいと言って来た。ぼくの叔母は終生時の鐘を撞きつづけ、時の記念日に表彰されたことがある。そんな因縁によるものかと思ったら、時の記念日といってもいまや時計の記念日で、ぼくよりもぼくのもらった芥川賞の腕時計を撮りたいのだという。お蔭で、旧制一高を放校されたというぼくが、東大最後の恩賜銀時計組の桂《かつら》杲《たかし》さんと顔を並べる光栄に浴することになり、恩賜の銀時計は当時国産の粋とされた服部時計製で、芥川賞の腕時計インタナショナルは世界に冠たる、精巧を誇るものであることを教えられた。

ぼくはかつて『オール讀物』に、ながく時計を持つ必要のない生活をして来たと書いたことがある。それはぼくが吹きの吹く東北地方を放浪し、目覚めれば起き、暮れれば地酒に酔って眠る生活をしていたからだが、撮された写真を見ると、原稿を拡げた机の上は時計だらけで、時計蒐集家研究家の緑川洋一さん、塚田泰三郎さん、梅田晴夫さんに遜色がないばかりでない。「室にはこの時計（芥川賞）を含めて、五つあるんです。腕が二つ、懐中に目覚まし、それから体の中にもひとつあるんです。前の夜どんなに遅く寝ても、朝六時半になると必ず目を覚ます」などとのたまっている。

しかし、ぼくのこの時計蒐集家研究家然たるていたらくは、むしろろくな時計に出会わなかった結果だが、飲んだ地酒の持続力がいわば砂時計の砂の役をしてつくられた、体の中のもひとつの時計は意外に正確で、朝はおのずと四時半に目を覚まし、私鉄の始発電車に乗って、山手環状線を回りながら、組んだ膝に綴じたザラ紙を置き、ぼくの勤める小さな印刷屋のはじまる八時まで、ボールペンを走らせていた。ぼくの『月山』はむろん、『鳥海山』もこうして書かれたものである。

ところが、ぼくの語ったところによると、ぼくがおのずと目を覚ますその四時半が、六時半になっている。いまも当時に比べて夜更しをすることもなく、飲む酒は変わっても量がへったわけでもない。としをとればむしろ夜の眠りは短くなるはずなのに、なおぼくの体の中にある、砂時計ともいうべきもひとつの時計が、二時間も遅れるようになった。ろくな時計に出会わなかったぼくが、たまたま世界に冠たる精巧を誇るインタナショナルを手に入れたばかりに、甘えたなどと言われぬよう、みずからを戒めねばならない。

（「オール讀物」一九七四年十月）

「これはウマイ」

娘がホットプレートを買って来て使いはじめたのは、いつごろのことだったろう。あの広い鉄板には化学処理がしてあって、肉でも魚でも野菜でもそれぞれ寄せて焼き、好みの料理が同時にできるばかりか、焼けても焦げつくことがないのである。ぼくは思わず、「これはウマイ」と、言って箸を出しながら、つい吹きだしてしまった。というのは、ぼくがまだ年少のころ、家《うち》に「これはウマイ」と渾名された学生がいたことを想いだしたからである。

母は料理が得意で自分のつくった料理を、なんとしても礼讃させずにはおかなかった。黙っていきなり食べだしたりしようものなら、

「どう？　なにも言うことはないの？」天然パーマの縮れッ毛で迫って来る。

「言うことがないもあるも、ウマイから食べてるんじゃないか」「お腹がすいてれば、なんでもウマイものよ。わたしが聞いてるのは、この料理がどうかということ」といった具合である。

ところが、「これはウマイ」と渾名された学生は、ひどく瘠せてるのに大変な大食いで、なにを出されても必ず「これはウマイ」と感嘆する。べつに、母にへつらってそう言うのではなく、そう言うのが癖になっているので、その証拠にはまだ出されただけで食べもせぬうちから、は

やくも「これはウマイ」とやらかすことすらあった。

母もさすがにこれには喜べず、

「食べもしないで、どうして味がわかるの」と、笑ったが、ぼくが「これはウマイ」と言ったのは、ホットプレートに感心してウマイものを考えたなと言ったつ、も、りだった。しかし、娘はそうとは気づかず自分の料理を褒められたと思い、ちょっと得意な顔をしてニッコリしてみせるのである。

「そうでしょう。料理だけはわれながら天分があると思ってるのよ」

(「オール讀物」一九七七年七月)

犬猫の行儀

わたしの家は市谷田町の崖上に建っていて、玄関は階段を上がった二階にあり、応接間もそれに続いているから、眺望は頗るいい。ソファに掛けると眼下に低く民家の屋根屋根が拡がり、やがて外濠通りになり外濠になり、総武線、中央線になって再び崖になる。崖の上が法政大学の桜並木になっていて、それが恰度目線の高さに見える。かつて高山辰雄さんがみえたとき、恰度灯ともしごろで彼方のビルの稜線の上には大きな月がかかっていた。この高名な画家は思わず声を上げて、こんなところで描きたいと言った。高山さんはこうした街中の風景が好きなのだそうである。外濠通りには絶えず自動車が走り、総武線、中央線には電車が往き来しているのに、不思議に深閑としてもの音ひとつ聞こえない。ときどき硝子戸越しのベランダの手すりに、小鳥が来て囀る。庭というほどの庭はないのだが、ネズミモチが一本枝葉を繁らせているので、これに寄って来るらしい。

娘は勤めがあるので七時に起き、八時にはパンと牛乳、ジュース、コーヒーで簡単な朝食をすます。わたしもこの朝食を共にすませて門口まで送って出る。向かいのお屋敷のコンクリートの塀の上に、大きなセパードが両前肢を乗せて、わたしたちを待っている。娘は背伸びしてビスケットをやり、よしよしメリーと言いながら、塀越しに低く下げた頭を撫で撫でし、笑ってわたしに手を振って去って行く。わたしはひとり応接間に戻り、ソファに掛けて朝の日射しの中で新聞を読み、小鳥の囀りなど聞きながらしばしまどろむのである。

わたしは東京もどまん中と言っていい、この市谷田町の家に来るまでは、京王線の布田駅に近い二階建てのアパートに住んでいた。上下に四部屋ずつ、いずれも四畳半に小さな台所がついているだけの、専用の風呂もなければ便所もない古い建物だったが、裏には孟宗の竹藪があって、それが素晴しかった。あまつさえ、多摩川べりまで遠くなく、晴れた日など散歩に出ると、まだまだ広々とした畑地が残っていて、凧を上げる子らがいたり、模型飛行機を飛ばす人たちがいたりした。

ところが、そのアパートの階下《した》にいた人たちから、日照権を侵すものとして、裏の竹藪を伐れという運動が起こった。伐れもなにも竹藪は裏の農家のもので、もともとこうしてあったところに、アパートが建てられたのである。わたしがこんな不便な部屋を、二た部屋も借りて娘と辛抱しているのも、裏に素晴しい竹藪があるからだ。日照権があるというなら、緑陰権もあろうというものではないか。そう思って階下《した》の人たちに応じなかったので、階下にいた人たちはひとりひとりと去って行った。そうなるとみょうなもので、階上《うえ》の人たちも去って行く。それをわたしたちが借りて行き、まるで上下八部屋もあるアパートにわたしたちだけが住む恰好になったが、荒寥の感を免れなくなったばかりでない。部屋ごとに礼金を払い、敷金を収めなければならず、笑ってはいられない出費になる。

そこへたまたま市谷田町に売り家があると教えてくれた人があり、娘が乗り気になってそれを手に入れ、新築したのである。ここなら勤めにも近いし、娘にすればやっと逃れてここまで来たという満足の思いでいるのであろう。しばしば布田のアパートを想いだして、猫の話などする。布田のアパートは、建て込んだ家々の間を曲折して来る道の行きどまりにあるのだが、それでも前はちょっとした空地になっていて、その猫はいつもそこに前肢を立てて、行儀よく坐っている。季節が来ると自分の生んだ仔猫たちが何匹か群れるようになるが、しばらくするといなくなり、またひとり行儀よく坐っている姿を見かけるようになる。まわりの人が仔猫はこっそり処分しても、行儀よさを愛されてその猫には餌を与えていたのであろう。

娘は動物を恐がるほうで、そんな猫さえ小走りに避けて通った。それが市谷田町の家に移って来、勝手にメリーと名をつけてメリー、メリーと呼びながら、コンクリートの塀越しに、向かいのお屋敷のセパードにビスケットをやるようになってから、お屋敷町を散歩に連れられて来るどんな犬にも親しげに声をかけ、飼い主とも言葉を交すようになった。飼い主が飼い犬を褒められると、わがことのように喜ぶのは言うまでもないが、メリーなどは娘の出掛ける時間、戻る時間をよく覚えていて、コンクリートの塀に両前肢を乗せて待っている。これがもし待っていなかったりすると、娘はさびしがって、今日はメリーは訓練に行ったかなと呟いたりし、いつ現われるともしれない野良猫のために、庭の木陰に置かれた小皿に、魚の食べ残りを持って行ったりしている。

メリーによって動物が恐いものでないと知ってからは、娘は野良猫にも愛がかかるのであろう。布田のアパートのあの行儀のいい猫のことまで思いだすらしく、どうしたかしらなどと言いだすのである。ほんとうにどうしたであろう。ある日、娘が布田のアパートでドアーを開けて廊下に出ようとすると、すぐ足もとにあの行儀のいい猫が、餌でもほしかったのか音もあげずに坐っていた。娘は驚いて悲鳴をあげ、その悲鳴に驚いて廊下を駆け抜け、姿を消して外の鉄の階段を下りて、ちょっとしたれいの空地のいつものところに、そこなら自分の場所だとでもいうように坐った。いまもあの猫はやっぱりあそこに坐っているだろうか。いや、わたしたちが出るときは、布田のアパートにはわたしたちのほか誰もいなかった。いまではすっかり荒れ果ててあの猫の棲みかになっているのではあるまいか。そうすればしかしあの猫にだれが餌をくれるだろう。

通りのほうからメリーの鳴く声が聞こえる。吠えているのではなく、甘えて鳴いているのである。向かいのお屋敷ではメリーの食事の世話をさせるために、老夫婦を傭っている。といっても、二人で一緒に来るのではなく、おじさんかおばさんが代わりばんこに来るのだが、メリーは娘がビスケットをやり、手を振って勤めに出てからも、なお両前肢をコンクリートの塀から下ろさず、身を乗りだすようにして首を伸ばし、娘が去った方角からおじさんかおばさんが姿を現わすのを見ている。そして、その姿が現われると、メリーはもう待ち切れぬように、小走りにあちらに駆けこちらに駆けして、両前肢をコンクリートの塀に掛けながら鳴くのである。娘を見てもメリーはこんなことは決してしない。本来、ねだってはならぬひとであることを心得ているのか、黙って悲しげに見ているだけである。それがいかにもかわいいのだが、こうしたけじめはひとたび飼われたものの、ひそかに聞こえる野性の呼び声を恐れているからかもしれない。

（「ミセス」一九八一年八月）

日記から

夜、そろそろ九時を回ったと思うころ、表にタクシーが止まり、やがて走り去る音がして、「メリー」と娘が向かいのお屋敷のセパードを呼ぶ声がする。娘は大手の教科書会社に勤めている。いまが一番忙しい時だそうで、帰りはいつもこんなに遅くなるのだが、メリーもそうした事情を心得て待っているのである。

娘は嬉しげに「メリーが待っていてくれたわよ」と、玄関の扉を開いてぼくに言う。ぼくもなにかほっとした明るい気分になり、ビスケットをポケットに入れて玄関を出ると、向かいのお屋敷の石塀に両前肢をかけ顔を乗せたメリーが街灯に照らし出されている。

二人でこもごもビスケットをやり、手を振ってバイバイすると、メリーは一瞬哀愁を帯びた顔をしながらも姿を消す。娘はたちまち着替えを終わり、食堂と台所にあかあかと照明をつける。ぼくが食堂の椅子にかけてテーブルにつき、スイッチをひねってテレビを見入ってる間に皿が並ぶ。ビールの中瓶を二人で分けて乾杯すると、娘はビールの盃を四つ並べる。

ビールのあとで四杯だけ、ぼくがウイスキーの水割りを、シングルで飲んでよいというしるしである。ぼくが一杯やるごとに、娘は盃を一つずつ向こうにやる。しかし、ぼくは娘が台所に立った隙に、一つ戻して置く。娘は「へんね」と言いながらもついでくれる。むろん、知っているのである。

ぼくの母も明るいひとで、男はつきあいぐらいできぬようではと、息子のぼくが酒を嗜むのを喜びこそすれ、飲むななどとは言わなかった。ただ、酒飲みは酒に意地きたなくなるから、そんなふうにだけはなってもらいたくないと言っていた。

いまどきの若い者はどんなところでやってるか知らないが、ぼくらの若いころは屋台店の前に腰掛けて、焼き鳥をさかなに焼酎をあおった。焼き鳥といっても、豚の臓物や軟骨を串刺しにし、たれにつけたり塩をふったりして、バタバタ団扇で炭火をおこしながら焼いたものだが結構うまく、あたかも将来に夢あるがごとく談論風発した。

屋台店の焼酎はまず皿を出し、その上にコップを置いて、親父が身を乗りだすようにして、串刺しを並べた炭火越しに一升瓶からついでくれる。そのつぎ方が必ずコップをあふれ、皿に溜まるようにしなければならない。ぼくらはコップの焼酎を飲み終わると、更に皿のおこぼれを飲む。

しかも、そのおこぼれの多寡によって、ぼくらは屋台店に引きつけられていたのだから、酒飲みは酒に意地きたなくなると言った、母の言葉はほんとである。娘が水割りをつくるとき、ぼくはメジャーカップを見て、ウイスキーが表面張力でたっぷりふくれ上がらぬと「サービスが悪い」と言う。娘は笑ってちょっぴりつぎ足してくれる。すなわち、いまや娘はぼくにとって母なのである。

ぼくが酒量を娘から牽制され、なおいささかなちょろまかしをする。こうしたほほ笑ましい光景が、夕食のテーブルに見られるというのも、ひとえに医者から酒量を制限されたお蔭である。もともと、ぼくは夜九時からは一分間の猶予もなく、酒を飲みはじめるかわりに九時になるまでは飲まぬといった節度を固く守っていた。

しかし、それは自宅にいるときのことで、地方の講演などに出かけたりすれば、話はまったく別になる。講演がすむと、必ずその地方の有力者が集まって下さって酒宴になる。また、翌日は景勝の地に案内していただくので、行く先々で酒になる。下地はすきなり御意はよし、そんな幸せをたび重ねるうち肝臓を冒され、ひと月近くも入院しなければならなくなった。

きわめて大切なことを意味する、肝心かなめあるいは肝腎かなめとは、肝臓と心臓あるいは肝臓と腎臓のことである。殊に肝臓はひとつしかなく、かけがえのないものだから、この際酒と煙草は思い切ってやめなさいと医者に言われた。酒がなくて人生になんの楽しみがあるだろう。煙草も吸われぬに至っては、ぼくはもはやぼくではないのである。娘をくどいて、ひそかに禁じられた楽しみを味わうことになったが、だれがいつなんと伝えたのか、もとはだれもが贈って下さるものは酒ばかりだったのに、申し合わせたように菓子折りになった。

娘が浴室の浴槽に湯を入れている。娘はそれを無上の楽しみにしているかのように、どんなに遅くなっても入浴するのだが、ぼくは子供のころからあまり入浴を好まない。それに、眠れそうなとき眠らぬと、眠りそこなう恐れがある。ひとり寝室にはいり、娘が細い足腰をシャボンで洗って、浴槽につかっているのを、ほほ笑みながら思い浮かべているうちに、スタンドの灯を消すのも忘れて寝入ってしまう。いささか酒量を過ごし、禁じられた楽しみをするのも、こうした熟寝《うまい》を以て一日を完結させたいからなのだ。

かくて、ぼくの人生もまた楽しきもののように熟寝をつづけ、なんとはなしに尿意を催して現《うつつ》に戻る。おそらく、夜明けも近いのだろうが、いつかスタンドの灯は消されていて、何時だかわからない。うつらうつらとトイレに立って床に戻ると、老いの甘えで楽しいもののように思いなそうとしていた人生が、ふと空漠としたものに感じられる。

老いて感じるこの空漠は、そこから逃れようとすればするほど、いよいよ空漠を感じさせると言ったひとがいる。なぜなら、老いはもはや逃れようもないものであり、老いにおいて空漠を感じるのは、むしろ真実に曝されることだからという。せめて、その真実に曝されまいとして、なお覚めやらぬのを幸い、ぼくは眠りにはいろうと努める。努めればまた渾沌として、どうやら現であることから離れはするのである。

現であることから離れても、こんどは夢を見はじめる。しかも、人生空漠の感じはそのまま残っているのであろう。いかにも苦しく、覚めては眠り眠っては覚め、荒寥としてなにものかに押し流されて行く心地で、芭蕉のいわゆる「旅に病んで夢は枯野をかけめぐる」のである。若いころは海を泳いで行くように、大空を自在に飛んで渡ったり、大洋から昇る太陽を眺めたり、美しいひとに出あって楽しいときを過ごしたりして、いま一度眠ってこの夢のつづきを見たいなどと願ったものだ。しかし、いまは人生の空漠をただ苦しく恐ろしく感じるだけで、果たしてどんな夢を見たのか、正体もほとんどわからない。ただ、なんとなく海岸の漁村を歩いていたような気のして来ることもある。街を歩いていたような気のして来ることもある。また、文字通り枯野をさまよっていたような気のして来ることもある。

むろん、それがどこの漁村なのか、街なのか、枯野なのかはわからない。ぼくは生涯の大半を一所不在、転々として過ごしたから、おそらくは忘却の彼方に消え去っていた残像が、さまざまに組み合わされて夢に甦って来るのだろうが、いつもきまって行くべき路を失い、冥々として戻ろうとしても、戻り得ぬのを苦しんでいるのである。しかも、苦しみの果てに現に帰ると、自分はすでに戻るべきところに戻って、こうしてここに身を横たえているのだ。

冥々として戻るべき路を失いながらも、目覚めれば戻るべきところに戻っている。そのことにほっとしながら、なぜ未練たらしく眠って、無明長夜の夢を苦しもうとするのか。かつて、ぼくはいささかでも目覚めると敢えて目覚め、躊躇もなく起き上がり、まだ広い田野の残っていた郊外の路を歩き、始発電車に乗って組んだ膝にザラ紙を拡げ、鉛筆を走らせたものだ。かくべつ、これと書くべきことがわかっていた訳ではなかったが、遮二無二書いているうちに、書くべきことがわかって来る。ちょうど、木目を凝視していると、次第に無駄な木目が消えて、思わぬ形象が現れて来るように。ぼくは歓びに乗って更に鉛筆を走らせ、環状線に乗り換えて勤めの時間になるまでなん度も回った。客が混み合って来ても、空漠の中にいるようになんのさわりにもならなかった。おなじ空漠でも、その空漠は充実した自己によって満たされていたのだ。

なぜ、起き上がって書斎にでもはいろうとしないのか。読みたい本がないのではない。書きたいことがないのではない。むろん、入院したりした後であるから、無理にもからだを休めたい気持ちもないではないが、いまでなくとも横になる時間はいくらでもある。これも老いの甘えだと思っていると、ようやく娘の部屋で目覚ましの鳴る音がする。七時になったのだ。ぼくは救われたように起き上がる。外はもう明るくなっているに違いない。

洗面室で嗽《うがい》をすませ、顔をあたっていると、娘の姿が鏡に映った。セーターにパンタロンをはき、後ろからきゃしゃな手をぼくの両肩にかけ、にっこり笑って、ちょっと揉んでくれる仕種をする。娘の朝の挨拶である。

「よく眠れた?」

そうぼくが訊くと娘は頷いて、

「眠れた。眠らせておいてくれたら、一日でも眠ってるわよ」

若いんだなと思うが、娘はぼくに比べて若いだけで、もう若いというとしではない。横の鏡で化粧をすまして、部屋部屋の草花の鉢に水をやる。今日は放送局に行くので、ぼくの昼食の用意はいらない。朝食も軽くすまして客間に移り、ソファーにもたれてコーヒーを飲みながら一服する。広い硝子戸から谷になった下の街、お堀、電車の往き交う中央線越しに法政大学の土手がそびえ、そこの桜並木が目線の高さに見える。空は晴れ上がって明るく、目覚めぎわの苦しみなど嘘のようである。「甚だしいかな、わが衰えたるや。久しいかな、われまた夢に周公を見ず」なんとはなしにそんな言葉を思い浮かべていると、

「なに笑ってるの?」

「いやなに、まだ田舎にいたころのことだがね。ある家のお年寄りが馬鹿に早起きで、まだ暗いのに雨戸をガラガラと開ける。若い男や女たちが閉口して起きて働きだすと、そのお年寄りはまた高鼾で眠るんだ。あれはどういうことかね」

「どういうことって、強いのよ。わたしの田舎にもそんなお年寄りがいたけど、偉いと思ったわ」

娘は血を分けた娘ではない。しかし、こうしているとほんとの娘のような情が湧くばかりか、なまじ血を分けた娘よりいいと思うことがある。

「強いのかね」

「そうよ。我を通すだけでも」

「そうかなァ」

「お父さんだって、暗いうちから起き上がって、電車の中で書いてたじゃないの。あのころは、郊外のアパートだったから、わたしたち閉口したけど、いまとなってはとても懐かしいわ」

わたしたちとは、亡くなった女房のことを含めて言っているので、娘は女房と姉妹のように仲がよかった。それとない激励がぼくには快く、

「ぼくだって懐かしいよ」

「じゃあ、さっさと起きて、書斎で書くなり読むなりしたら。もう覚めてるのに、無理に眠ろうとして、苦しんでなんかいないで」

「どうして知ってるの」

「あら、ゆうべ言ってたじゃない」だから、過ごすなとまでは言わず、娘は笑って時計を見上げ、「メリーが待ってるわ」

「ビスケットはまだあったかな」

「そろそろなくなるころだと思って、買っといた」


ロングベストに毛糸の帽子をかぶり、手提げを持って娘が玄関を出ると、メリーは前肢を揃えて立ててきちんと坐り、上半身を向かいのお屋敷の石塀の上に見せている。見事なセパードだ。娘は「メリー」と呼びながら、手すりづたいに階段を降りる。メリーは右から左と石塀に前肢をかけ顔を乗せる。娘はハイヒールをはいているが、それでも石塀が高いので、せいいっぱい手を伸ばさねば、ビスケットが届かない。ビスケットをやり終わると、眼を細めるメリーの顔をなでなでして、「メリー。ジーケーがいなくなって、さびしいでしょう。可哀そうね」

石塀の隣は大きな鉄の門扉になっていて、タイルの標札にはパリシとサインペンで書かれた文字が、いまもかすかに残っている。パリシさんはちらとそれらしい姿を見掛けただけで、さだかな記憶はない。しかし、奥さんは気のやさしい中年の日本人で、しばしば黒いボクサーに曳かれるようにして現れたので、親しく口をきくようになっていた。パリシさんのボクサーはジーケーと呼ばれていた。ジンギスカーンの略語だそうで、さして大きくはないが、出目で愛敬のある顔をし、角ばった肩をして構えたと思うと、ぼくたちにも親愛をこめて飛びかかって来たものだ。このジーケーを見ると、メリーは必ず石塀の上から吠え、ジーケーもまた見上げるようにして吠えあったが、互いに強く尾を振っていたのである。

ぼくも散歩かたがた娘を送る。高台のお屋敷町なので車の往来もなく、深閑として格好な犬の散歩路になっている。もうジーケーに曳かれるようにして行く、パリシさんの奥さんの姿は見られなくなったが、付き添いのだれかれを曳っぱって、コリーやスピッツ、コッカースパニエルが来る。

どのお屋敷も犬を飼っていないところはないから、これらの犬が通るたびに塀の中から盛んに吠える。

しかし、メリーとジーケーのように、厚意を持ちあって吠えるのではない。塀の中の犬は、どうやら縄張りを侵すものと思っているらしいが、付き添いのだれかれを曳きながら来る犬は、どれも素知らぬ顔をして通り過ぎて行く。しかも、その犬がまたお屋敷の塀の中にはいれば、路を通る犬を吠えるのだから面白い。

「すっかり犬が恐くなくなったようだね。郊外にいたころは、路も歩けなかったのに」「そうね。メリーを可愛がりはじめてから、犬が恐くなくなったみたい」「それにしても、ここではコリーはコリーの、スピッツはスピッツの、コッカースパニエルはコッカースパニエルの顔をしているね。郊外ではどの家にいるのも雑犬で、まさに犬という感じだったがな」

ぼくはふと遠く想いを馳せたが、

「そうね」娘はただ頷く気配で、「あら、木蓮があんなに白い大きな蕾をつけてる。まるで、天に向かって一斉に合掌してるみたい」

娘にそう言われるまで、ぼくのこの路の塀越しの庭に、木蓮があるとさえ気づかずにいた。そのまっ白な大きな蕾は、まったく天に向かって一斉に合掌しているようだ。ぼくはふとあのひとのことを思いだした。ぼくと入れかわるようにして、郊外に移って行ったのだが、とても面白いひとで毎朝電話をくれ、名は言わずに「もうすぐ春ですね」と明るい声をきかせてくれる。ぼくはその明るい声に元気づけられたくて、電話が来なければこちらから掛ける。

あれはたしかキャンディーズの「春一番」という歌だ。ぼくはそれを南国の海岸で、バスの窓にもたれて聞いた。横の携帯ラジオを持った青年は、軽く足拍子をとっていたが、そのひとも足拍子ぐらいとっているのかもしれない。娘とおなじとしごろで、立派なご主人も子供もあるのだが、その明るい無邪気な性質で、家では女王さまのように振る舞っているらしい。

十字路のところまで来ると、娘は坂を下りる。その下りようとするとき、いつものように手をあげて、「元気を出して頑張って。いっそ、恋をしてみませんか」

これも「春一番」の一節を、思いだださすようなことを言って笑うのである。いまさら、このぼくがだれと恋しようというのだろう。いっそ、お前のほうでもすればと言ってやりたかった。

メリーはぼくが帰って来るのを知っていて、おなじ姿勢で待っている。残りのビスケットをやって客間に戻り、ソファーにかけてあらためて紅茶を入れて啜りながら、なんとはなしにあのひとの電話を待っている。果たしてベルが鳴るので受話器をとると、れいの明るい声がする。こちらも心はずませて、

「ほんとに春だね。娘を送って出て来たら、木蓮がまっ白な大きな蕾をいっぱい出してたよ」

「木蓮どころか、こちらはコデマリもレンギョウも雪柳も咲いてるわ。でも、そこの客間は眺めもいいし、お嬢さんがいっぱい鉢に花を咲かせてるんじゃない。あの土手の桜並木も色づいてるはずよ」

「そうだ、そうだ、やっぱり、野に出よ花を見よだな」

「そして、恋でもしてみるのよ」

「娘もそう言ってたよ」

「そうでしょ。なんなら、恋人になって上げましょうか」

「いいの？　そんなこと言って」

「いいわ。わたしだれにも隠すことなんかないんだから」

警戒もされないようではおしまいだ。そう思いながらも、嬉しくないことはなかった。

「じゃ、その気になって、放送局に行くまで頑張るか」

「そうして」

「そうするよ。じゃァね。電話、有り難う」


（「朝日新聞」一九七九年四月九日〜四月二十一日）

Ⅲ

あきど聟《むこ》

あ、き、ど、聟、わたしはふとそんな言葉を耳にしましたが、だれに訊いても、

「あ、き、で、え聟だかの」

ただ、そう言うばかりで、笑っているのです。しかし、だんだんわかってみると、あ、き、ど、聟とは家のムスメはまだ子供だが、女になればめあわすという約束で貰った、いわば青田買いの聟のことなのです。おそらく、だれもがかつてはこの庄内平野の村々も機械化されず、そうして家族労働力を確保しなければならなかったのを思いだし、よ、そ、者、には言いたくないまでも、内心はむかし懐かしんでいたのかもしれません。

庄内平野は最上川、赤川に灌漑され、日本海沿いに走る砂丘の松林にまもられた目も遥かな美田で、鳥海山や月山、そしてそれらを結んで連亙する山々に囲まれている。わたしはそうした眺めが気に入って、村々を転々して歳月を重ねるうち、縁あって月山の注連寺という寺で、晩夏から次の年の初夏にかけての、ほとんど一年を過ごしたのです。

寺は広大で湯殿詣での客たちが、もとはみな道を六十里越えにとり、十王峠を下りて来て留

ったのだそうですが、いまは遠く離れた梵字川――これがやがてあの赤川になるのです――沿いにバスで行くので訪うものもなく、荒廃するにまかせられていました。しかし、寺下の渓にかけてある部落の家々は、萱葺き合掌づくりの、二階、三階建てという立派なものです。

ただ、田は一畔三株といわれる、田毎の月を思わせるもので、機械化するすべもなく、短い夏に激しい労働を強いられねばなりません。それだけにまた、冬は彼等にとって、格別なものなのでしょう。月に一度ときめられたその日が来ると、どんなに吹いても、ばさまたちがゴザをかぶって寺に来て、念仏の集まりをするのです。いや、それも名ばかりで、重箱を開き、狸徳利の地酒をさしあって、無礼講になるのです。

酔いがまわってワイセツな歌になり、みな一様に手拭いで姉さんかぶりをしたばさまたちが、ほうほうと喜んで手拍子を打つなかに、聞こえさそうと口もとに、手を立てているばさまがいる。

「よんぜん（与左ヱ門）のばさまや。わあほど幸せだ者はねえもんだ。あげだに稼ぐ嫁は、めったにねえであんめえか」

「ンだの、ごすけ（吾助）のばさま」と、満足げに頷くよんぜんのばさまは、聞こうとして耳にあてた手を、まだ離さないままでいるのです。「だども、嫁は二ン十八、孫だは十五なんでろ。知らねえではと思うて、嫁来たとき『心配するでねえ。おらが教えとくさけの』そう耳打ちしたば、嫁が言うんだや。『ええてば、ええてば。おらが教えてやるウ』考えてみれば、一度は嫁さいったこともある人だしの」

「ンださけ、なおみぞけねく（可愛く）て、稼いでやらねばいられねえんでねえか。ぼんぼ（赤ン坊）もなして、このじょ（この間）孫の聟さまが、炉ばたで抱いとるのをみたんども、あげたとしでもやっぱしだだちゃ（父ちゃん）みてえに思えっさげ、不思議なもんだちゃ」と、ごすけのばさまは笑って顧みながら「のう、にえもん（仁右ヱ門）のががちゃ（母ちゃん）や。わァのムスメもそんま（そのうち）女になるんでねえか。どうすって」

「仕方ねえてば。せっかく聟さ来てもろうたんども、なんの楽しみもさせず、たンだ稼がすばかしだもんだしの、痛ましくてつい触ってみたば、こげだに大きくして、弓なりにそらして、鼾ばしかいてるんでろ。おらもう言わねえでいられねくなったもんだ。『おらのでえば使え』とのう」

にえもんのががちゃも、隠すでもなく笑うのです。まだとしというほどでもないが、だだちゃを失えばこの世ならぬ者として、ばさまたちの念仏に出て来るのです。

やがて、ムスメも女になったのでしょう。おひろめに呼ばれたあくる朝、寺を出て村に下りて行きながら、雪はまだ深いが簀囲《すがこ》いにまもられた、にえもんの軒下の椎の丸太に、もういち

めんに椎茸が笠を開いていたのを思いだしたりしていると、

「あいや」首尾を見に行ったらしい、よそえんのばさまが雪路を上がって来、声をかけてくれるのです。「あげだ小ムスメでも、女になれば女のつとめができるもんだの」

すると連れ立って来たごすけのばさまも、ほのぼのと笑って、

「だども今朝は手マリなど、ついていたもんだけ。まンずあれだば、ががちゃも案ずることは、ねえみてえだちゃ」


（「東京新聞」一九七三年七月二十五日）

母の声

月山《がつさん》をはじめて見たのは、たしかもう四十年も前のことだと思う。たまたま上京していたやがては母となったそのひととともに、そのひとの移って行った酒田市のある寺の中の、蓮池のある瀟洒なその家を訪ねる車中で、「あれが月山ですよ」と教えられた。そのひともまだ若く美しく、ぼくは心からそのひとを慕い尊敬していた。

月山は出羽富士とも呼ばれる鳥海山《ちようかいさん》とともに、広ぼうたる庄内平野を形づくっている東北有

数の高山で、鳥海山のそれには僅かに及ばないが標高一九八〇メートル、右に秀麗な金峰山を控え、夏近くまで雪に輝く稜線を、高くながながと空に引いている。わが国でも代表的なアスピーテ火山とされているもので、その稜線の起伏といい、全容の眺めといい、臥した牛に似ているので、またの名を臥牛山とも呼ばれる。

この臥した牛が左に低く頭《こうべ》をたれてみえるあたりを羽黒山《はぐろさん》、背のもっとも高いあたりを特に月山、右から下って隠しどころともいうべきところを湯殿山《ゆどのさん》といい、これを弥陀三尊の座になぞらえて出羽三山《でわさんざん》と称する。出羽三山といえばよく独立した三つの山があるように思うひとがあるが、じつは月山ただひとつの山の謂いで、古来死者の行くあの世の山として恐れられ、その信仰はただ東北一円にとどまらず全国に及んでいる。

更にすこし委《くわ》しくこれを説けば、羽黒山は観音浄土に擬せられて現在を、月山は阿弥陀浄土に擬せられて過去を、湯殿山は寂光浄土に擬せられて未来を現し、これを巡れば生きながらにして死界をさまよい、あらたに生れ変わる体験を得ることができるとされている。すなわち、この身みずからを以て輪廻を悟ることができるといわれ、芭蕉もまた「木綿《ゆう》しめ身に引きかけ、宝冠に頭を包み、強力《ごうりき》というものに導かれて、雲霧山気の中に氷雪を踏んで登ること八里、更に日月行道の雲関に入るかとあやしまれ、息絶え身こごえて、頂上に到れば、日没して月顕《あらわ》る。笹を敷き篠を枕として、臥して明くるを待つ。日出でて雲消ゆれば湯殿に下る」と記している。

「あれが月山ですよ」とそのひとに教えられてから十数年後、ぼくは職を捨てていつか庄内平野の農漁村を、転々として暮らすようになった。そして、この月山をさまざまなところから眺めたのである。たとえば、海岸の湯野浜温泉から高館山《たかだてやま》へとつづく砂丘を登り切り、やや下ろうとするあたりからこれを眺める。すると、もっとも遠くなるはずの月山がかえって高く近く迫って来、あの牛の背に似た稜線から、まるで大きく刳られでもしたように、その山腹を雄渾に庄内平野へとなだれ落としている。これが更に近づいて大山町のあたりに到ると、月山は平野の彼方に沈んだように、菜の花の上に低く遠くなる。それればかりではない、うらうらと晴れて雲もないとき、僅かに金峰山や前山ばかりになって、月山はなきがごとくに姿を見せぬ。かと思えば、金峰山も掻き消すような吹雪のさ中に、月山は物凄い姿を現して、あッと声を呑ませるような景観を呈するのである。

このような月山の激しくもまた微妙な変化を、ぼくはながきにわたってあの村から右に見、この村から左に見て暮らしたわけだが、考えてみればいつか聞いた「あれが月山ですよ」というそのひとの声にひかれて、月山を右に見、左に見るために、あの村からこの村へと渡り歩いたのかもしれない。すくなくとも、ぼくはこうした月山を眺めながら、いつもそうした声を聞く思いがしたのである。

月山には八方七口といって七つの登山口があり、それぞれ寺があって支配していたが、いずれも寂光浄土に擬せられた湯殿山に至るのである。ぼくが深く月山の山ふところにはいり、激しい吹雪と積雪に堪えながら、しかも目に染むような新緑を見、紅葉を見、一時に咲きほこる桜や梨、李《すもも》の花を見て小一年を過ごした注連寺は、この七つの登山口のひとつ、湯殿山表口といわれた道筋にあった。

これが鶴岡市から寒河江《さがえ》に抜ける六十里越え街道になるのだが、当時はすでに十王峠《じゅうおうとうげ》を越す道は廃せられ、庄内平野を潤す赤川から梵字川へとさかのぼり、この六十里越え街道に出て、逆に十王峠へとはいらなければならなかった。しかも十数年ぶりに訪ねてみると、その道すら梵字川の右岸から左岸に移されて大いに整備され、これに入る渓流は暗渠になって、あたりの山容もために改まるの感があった。

注連寺の下にかけてある村の家々も、むかしながらの合掌造りの萱屋根はまったく見られなくなったが、月山だけはすでにもうここが月山だといわるべきところに来ながらも、なお遠くにあるもののごとく、ひとり臥した牛のような姿を見せながら白雪を輝かしていた。ぼくは促されて自動車に乗り、六十里越え街道をひた走って湯殿山に詣で、寒河江にはいって慈恩寺を過ぎるあたりから、ようやく眠けを催しはじめたが、ふとどこかで「あれが月山ですよ」という声がするように思われた。車窓から振り返ると、木々の新緑の彼方の空高く、まさに月の山ともいうべき円かな白雪の月山があり、弥陀三尊の光背を見るようなほのぼのとした思いがするのである。あるいは、ぼくも寂光浄土に詣でて、新たな世界に甦ったのかもしれない。

（「日本の名峰」（朝日ソノラマ）一九七七年六月三十日）

月山のスギ

氷雨が雪を交えるようになった。ぼくは月山の山ふところにある、荒廃した注連寺の大きな庫裡《くり》の二階にいたのだが、雨戸も朽ちてぼろぼろなそこで、冬を過ごす決心をし、襖と障子を立て、古い祈禱簿で蚊帳をつくった。階下にはむらの人たちのしてくれた萱簀《かやず》の雪囲いもあり、なんとか凌げぬこともなかったのに、雪に埋れて暗い冬を過ごすのを潔しとしなかったのだ。

いまの酒田市海向寺の住職伊藤永恒君が、まだ二十歳そこそこで加行《けぎょう》に来てい、もう吹きの吹き込む中で手伝ってくれ、蚊帳ができ上がると十王峠を越えて、師匠のいる鶴岡市に帰って行った。ぼくも途中まで送ったが、永恒君は別れの挨拶をすると、ちょっと立ち止まり、十王峠を仰ぎみてまるでこの世に戻る決意でもするように、ひとり頷いて山あいに姿を消した。

いつか、雪はシンシンと降るそれに変わった。一歩あゆめば後ろの足跡が消えるような雪である。ぼくは雪に堪え、今生の思いに雪の山々を見ておくつもりだったが、境内の石地蔵もその背の落葉松も影のように薄れ、僅かに境内を限る数本の杉の樹が、薄れながらも黒々と見えるばかりになった。万物消えうせて、ただそれだけが世界になってしまったようである。しかも、その数本の杉の樹さえ、降り積む雪に高々と伸びた太い幹を埋められて、下さがりに張った枝葉を雪面につけているらしく、低くなって来たというよりも、遠のいて行くかに思われるのだ。

むらは注連寺にちなんでそういうのか、むらにちなんで注連寺と呼ばれるのか知らないが、七五三掛《しめかけ》と言う。その杉の樹の下から向こうの西山にかけて、深い渓谷をつくっている斜面にあり、そこに点散している萱葺き合掌づくりの家々も、高々と下枝をおろしたさまざまな樹木におおわれていた。こうした下枝は雪が降り積むたびに、カンジキをはいて出ておろして来るのだと聞いていたが、その数本の杉の樹はただ埋もれるにまかせられて、下枝をおろしに来る気配もない。

と思っているとある日、なにやら人声がしてその数本の杉の樹の間から、ゴザをかぶった人たちがポツポツと現われて来た。あとでわかったことだが、これらの人たちはむらのばさま（婆さん）や、ばさまのなくなったじさま（爺さん）や、若くても後家になった女たちで、それぞれ孫や子を連れて来て、念仏と称して注連寺に集まり、冬のうさばらしをしようというのである。

暮れ近くまで本堂の座敷で、飲めや唄えの騒ぎをしていたようだが、またポッポッと雪の中をゴザをかぶって、その数本の杉の樹の間へと消えて行った。ぼくは言い知れぬ寂寥を感じながらも、万物が消えうせて、ただそれだけが世界になったような気がしていたからであろう。雪に埋もれては遠のき、雪にかすんではまた現われて来るその数本の杉の樹を見ているうちに、あの太い幹をつたってどうしてそこまで伸びたのか、雪のどんなに深くなるかを知ってでもいたようにカラスウリの果実がひとつ、杉葉の間に金色に輝いているのが目についた。それがいかにも温かく、ぼくはそうした囲炉裡《いろり》の火にでもあたって、あのむらの人たちがじつはそこにいて、談笑しているかに思われて来た。

むらの人たちは、なんといっても山の人で、親切である。卵を求めに行くと、

「いいてば、いいてば」

と、言ってカネをとろうとはしない。そうそう甘えてばかりもいられないと、むりに値をきくと、

「こげだ山で放し飼いださけ、値というほどのものはねえんども、鶴岡市だは一箇十五円するというけがの」

ある朝、ぼくはふとときの声を聞いた。驚いて蚊帳を出、障子を開けて見ると、まるでそこを世界として、団欒しているかに思えたむらの人たちが変わりでもしたように、多くの牝鶏を

したがえて、それぞれの枝にとまらせた雄鶏が、その数本の杉の樹の一つの梢に立って、降りしきる雪の中で雄々しくときをつくっているのだ。

しかし、雪も降るだけ降ると、影のように見えていた落葉松が目立ちはじめ、その数本の杉の樹の間からは雪をおろしたむらの萱葺き屋根がのぞき、向こうの西山から左手の月山の頂まで白雪の姿を現わして、ただそれだけが世界であったような気のしていた、その数本の杉の樹も次第に風物のひとつに過ぎないものになって行った。いつとなく境内の雪のくぼみの底から、石地蔵が石の頭をみせはじめた。雪も少なくなったなァと、いまさらながら感慨にふけっていると大声がし、むらのだだ（父ちゃん）が三本つぎの、ゆらゆら揺れる竿竹を振っている。もう高々と太い幹をみせている、その数本の杉の樹のひとつの梢に、かつてはこれが唯一の世界であったことを忘れるなというように、多くの牝鶏をしたがえた雄鶏がとまり、竿竹ものかは雄々しいときをつくっていたのだ。

（「サンケイ新聞」一九七五年一月五日）

月山の誘い

ぼくはほとんど十余年にわたる歳月を、山形県庄内の町々村々に過ごした。それももうひと昔も前のこととはなるものの、いまも延々とした砂丘の松林に守られた美田の彼方に聳える月山や鳥海山が、目について離れないばかりか、そこに住む人々の姿なりわいの中にあるような気すらするのである。ぼくは謂わば明るい太平洋沿いの生活から、さして思うところもなく、この暗い日本海沿いの生活にはいったのだが、ここに至ってはじめてそれが人生なるがごとく、ほんとの冬を知り、春を知り、夏を知り、秋を知った。してみれば、ぼくがやがて死者の行く霊山とされる月山にはいったことは、はからずもこの生を知らされることになったと言っていい。

月山は出羽富士とされる秀麗な鳥海山と対峙して、左の羽黒、右山頂に近い湯殿とともに出羽三山と呼ばれ、雪崩れるごとき山腹を平野へと曳いて、もはやそれがこの世の果てなるがごとくみえる。しかし、たとえば最上川を遡って裏に回ってみるがいい。ぼくはかつて雪深き肘折に行き、ほとんど夢見心地に呼んで字のような月山を見、帰途はからずも高からぬ空ながら白銀に輝く蔵王の連山を眺め、そこにもまたなりわいあるを知って、この世ならぬ別世界を目のあたりにする思いにかられないではいられなかった。

出羽三山詣では、本来、芭蕉の古《いにしえ》にしたがって、羽黒山口から登るのを本筋とするようである。しかし、鶴岡市から羽黒を、新庄市・寒河江市から月山を目指すこともできる。いまは、道路も完備し宿泊施設も整ったと聞くが、人情厚き純朴な山の人々であるから、頼めばどこでも泊めてくれるに違いない。山の家の囲炉裡端で酒をくみ山菜をはめば俗塵を忘れ、おのずからにしてこの世ならぬ清いほのかさを覚えるだろう。なぜなら、山菜はこの霊山のながい冬の丈余の雪の下で、ほのかにも清くはぐくまれて来たものだから。

（「東北」〈国鉄〉一九七五年）

蚊帳の中の天地

ぼくの小説『月山』をお読みになった方は、すでにご承知であろう。あの月山の広大な山ふところにある注連寺《ちゆうれんじ》に冬が来、雪おこしの雷が山々に木霊して、闇に白々と見える雪まじりの氷雨が降りはじめたとき、これは容易ならぬことになったと心底思った。雨戸はあっても百畳敷もある庫裡《くり》の二階で冬を過ごすことは、ほとんど吹きさらしの中にいるのとおなじだからである。そこでその百畳敷の片隅に襖と障子で部屋をつくり、更に祈禱簿《きとうぼ》の和紙を貼りあわせた蚊帳をつくって、なんとか冬を過ごしたのだが、これはぼくがまだ幼いころ、北朝鮮のほうでは紙の蚊帳をつくって冬を過ごすと聞いたのを思いだしたからだ。幸い、ぼくはまだ冬の来ぬ前に落葉した明るい林の中を歩きまわって、四方八方の山々——じじつ、あそこでは四方八方が山なのだが——をスケッチしていた。いよいよ吹きがつのって雪が深くなれば、とても外に出て山々を見てまわることなどできないと思ったので、そのスケッチを東の山を描いたものは東のほうに、西の山を描いたものは西のほうにというふうに、蚊帳の周囲に貼ったのである。おかげで、ほんとに吹きが吹きつのり、雪が深くなって、ぼくはほとんど蚊帳の中にうつらうつらといたっきりになったが、この方丈のうちになお広大な天地のある思いだった。

（「PHP」一九七四年七月）

庄内の里ざと

テレビや雑誌を見ると、わたしのふるさとが熊本県と出たり、長崎県と出たりしています。これはいずれもわたし自身が訊かれてそう答えたものですが、じつはわたしは生まれは長崎市銀屋町で、原籍が熊本県天草郡苓北町《れいほくまち》にあるのです。近ごろは原籍よりももっぱら生まれたところを問う風潮がある。しかし、長崎市と苓北町は県を別にするとはいいながら、千々石灘《ちぢわなだ》を隔てた一衣帯水の間にあるのに加えて、ものごころがついたころはいまの韓国のソウル、当時の朝鮮の京城におり、そこで育ったので、いずれにしても記憶の定かならぬものがあり、熊本県といわれても長崎県といわれても、敢て否定する気もしなかった。それがこうした結果になったのです。

ところが、わたしはふるさとが熊本県だということで熊本市に招かれ、長崎県だということで長崎市に招かれたばかりでありません。韓国からも招かれたのですが日程が許さず、長崎市に行きながら天草に渡って苓北町まで足を伸ばすこともできず、いまは銀屋町もそれによってその名を残すばかりになったという教会を訪れることもできませんでした。いや、韓国のソウルすらも開発され、新たな東京を見る思いで、もはや当時の朝鮮の京城を偲ぶべくもなかったのです。

もともと、わたしはふるさとから離脱したいといった心のほうが強い人間で、それで人から放浪といわれるような生涯を送ったのです。しかし、放浪はなにかを求める心がそうさせるので、その求めるものがなんであったかを知ろうともしなかったのは、わたしがまだ若かったせいかもしれません。わたしはまだ二十歳代のころ奈良市の瑜伽山《ゆかやま》というところにい、たまたま阪神の住吉から移り住んで来た一家の娘と結婚した。しかし、なおひとり樺太へ渡ったり、太平洋に遊んだりして、その一家が山形県の庄内の出であることを聞いてはいても気にもとめずにい、はじめてそこを訪れたのは終戦後みなが地方に出かけて、米を運ばねばならなくなってからのことです。

その里は吉ヶ沢といい、やがては最上川《もがみがわ》に入る北俣川《きたまたがわ》をさかのぼって、高からぬ山々の山あいにありました。その家の女たちが牛車を曳いて、屋根を葺く萱を刈りに行くというので、ついて高からぬ山のひとつに登ると、いずれを向いても柔和な山なみで、うららとした小春日和がこの世ならず楽しく思われたのです。しかも、萱刈りに幾時間かを過ごすうち、晴れ渡った秋空はいつしか暮れようとして、雲ともみえぬ鈍色の厚い雲におおわれ、寂《しず》かに傾きながら光の柱が立っている。いずことも知れぬ遠くから、光あれといった声が聞こえるようであります。

こんなとき、千数百年もむかしの人が、これを神の声として光あれと記したのかもしれない。そういうふうに思うとき、わたしはいつも言いしれぬ感動を覚えるのですが、考えてみるとわたしの放浪も、たまゆらのそんな感動を求めるものが、どこかにあったためのような気がするのです。とすれば、わたしにもふるさとを求める心がなかったわけではありません。なぜなら、ふるさとを求める心はいわば始原を求める心であり、始原を求める心こそふるさとを求める心と言えるからです。

といっても、それから庄内に定住するようになったのではない。どこかに帰るべきところでもあるように庄内を離れ、庄内に来ては離れしているうちに、いつとなく庄内が帰るべきところでもあるように、どこに行っても庄内に来るようになりました。こうして、わたしは吹浦に住み、狩川《かりかわ》に住み、酒田《さかた》に住み、大山《おおやま》に住み、湯野浜《ゆのはま》に住み、加茂《かも》に住むというようにして、庄内平野の町や村をわがふるさとのごとく転々として歩いたのです。

庄内平野は延々と続く砂丘の松林によって、日本海からの強風と荒浪から守られた、一望果てもなき稲田におおわれた沃野で、こんもりとした杉林を持って点在する農家が浮島のように見える。しかも、その北限には出羽富士と呼ばれる鳥海山がその山裾を日本海へと曳き、それに対峙して月山《がっさん》が東を限って臥した牛の背に似たながい稜線から、その山腹を強く平野へと雪崩れ落としているばかりではありません。これらの山はいずれも一九〇〇メートルを越す東北有数の高山で、多くの川を生みなしているのですが、なかでも庄内平野を両分して流れる最上川は水量も豊かで、その潤すところも、おのずから知られるというものです。

わたしの住んだ吹浦はこの鳥海山の山裾にある漁村、狩川は最上川の河畔の清川の在、酒田はその河口の街、大山は砂丘の南限が隆起してなるところの高館山《たかだてやま》の平野側にある酒どころとして知られた町、湯野浜、加茂はそれぞれその山の海側にある温泉街であり、漁港であります。

こうして、延々と連なる砂丘の松林、鳥海山や月山、それらを結んで連亙する山なみに囲まれた庄内平野は、わたしにとって宛然小天地なるがごとく、かつて奈良にい、太平洋に遊び、その他の町や村に住んでいたのを思うと、かえって遠い別世界のことのような気がするのです。

　庄内の人々はいかにも東北人らしく、気易く胸襟をひらこうとはしないのです。しかし、こちらが敢てつき合いを求めようとしなければ、鳥たちが石地蔵を眺め、やがては近寄って来てその頭にさえ留まろうとするように、野菜ができたと言っては持って来てくれ、大根を引いたと言っては提げて来てくれる。つきあってみれば結構滑稽なことも喋り、わかってみれば方言も結構面白いのです。

　たとえば、大山の裏手に大山公園と呼ばれる、高館山の尾根をなす太平山という小さな山がある。庄内の人たちはこれをたいふぇいざん（TAIFEIZAN）と言って、たいへいざん（TAIHEIZAN）とは呼びません。これはわたしがかつて聞いて知ったことですが、音便によって源平——すなわち、げんぺい（GENPEI）と読まれているところのものは、平が単独でもぺい（PEI）と読まれていたので、これがふぇい（FEI）と読まれ、へい（HEI）と読まれるようになったのだという。

　してみれば、太平山ももとはたいぺいざん（TAIPEIZAN）と呼ばれていたので、いまはたいふぇいざん（TAIFEIZAN）と言われているが、これとてたいへいざん（TAIHEIZAN）と読むわたしたちの言葉に比べれば遥かに古いので、これが古語であることを知って、わたしがその方言にまで懐かしさを覚えるというのも、これも始原への思慕、ふるさとへの思いに遠くつらなるものかもしれません。

むろん、庄内の人たちがみなそうだというのではないのですが、いちど、こんなことがありました。農協の使いが鶴岡の信用金庫から、たしか従業員の給料かなにかにあたる千何百万円かのカネを受け取り、リュックに入れて背負って出てみると、乗って来た自転車のタイヤの空気が抜けている。そこで、信用金庫に立ち戻り、ポンプを借りて空気を入れていましたが、傍で見ていた男が、

「リュックを背負《しょ》ってじゃ大変《てえへん》でろ。どれ、持ってくれっか」

と、言ったそうであります。

「だば、ちょっと持っていてもらうかの」

農協の使いがそう言ってリュックを渡し、空気を入れて、

「いゃ、もっけだ（すまない）の」

と、礼を言ってリュックを受け取ろうとすると、男はどこかに消えてしまっていたというのです。

それから騒ぎになり、モンタージュ写真というには、あまりにお粗末なただの似顔絵のよう

なものが、思いだしたように雑貨屋の戸袋などに、貼られているのを見受けるようになりましたが、なんとなく庄内の人たちには共通した顔といったものがあって、そうした顔のひとつが描いてあるだけなので、見つかろうはずもありません。たまたま来て茶などもらい、縁先で昼食の弁当などをとって行く富山の薬売りが、

「このじょ（この間）も、行李をしらべられての」

と笑うのですが、言葉はこの庄内の方言でも顔は富山の人で、れいの似顔絵とは似ても似つかないのです。聞く者もただ笑うだけで事件もそれなりになってしまったものの、どの村にも「押売りお断り」などという札を立てながら、そんな札を立てておくだけで、押売りが来れば適当に買ってやり、田仕事に出るにもどの農家も戸締りなどまったくしない。

吹浦にいるときは女房もまだじょうぶで、ふたりでよく砂丘の松林で松笠を拾ったり、そこを越えて浜の流木を集めたりし、薪炭のかわりにしました。といって、この漁村ではそうしている者も多く、軽蔑もされないばかりか、わたしがどこにいても、よく東京から訪ねてくれる友人たちがそこにも来て、一緒に松笠を拾ったり、流木を拾ったりしてくれたのです。またひょっと気づくと、海のほうの空が夕焼けている。ひとつそれを見に行こうと言って、鳥海山の山裾の道を十六羅漢のあるあたりまで歩き、その夕焼けのあまりの見事さに、まるで観無量寿経の世界にいるようだ、などと話しあったりしたことがあります。

しかし、吹浦は鳥海山を見るには、あまり近すぎてかえって適当ではありません。鳥海山を見るには湯野浜の海岸に出るのが、いちばんいいようです。そこからは鳥海山がまさに富士のように、半ば海に浮かんだように見える。また、その湯野浜から砂丘を越えて来て、まさに下ろうとするあたりから見る月山がもっとも雄渾な相を現わしているようです。高い山はいささかでも高みに立って眺めればそれだけ高く見えて来るからで、わたしが庄内の町や村を転々として二度も大山に住んだというのも、近くに大山公園があり、わずかにそこに登っただけでも、平地とはまったく違った相のこの山の眺めをほしいままにすることができたためだったかもしれません。

空は晴れているのになにかこの二つの山の頂が夕映えていると思っていると、あたりも次第に紅葉して来、やがて氷雨になり雪になる。それも強い季節風――シベリヤ風に乗って来るので、吹きといえばただちに吹雪を意味するほど、吹いて吹いて吹きまくり、いたるところに吹き山ができるが、こうした冬にも冬の楽しさがある。酒のさそいの使いをもらってついて行くと、使いの姿も見失うほどの吹きのさなかに、突然あたりがシンとしずまり、まだ吹きに白く濁っているのに、見えるはずもないと思われる月山や鳥海山の一部が現われて、凄まじいほど迫って見えて来ることがあるのです。

しかし、そんな吹きもようやくおさまって、晴れた空に白雪の月山や鳥海山を見ることができるようになり、庄内平野の雪もまだらまだらに黒土を見せはじめ、はやくも燕があちこちに飛び交うようになるのです。そんなとき、わたしはよくそのいたところどころの駅に行くのです。駅には必ずといっていいほど各地の桜の咲き加減を知らせる掲示板がある。それを見ていると、桜はまだ遠い遠い町や村で咲いているにすぎないが、春が日本海沿いにやって来て、やがては、たしかにここも春になるであろうことを教えてくれるからであります。

（「家庭全科」一九七五年四月）

父祖の言葉

ぼくが東北の山間僻地に限りない愛着を覚えたのは、たとえ貧しくともそこに日本人の原質ともいうべきものを感じたからである。とはいえかつては閉鎖的で、吹きの吹く雪路で出会っても、ただ「ああッ」と挨拶代わりに顎をしゃくるだけで、他所者のぼくになど付き合おうともしなかった。ひとつには、そうした人々はみな重い荷を背負っていて、無駄な歩きはしなかったからかもしれない。

月山の山ふところ七五三《しめ》掛《かけ》の注連寺でながい冬を過ごしたときも、ぼくはそうした人々の気質を心得ていたから、あえて付き合いを求めようとはしなかった。ところが、あえて付き合いを求めようとしなければ、この雪にひとり破れ寺にいるぼくが、果たして無事でいるだろうか。かえってそんな心配をして、じさまやばさまが見舞ってくれるようになる。閉鎖的などころか驚くほど開放的で、提げて来た徳利の地酒に酔って唄い、大きな口をあけて笑っては入れ歯を落としかけ、あわてて手でフタをしたりする。

「お前さまはこげだとこさまで、どこから来たもんだ？」

「もともとは、九州の生まれですがね」

ぼくがそう言うと、驚いて、

「九州だかや。おらも九州だば行ったことがあんなだどもや。どこの言葉がわからねえって、九州ほど言葉のわからねえとこはねえの」

と、言う。ぼくにはこれほどおかしいことはないのである。征服してこの山まで来たのか、敗北してこの山まで逃れたのかは知らないが、だれもがここで楽しみ、ここよりいいところはないと思っているのだ。そのうち、わかぜたちも遊びに来るようになった。

「おらえのじさまだば、なしてあげだに稼ぐんでろ。どげだ雪にもなんだというては山さ背負うて登る。背負うて戻る。『おらァ学校の先生さまから、運《はこ》ぶと書いて運《うん》と読むと教えられたもんだ』ときかねえもんだ」

と、わかぜのひとりが言うと、他のひとりが高笑いするのである。

「そのくせ、雪がのうなって雪囲いがとれると、暗いうちからガラガラ雨戸をあけて、わあたちが起きれば、高鼾をかいてまた寝するいうでねえか」

これらはもう二十数年も前のことで、かつてのわかぜはすでにまたじさまと呼ばれるようになってしまった。七五三掛もあのあたりの特色とされた所謂萱葺きの多層式の家もなくなり、ほとんど新築されて囲炉裡も石油ストーブになった。いまはまたじさまと呼ばれるようになった人のわかぜたちは冬場は、みな出稼ぎをするようになり、九州の言葉もわかるようになったろう。しかし、出稼ぎの先でも喜ばれていると聞くその所以のものは、ここのわかぜたちが時に相寄って盃を傾け、ガラガラ雨戸を開けてまた寝するというかつてのじさまを笑いながらも、「おらァ学校の先生さまから、運ぶと書いて運と読むと教えられたもんだ」そういったような言葉を、いまも心のどこかに忘れずにいるからではあるまいか。

（「家庭と電気」（東北電力）一九七八年五月）

鶴岡への想い

ぼくはながく大山という町に住んでいた。ながい日本海の砂丘が終わって聳え立つ高館山や太平山を背にした広い庄内平野を限る月山を前に、鳥海山を遠く左手に眺めることができる。思わぬ歳月をここに過ごしたのはそのためだが、用を足すには鶴岡市まで出掛けねばならなかった。鶴岡市までは羽越本線でひと駅。湯野浜電鉄でも幾駅しかない。冬の吹雪の吹き荒れるころは駅のストーブを囲んで、いつ来るとも知れぬ汽車や電車を待ったが、春が訪れナタネやレンゲの花が畠や山に咲きはじめると、ひとりあたりの眺めを楽しみながらよく歩いたものである。

歩けばかなりの道のりなのに、悠揚として頂を青空に曳く臥した牛さながらの月山のこなたに、鶴岡市はもうそこにあるように平たく拡がってみえる。ようやく街にはいると低い家並みの商家の間を、在所の衆が荷を背負ったり、リヤカーを曳いたりしているのに出会うが、どこがということもなく鶴岡市には寂かな気品が感じられる。鳥海山を背景とする酒田市は、出羽の本間で名を知られた商港で、これを庄内平野の大阪とすれば、月山を背景とする鶴岡市は酒井の殿様の城下町で、京都に比することができると言われている。

街の中心に近づくにしたがって商家はまばらになり、明治を偲ばすような木造の洋館があったり、殿様のお屋敷らしい古い門構えがあったりする。そのあたりに致道博物館というのではなかったかと思うが、萱葺きの多層民家と呼ばれる民家が移築されてい、山の人々の暮らしや道具をひと目で見ることができるようになったりしていた。やがて、桜の散り敷く公園になり、これが城あとだと聞かされた。そういえば、お堀のようなものもあるものの、かくべつ石垣が高く聳えているのでもない。ぼくは心地よい疲れを覚えながらあのナタネやレンゲの花を見つつここに至ったことを、いつも仄かな幸福としたものである。

ときに、ぼくは繁華街のバスの待合所に出掛けて、気の向くままに出羽三山神社へと羽黒山に向かい老杉の道を登り、湯殿山へと梵字川の渓谷を遡って、大網や田麦俣に行った。そこには鶴岡市で知ったような萱葺きの多層民家があり、ああした道具を使って暮らす人々を見ることができ、ついにぼく自身が七五三掛にはいって、当時破れ寺だった注連寺で、雪深い冬を過ごすといった縁にもなったのである。

あれから何年たったであろう、七五三掛の人々は二十年も前になると言っていた。羽黒山の老杉の道はバイパスにおき去られ湯殿山への道筋も変わって、村々にもかつての萱葺きの多層民家など殆どみられなくなった。むろん、鶴岡市も大きく変わりつつあるが、中心のあたりは意外に変わらず、依然としてもはや忘れられたと言っていい過去を夢みさせてくれる。いや、ときとしてもはや忘れられたと言っていい過去を夢みると、いつしかぼくは鶴岡市のそうしたところどころを想い描いているのである。

（「荘内日報」一九七七年五月二十日）

瑜伽山への思い

ぼくは六時半に目覚まし時計を掛けておく。しかし、目覚まし時計のごやっかいになったことは、ほとんどない。六時半といえばこのごろでは、もうすっかり明るくなったばかりでなく、ぼくは都心からかなり離れた調布にいるので、あたりにはまだ樹木もあり、早くから鶯が来て、ホーホケキョと鳴くからである。

それも、それぞれにきまった木の枝に止まって鳴き、きまった木の間を抜け、またきまった枝へ来て鳴くらしいが、ついこの間までは、ホーホケキョとは鳴けず、ホーケキョ、ホーケキョと、たどたどしく鳴いていたのである。してみれば、この鶯たちは、冬の間どこに行っていたのかしらないが、春とともに古巣のようにしていた、いわば古里の林に戻って来、もう忘れてしまったようでも、まだ記憶のどこかに残っている唄を思いだそうとし、思いださせようとしながら、互いに上手になって、ホーホケキョと鳴けるようになって来たのだ。やがて、こうして愛らしい鶯の雛《ひな》も生まれて来るであろう。

ぼくは若いころ、奈良市の瑜伽山《ゆかやま》という山の頂にある山荘に住んでいた。瑜伽とは仏教のコトバで、主観と客観が一体となった状態を意味する。つまり、ぼくがぼくとして見るところのものと、ぼくがそうして見ることとは、なんの係わりもなくあるものとが一つになった境地というほどの意味である。山は小さく低かったが、高く大きな松林におおわれ、たたなずく青垣山……と歌われた四囲の山々はむろん、大和三山といわれる、三つの眉を引いたような耳成山、畝傍山、天香久山まで、ほとんど大和盆地の全円を見はるかす、すばらしい眺望を持っていた。

もうそろそろ、暑さが感じられるころ、ぼくはその山荘の庭に、小さな雛がよろけながらいるのに気がついた。なんだか、羽が薄黒いようなので、ぼくは雀かなにかだと思い、机の上の箱に入れて、餌づけをはじめた。餌をやると待ち切れぬように、赤い大きな口をあけるのが、いかにもかわいいのである。そうするうちに、薄黒い羽は次第に金色を帯びて来、雀と思い拾った雛が、意外にも鶯であることがわかった。しかし、鶯とわかって間もなく、雛は死んでしまった。ぼくは掌中の珠を失った思いで、あれがやがて枝々で、美しい声でホーホケキョと鳴き渡るまで立派に育て得なかったことを、いまも悔いている。

（「毎日中学生新聞」一九七四年四月七日）

こけしの里

ぼくはまだ二十歳を僅かばかり過ぎたころ、ひとり奈良市瑜伽山の頂といっていい、松林の中の別邸にいた。志賀さん（直哉）のいた高畑あたりから、尾根をなして来て尽き、やがて奈良ホテルになろうとする高みで裏には荒池をひかえ、一望のうちにたたなずく青垣山に囲まれた、大和盆地を見はるかすことができた。

眼下には天満町という広からぬ路を挟んで建てられた、小ぎれいな二階屋や門構えの家があり、そうした家のひとつに三人の娘を、奈良女高師附属高女に通わせていた母親が住んでいた。夫は京大からケンブリッジ大学に学び、もとは阪神の住吉に住んでいたのが、その人が亡くなってこの天満町に移って来たのだという。

奈良市がこの天満町から奈良盆地への平野へと僅かに拡がって終ろうとするあたりに、木辻《きつじ》という遊廓があった。その名は浄瑠璃にも出て来るほど古いもので、そこへ行く途中に「円窓《まるまど》」という喫茶店があり、ぼくはよくその母娘《おやこ》に誘われてそこに行った。奈良市ではまだ喫茶店もめずらしいころで、母娘でそんなところに行くのが、いかにも開けた明るい気持ちがしたものだが、ある夜、いままで見かけなかった少女がい、思わず互いに目を見合わせて、ほほ笑まずにいられなかった。母娘の家の箪笥の上に立てられた、大きなコケシとそっくりな顔をしていたからだ。

母親がみなに訊いて紅茶を注文すると、コケシのような可愛い少女もニッコリと笑い、

「ンだか。紅茶五つだの」

と言った。母親も笑って驚いたように、

「あなた、東北なの？」

「ンだ。酒田だの、庄内の……」

「酒田？」

ぼくもむろん酒田市の名は知っていたが、この母親が酒田高女の出であることなど、まったく知らなかった。

「庄内だば日本一の米どころでの。あげたうめえ米の出るとこは、ねえんであんめえか。向こうさ月山がある。こっちゃさ鳥海山がある。庄内平野だば一畑一段《ひとはたいったん》の田がつづいて、その米がみな酒田さ行くなださけ、山居《さんきょ》の倉庫さへえるこったば、大きくて向こうが見えねえぐれえだ」

「そうね。山居の倉庫には、米俵を三俵も四俵も背負《しょ》うかあちゃんがいるわね」

「おらも一俵は背負える」

「あなたが一俵も背負えるの」

「背負う、背負う」

コケシのような可愛い少女は得意げに言った。べつに大きな女の子ではない。こんな子がどうしてあの米俵を背負えるだろう。そんな驚きもさることながら、それを得意げに言うのがいかにもほほ笑ましく、その女の子がいるために、ぼくたちは前よりもよく「円窓」に行くようになった。しかし、半年もせぬうちに、あんなにも得意になっていた米俵のことを言うと、はずかしげに顔を赤らめるようになった。

それから二十年、その母親の長女と結婚したぼくは、すでに奈良市を去って東京に戻っていたが、戦後の荒廃と食糧難のせいもあって、はじめて酒田市をおとずれた。駅の売店には寒々といずめこやコケシが並べられ、ときがときだけにだれ顧みる様子もなかったものの、ぼくはふとあの「円窓」のコケシに似た可愛い少女を、想い出さずにはいられなかった。

いや、想い出が現実にでもなって来たように、あたりにもそうした少女やがが（鼻）にまといつく童女が見られたばかりでない。バスに揺られ母親の里に近づくにしたがって、いよいよそうした少女や童女を見かけるようになった。母親は酒田高女の出とはいいながら、里はバスが遥かな庄内平野を過《よ》ぎって山あいに入り、道も尽きようとするあたりにあったのだ。

平野部と違って田は一畑一段というわけにはいかず、水も冷たく収穫も少ない。しかし、それだけに米の味わいはいちだんとまさっていた。ぼくはしばしばその里をおとずれ、ときには冬を過ごしたりするようになったが、たしか正月の二日ごろだったと思う。
吹雪の中を家の祖母が、重ね餅を置いた盆を持って行ったと思うと、少年や童児たちが囃して騒ぐ声が聞こえた。

○○の婿は、
めっこで、たこで、
鼻曲って、
尻《けつ》っァ、やかんだ。
ええ婿とってけろか。
わりい婿さらう（捨てる）だっぺ。
ええ婿とってけろ。

少年や童児たちがせいど——というのは、塞の神すなわち道祖神のことである——の祠《ほこら》の前にたむろしていたので、どこぞで宿かりしてこの日のために、ひと月も前から太鼓を打ったりしていたのだ。○○の婿はと言ったのは、たまたまそんな名の娘がいたからで、これが男であるときはその名にしたがって、△△の嫁はとなることは言うまでもない。このような悪口雑言は、いわば呪術の常套であって、こうしてむしろ限りない愛情をもって、行く先幸あれと願うのである。

夜も八時ごろになると、少女や童女たちが、これもあらかじめとっていた宿から、提灯持ちに連れられて出て、丸木を打ちあわせながら、雪明かりの田や畔道を歌って歩く。丸木はホウの木の皮を剝いて、ひと月もつるして乾燥させたものである。

宵鳥《よいどれ》、ほほい。
宵鳥、ほい。
いっちょう、にちょうから、
しじゅうがら、こから。
柱まで塩《しよ》して、
塩俵《しよたわら》さぶち込んで、
滲《しよ》めちゃや、滲めちゃや。
滲《しよ》んだら、ぶんしょ。

ことしのつくりは、
めでたいつくりで、
杓子《しやくし》をはらんで、
つち臼、とちがね。
赤《あけ》ばんば、子だくや。
白《しろ》ばんば、子だくや。
赤《あけ》着物かけて、
白着物かけて。
ねんねろや、ねんころや。
宵鳥、ほほい。
宵鳥、ほほい。

いわゆる鳥追いでひと回りすると、少女や童女たちは宿に戻って、まだ夜も明けやらぬまに、ふたたび「朝鳥《あさどれ》、ほほい」と繰りだすまでご馳走になる。ぼくはなにかほほ笑ましく、興味を覚えずにはいられなかったが、少年童児、少女童女から少年童児、少女童女への伝承で、ちょっと土地が変わるとどこかがもう違っている。

ところが、後に月山にはいり、吹雪の中でせいどの祭を見たが、少年童児、少女童女相和して拍子木を叩き、「君が代」など歌って回っているのである。おどろいて古老に尋ねると、「もとはまっ赤に塗っただっぺ（男根）もあったんども、それさ顔まで描いて野郎（少年童児）だちが餓鬼（少女童女）の宿さ、ちょ（悪戯）しに行ったりすんなださけの」

「顔まで描いて……」

「ンだ、これだばどもならねえてんで、そげなものうたっ（捨て）て、学校の先生さまが『君が代』にしたんだて」

ぼくはふとコケシ男根説なるものを思いださずにはいられなかった。むろん、真偽のほどは知るべくもないが、そうだとしても少しも不快の気のせぬばかりか、そうしたものを少女童女にしあげたところに言い知れぬ妙味と面白さがあり、むたいにも捨て去って「君が代」などを歌わせたことが、不自然にすら思われた。なぜなら、五穀の豊穣と子孫の繁栄はまったく同一の素朴な願いであり、宗教の根元をなすともいうべきもので、それがその労働を家族にまたねばならぬ、冬早く春遅い雪深い僻地山村で特に顕著に、ながく保たれて来たことは、むしろ当然といわなければならない。事実、さまざまなコケシの童相を眺めるに至って、ぼくはほのぼのとして、ほとんど仏に近いものすらあることを知った。

これらのコケシはその地方地方の子供たちがそうであるように、それぞれに相似た顔を持つことによって、その地方地方の特色を形づくっている。土橋慶三さんがコケシを鳴子系、肘折系、遠刈田系、土湯系、蔵王系、弥治郎系、作並系、木地山系、津軽系、南部系に分類されるというのもこのためであろう。いつか雪深い山村にとりつかれて転々とするようになってから、ぼくはこれらの湯治宿のある温泉場を訪ねた。かくべつコケシの里を訪ねようとも思わなかったのだが、土橋さんの著書から教えられてみると、そのどこでも冬仕事にコケシをつくるらしい、ロクロを回す音のする家があったような気がするのである。

なかでも、いまも忘れられないのは肘折の里である。これもちょうど正月のことで、新庄市から清水町までなんとかバスがあったが、それからは豪雪で五六里を僅かにつけられた、ゴム長の足跡らしいものを辿らなければならない。幸い、空はこの季節にはめずらしく抜けるように晴れ上がり、背後には蔵王をはじめとする日本の脊梁山脈が白雪にきらめいていたが、途中から吹雪きはじめて、足跡らしいものも消えようとするのである。

あまつさえ、雪に足をとられて背は汗ばみ、歩く気力も失せて途方に暮れていると、ぼうっと上がった白い雪煙の中から、弁当らしい包みを首から背負った僧侶風の若い男と、その娘らしい童女が現れた。童女もまたおなじように、弁当らしい小さな包みを首から背負っていたのである。ぼくは思わず訊かずにいられなかった。こんな童女が来るぐらいなら、おそらく近くに寺があると思ったからである。

「お寺さんですか」

「ンです。肘折の……」

「肘折の？　じゃァ、肘折はもう近いんですか」

「そうのう。清水からの道のりで、三分の二はありますかの」

「三分の二？　じゃァ、この小さなお嬢さんも、もうその三分の二を歩いて来たんですか」

「ンですの。清水まで行く言うたら、ついて来る言うてきかねえもんだすけ。だども、せいどの祭ださけ、なんとしても連れて戻らねばなんね」

「この雪道を今日のうちに行ききするのですか。こんな子が大丈夫なんですかね」

「なんでもありましねえてば。なんでもねえの」

と、僧侶風の若い男が言うと、童女もニッコリ笑って頷いた。それがまたコケシそっくりなのである。たとえ、雪路がなくなっても、まだ雪から僅かに電柱が頭を出している。それに張られた電線を辿ればやがて肘折に行ける。吹雪はいよいよ激しくなったが、そう教えられてぼくはなんとか肘折に辿りついた。しかし、ぼくをして肘折まで辿りつかせたものは、雪を逼《は》わんばかりに垂れさがった電線ではない。吹雪の中に消えた童女も、やがて米一俵平気で背負えると得意がるような、コケシのような可愛い少女になるだろう。想いは遥かに奈良まで飛んで、いまにもあした少女になって後ろから戻って来そうな気がし、それが不思議にも前途からほのぼのと仏が招くように勇気づけられたからだが、コケシはたんに愛玩の具たるにとどまらず、もてあそぶその子もまたあやかって、強く健康に育てというおまもりとしての素朴な祈りも秘められているのではあるまいか。

（「こけし」〈立風書房〉一九七五年七月三十日）

阿修羅の面差し

ぼくが奈良に住んだころから、もうかれこれ四十年になる。もっとも、幼いときに母に連れられて、人力車夫の案内で二、三度奈良を見た。その思い出がかすかに心に残っていて、ほのかな憧れにも似たものを抱いていたところへ、先年物故した東大寺の管長上司海雲に紹介してくれた友があり、彼のいた塔頭《たっちゅう》勧進所に招かれ、やがて瑜伽山《ゆかやま》の山荘に移って、ぼくは十年近い歳月をそこで過ごした。

奈良公園には志賀直哉のいた高畑から、鷺《さぎ》池、荒池に沿って南を限りながら延びる丘陵がある。瑜伽山はそれが奈良ホテルに至って尽きようとするあたりの称で、わが山荘はしばしば方丈記を偲ばすねとひやかされたりしたものの、松林におおわれ、いながらにして眼下に拡がる僅かな町家の彼方に、たたなずく青垣山に抱かれた大和盆地の全円を見はるかし、眉のように引かれた大和三山を遥かに眺めることができる。新緑から夏にかけては、西の生駒山が曇れば必ず雨になるが、たちまち晴れて聞くだに床しい名を持つ山々から霧が立ち昇り、あたかも高山が打ち連なったかの景観を呈するのである。

当時、奈良には登大路《のぼりおおじ》の日吉館などを宿にしている、文学や絵画を志望する青年たちが多かった。あるいは、過去にもそうした人たちがい、すでに名をなした者もいたりしたから、ただそれだけの理由で漫然と来ていただけかもしれない。わが山荘もしばしばそうした友人の訪れるところとなったが、驟雨の過ぎた後などよく連れ立って、猿沢の池畔から五十二段と呼ばれる石段を登り、興福寺の五重塔、東金堂、南円堂、北円堂から博物館、水門町を抜けて、戒壇院の石段を踏んで勧進所へと、まだ若かった上司海雲をたずねた。

鹿の遊ぶ雨上がりの青芝は目覚めるばかりで、舗装されていなかった道のところどころには、青空を映した水溜りができていた。しかし、そのほとんどが興福寺や東大寺の境内によって形成されているといっていい奈良公園は、かつての平城京とされる青田のあたりからは、すでになだらかな傾斜をなしているばかりか、おおむね砂地でぬかるようなことはほとんどない。

すでに述べたように、奈良を訪れる青年たちは、かつて奈良をたずねて名をなした者に漫然と憧れていたにすぎず、特に仏教美術を極めようとする志などあるとは思えなかった。たかだか和辻哲郎の『古寺巡礼』か、岡倉天心やその師フェノロサの著に触れればよいほうで、ぼく自身にしてもたとえば法隆寺の壁画や夢殿の救世観音、中宮寺の弥勒菩薩、東大寺戒壇院の四天王、三月堂の月光菩薩、唐招提寺の鑑真和尚、すなわち飛鳥、白鳳、天平の傑作、下っては博物館にある鎌倉期の無著、世親の像を礼賛し、礼賛するのあまり他を顧みぬことをむしろ潔しとしていた。

ちょうど、あれも新緑の驟雨の過ぎ去ったあとである。たまたま遊びに来ていた年上の友と、上司海雲を誘って博物館に行った。ぼくは例によって無著、世親の像の前に立ち、その驚くべき写実を志賀直哉が感嘆しているというのを、あらためて思いだしたりしていると、上司海雲が年上の友にもし心にとまったものがあるなら、記念にその写真を買って贈ろうといった。年上の友は躊躇することなく阿修羅の像を指さし、できればこれの写真をいただきたいと答え、上司海雲は頷いてそれを求めるために先に立ち、博物館の前の日吉館に隣る飛鳥園に入った。

ぼくは彫刻はあくまでも彫刻的であることによって、彫刻であらねばならぬと信じていたから、年上の友が彫刻的であるというよりも、むしろ文学的叙情によっているといえる阿修羅を選んだことに、軽い失望を感じないではいられなかった。しかし、ぼくはややもすれば先入主によって観念を形成し、そこからしかものを見ようとしない。これに反して、年上の友はなんら先入主にとらわれず、なによりもみずからの目をもって見、それによって観念を形成しようとする。そこからして年上の友に対するぼくの敬愛も生じたので、ぼくは思い返してあらためて阿修羅の前に立つようになった。断っておくが、阿修羅は今日の人からすれば首をかしげたくなるであろうほど、今日のような評価は受けていなかったのである。

阿修羅は三面六臂《ろっぴ》、上半身は裸形でサンダルをはき、砂洲座《さすざ》の上に髪を高く結いあげながら八等身ともいうべき姿ですっきりと立ち、すくなくとも正面の顔は眉をひそめ、なにか遠くを求めるように瞳を凝らしている。もう青年といっていいとしごろの少年がモデルにされたに違いないが、ちょっとふくらんだ胸の下の腹のあたりはややくびれ、僅かに離れると顔の朱色も細い描き髯も薄れて、ボイッシュな少女を連想すらさせる。これも細い合掌した内側のを合わせた六本の腕から、左右に任意の一本を選んで九つの組み合わせをつくっても、いずれも見事な形をなしていて、インド舞踊の手振りでもみせられているようである。当時、興福寺の仏像はほとんど博物館に展示されていたから、ときにはこの阿修羅を含む八部衆や十大弟子と称せられるものもあったのかもしれぬ。しかし、ぼくはいつしか阿修羅に魅せられて、かつて東大寺とその勢いを分かつほど広大な栄えを示しながら、幾度かの焼失をみた興福寺の本尊をおそらくはこれらが囲繞《いにょう》していたであろうさまなども、想像しようともしなかった。

いや、阿修羅は天平の特色とされる豊満な充実とはほど遠かったので、これが天平のものであることさえ気づかずにいた。なにしろ、当時は学者たちも法隆寺の再建非再建でのどかに論じあっていたころである。ぼくは阿修羅に接して法悦にも似た満足にひたると、勧進所に上司海雲をたずねて、正倉院の池畔でよく石投げをしたりした。どちらの石があの池を飛び越えさせることができるかといった、たあいもない遊びである。ところが、その正倉院には阿修羅をはじめとする八部衆や、十大弟子と称せられるものの作者の名を書きしるした記録が残されていたのだ。もし、そのころそんなことを教えられていたとすれば、ぼくもむろんそうした幾つかの工人群の存在を、想像せずにはいられなかったろう。おなじ八部衆にしても、阿修羅は五部浄や沙羯羅《しゃから》などと、どことなく顔が似ている。しょせん、工人はおのずとそのひとのものと知られる像をつくるのだから、これがそのだれによってつくられたかに、考えを及ぼすこともできるだろう。しかし、ぼくは、それよりも共通のモデルのあることから、そのモデルの実在したことを信じ、いまはもはや礎石を残すばかりになった青丹《あおに》よし奈良の都の賑わいの中に、美しくも可憐なその人の姿を求めて夢みたに違いない。

先年、ぼくはある仕事で法隆寺に行った。荒廃にまかせられていた法隆寺も改築されて驚くほど感じが変わり、絵画彫刻等の展示された宝物館は観光客で押すな押すなの盛況を呈していた。荒廃が必ずしもいにしえの姿とはいわないが、これらの重宝はあるべき場所にあって、薄暗い堂宇の中でみられたものである。むろん、唐招提寺にも薬師寺にも立ち寄りたかった。しかし、日もようやく傾こうとする気配だったので、一路東大寺へと車を駆った。三月堂で車を帰し、二月堂から築地《ついじ》に囲まれた坂を降り、勧進所をたずねて戒壇院に回ったが、時刻も時刻なのか不思議なほど観光客も少なく、すべてがむかしに戻ったように変わっていない。松風の音もあのころ聞いた松風の音そのままである。興福寺の境内もいささか茶屋が増えたような気がするだけで、荒池の横を瑜伽山に行こうとすると、奈良ホテルの前に地蔵堂ができてい、十大弟子さながらの瘠せた見知らぬ老人が出て来てぼくに声をかけた。

ぼくはこの見知らぬ老人がぼくの名を知っているのに驚いていると、見知らぬ老人はいまあなたのいた瑜伽山の山荘にひとり住んでいるが、あなたのいたときのままになっている、登ってみませんかと誘ってくれる。しかし、すでにたそがれて暮れようとしていた。あたかも郡山に赴く予定で、そろそろみなが待っているはずである。すると、見知らぬ老人は更につけ加えて、ぼくが生涯を共にしたひとのことをたずねて、まだご元気ですかというのである。ぼくは見知らぬ老人がそのひとのことまで知っているのを怪しみながら、ふとあの阿修羅の面影を思い浮かべた。ぼくはそのひとと奈良を去ってからもながく放浪のうちに過ごし、はた目にはどう見られていたかしれないが、幸福に結ばれ幸福に過ごしたのである。ぼくは偽って「ええ」と答え、

「またのときにさせていただきますよ。こんどは博物館にも寄って、阿修羅を見たいと思ってるんですから」

見知らぬ老人が瑜伽山へとみちびこうとするのを断って辞そうとすると、

「阿修羅はもう博物館にはいませんよ」

「いない?」

「いや、興福寺にも宝物館ができて、そこに移されているんです」

見知らぬ老人も忘れ得ぬ面差しを抱くひとのように、敢えては勧めずに顧みてにこやかに笑い、ひとり瑜伽山の山荘へと向かうがごとくであった。


(「日本の美」第4集(学習研究社)一九七七年七月二十日)

戒壇院にて

もう半歳も前のことになったが、去年の夏四十年ぶりで奈良の東大寺の観音院を訪ね、上司寿美子さんと一日を過ごした。寿美子さんはさきの管長上司海雲さんの奥さんで、海雲さんがまだ勧進所にいたころお嫁に来た人である。ぼくより一つとし下で、さすがに髪も白くなっていたが、あのころとすこしも変わらぬ愛くるしい笑顔で、ぼくもいつとなく寿美子さんが、お嫁に来たころのような心地になった。

ぼくはそのころ、瑜伽山という奈良ホテルと向かいあった丘陵の松林の中にいた。しかし、それまでは勧進所で海雲さんのご厄介になっていたから、よく訪ねて行って、寿美子さんと話したのである。話といっても寿美子さんが広島の造り酒屋の娘であるとか、離れに画を描く叔父さんがいて、寿美子さんをとても可愛がり、なかなか手放そうとはしてくれなかったとか、言ってみれば他愛もない話だったが、ぼくはあの勧進所の広い座敷で広い庭を眺め、そんな話を聞きながら、寿美子さんの勧めてくれるお茶をいただいていると、心のなごむ思いがした。

海雲さんはもともと観音院さんのお弟子さんということになっていて、いずれは勧進所を引きはらって、観音院に移るのだとはそのころから聞いていた。観音院さんはほんとうの名はなんというのか知らなかったが、ほんとうの名はなんであれ、観音院さんと呼ばれるのが、一番ふさわしく思われるようなおとなしげな老人で、管長をやめてからは、いつも二月堂のお札所に静かに坐っていた。東大寺では争うことなく、だれもが四年目ごとに管長になって行くのである。

観音院はむかしながらの閑寂なたたずまいだが、勧進所にくらべれば、座敷も狭ければ庭も狭い。その狭い庭に大小の壺がひしめくように置かれている。東大寺では院と称する塔頭の僧侶たちが、ときどき集まってガラクタ会というのを開き、それぞれが持ち寄ったガラクタをせって楽しむのだが、海雲さんはことのほか壺が好きで、こんなものをと思うものまでせり落としては喜んでいた。見ると、ひしめくような壺の中にあのころのものだと思われるようなものもある。思わず寿美子さんに目配せすると、寿美子さんもむかし変わらぬ愛くるしい顔で頷くのである。

海雲さんはからだは大きかったが、気がやさしく大らかで、ぼくらのようなものまでよく面倒をみてくれた。それで批難もされたらしく、自分でもあのころのことを乱行時代と言っていた。しかし、ほんとうはぼくらを連れて、街で食わせたり飲ませたりするのが好きだっただけで、ひとりで遊ぶというようなことは、まったくなかったが、それが海雲さんが管長になるのを遅らせたのかもしれない。あるいは、あんな人柄だから、自分からひとに譲っていたのかもしれない。ところが、そのために海雲さんは大仏殿の大修理に手をつけるという、名誉をになう最初の管長になったのだ。それだけにまた、大仏殿の大修理の完成を見ずにいかなければならなかったことは、さぞ残念だったろうと思う。

ぼくたちはむかしを偲んで、歩いてみようということになった。観音院を出るとすぐ三月堂で、その屋根越しに二月堂が見える。降るとすぐ門が二つ重なって見える勧進所だが、このあたりの道筋から土塀まで、あのころとすこしも変わっていない。ただ勧進所の庭はすこし荒れているように思われた。

振り返ると、シートにおおわれ、屋根のつりあげられた大仏殿がそびえ建っていた。大仏殿も石油ショックから修理の進行がとまって、いまのところ方途もなく、いつ完成されるとも知れぬという。大仏殿はあととして、ぼくたちはまず勧進所からは裏にあたる戒壇院に廻った。松林もあのころのままだし、かすかな蟬の声もなんだかあのころ聞いた声のように思われる。戒壇院はだれ知らぬもののない四金剛神の安置されているところである。外には人影もないのに、堂のなかには参観者がいるようだ。庫裡というのかどうか知らないが、ぼくたちは堂の前をやり過ごして、玄関のある瓦屋根の平家の前に立った。これもあのころと変わらない。この座敷には松原恭譲さんという老師がいた。松原さんはもともと真宗のひとで、『妙好人傳』という著書もあるのだが、東大寺に招かれて僧侶たちに華厳経の講義をしていた。瘠せた小さな頗る風采の上がらぬ人で、なりふりをかまわず、風呂敷包をつきさした古い洋傘をかついで歩いたりするものだから、東大寺の使用人から咎められたこともあると、海雲さんが笑っていたのを聞いたこともある。松原さんは座敷に切らせた囲炉裡の茶釜の松風の音を聞きでもするように、いつも手をかざしてそこにくぐまっていた。だれかが来ると、茶を入れ菓子を勧めてくれるのだが、真夏のどんな暑いときでも、まわりの硝子戸を閉め切っていて、あけようともしないのである。どうしてあけないのかと訊くと、蚊がはいってくるので夜、蚊帳をつらねばならぬ。それが面倒でと言って、静かに笑うのであった。

毎朝、東大寺の僧侶たちは黒い衣に笠をかぶって、松原さんのところに華厳経の講義をききに行く。海雲さんもむろんそのひとりであった。ところが、松原さんの講義は落ちつきはらったもので、朝の間の一時間では一行か二行しか進まない。あれでは松原さんのいのちあるうち、華厳経の講義が終わるだろうか。終わらなくてもいい。終わらなければ、生れかわって次を講義する。いや、自分の志をついで、ここで次を講義してくれる人、それがすでに自分である。松原さんはそう考えていられるようだ、と海雲さんは笑っていた。

（「群像」一九七六年三月）

この世ならぬものを見るごとく

ぼくは奈良市の瑜伽山《ゆかやま》にある山荘に住んでいた。瑜伽山といっても知る人が少ないと思うが、奈良市の公園地帯の南を限る低い丘陵で、志賀直哉の住んでいた高畑のあたりから伸びて来て、奈良ホテルの前で終わろうとするところにある。松林の中にありながら、たたなずく青垣山に囲まれた奈良盆地の全円を見ることができ、大和三山も眉のごとく眺められる風光絶佳の地である。

盛夏が去っても残暑のきびしさは、ときに盛夏のそれを凌ぐことがあり、観光客がにわかに少なくなる。秋深まればまた観光客で混みあうので、驟雨の後などことさらに山を降り、遊びがてらによく東大寺に足を向けた。公園地帯は美しい砂道で驟雨の後もすぐ乾き、水溜りができても青空を浮かべてぬかることなく、疎らな鉾杉《ほこすぎ》、馬酔木《あしび》、櫟《いちい》、楠のみか、芝生も甦ったように鮮やかな緑をみせるのである。

荒池《あらいけ》から浮見堂《うきみどう》の鷺池《さぎいけ》を横に見て、飛火野《とぶひの》にかかると深閑として、鹿が点々と散って草を食んでいる。鹿ももう砂道のほうに寄って来て頭を下げても、煎餅をくれる観光客のいないことを知っているのである。ところが、その鹿が突然ポーン、ポーンとあちこちで跳ねはじめた。といっても駆けるのではなく、一瞬空に浮いてはそこに止まっているようだ。ふと気がつくと、白い小犬が一匹ぼくの足もとに来、キョトンとして見ているのである。鹿は犬に敏感で小犬を警戒しているのだが、小犬はそれと知らずに不思議そうに眺めているのだ。

あれから四十年、いつもぼくを快く迎えてくれた東大寺の上司海雲も亡くなり、奈良市も観光ブームで、公園地帯にもああした美しい静寂は見られなくなったであろう。埒もないと言えば言えるかもしれないが、ぼくにはよくいかなる躍動も、静止でとらえることしか知らなかったアンリ・ルソーの絵のようなあの飛火野の光景が、この世ならぬものを見るごとく思いだされて来るのである。

（「野性時代」一九七六年十月）

幻の郷土

芥川賞受賞決定後、ただちにお祝いの電話を下さったのは、熊本日日新聞の小川芳宏さんで、その際郷土のことについてなにか書けとの依頼を受けた。ぼくの郷土は熊本県天草郡、いまの苓北町と呼ばれているもとの富岡町である。しかし、もの心のついたときは韓国のソウルにい、上京してはいった旧制第一高等学校を去ってからは、全国ほとんど知らぬところがないと言っていいほど、各地を転々として歩いたが、徴兵検査で帰郷したことがあるぐらいで、ほとんど郷土を知らないのである。書こうにも書きようがないと言うと、小川さんは、「それでは、幻の郷土というのは、どうでしょう。とにかく、東京支社に行ってもらいますから」との答えだった。

その後、週刊誌やテレビに追いまわされ、怱忙の日々を送っていると、熊本日日東京支社の柿山武志さんが見え、

「本社から言われて原稿をいただきに来ました」

と、言われた。ぼくは東京支社の方が見えてから、話をきめるのだとばかり思っていたので、おどろいてその旨を言うと、柿山さんはおとなしい人で、

「じゃ、本社から言われていますので、写真でもとらせていただきましょう」

別に咎めるふうもなく、数枚の写真をとった。わたしはお別れするとき、

「じゃア、この一、二週間のうちに書かせていただきますから、本社の小川さんにその旨言って、あやまって下さい」

と、お詫びした。その一、二週間が過ぎた今日、ふとポケット日記を見ていると、柿山さんの見えた一月二十日の欄にその旨明瞭にメモしてあった。してみれば、ぼくはその日に原稿をお渡しすることを小川さんに約束したのかもしれない。そう思うと写真をとって下さった、ぼくの弟によく似た田川憲生さんのニコニコした若々しい笑顔まで浮かんで来、もう夜中で、いくら新聞社でも文化部ではみな帰ってしまわれたろうと思ったが、直接熊本の本社に電話してみずにはいられなくなった。電話はすぐ男の方が出て、

「文化部の者はみな帰りました。小川は電話が来るはずだがと言っていましたが、いましがた帰ったばかりです」

「では、お宅の電話を教えて下さい」

「小川は近ごろ引っ越したばかりで、まだ電話はなかったと思います。あっても、いましがた帰ったばかりなので、まだ戻っていないでしょう。部長宅に電話されたらいかがですか」

「部長さんはなんとおっしゃる方なんです」

「佐野好古と申します」

「好古とはどう書くんですか」

「好古はですね、女偏に子供の子、古は古い新しいの古です」

そう言って男の方は電話番号を教えてくれ、なお古い番号だといけませんから、確認してみますといって、やっぱりそうでしたと改めて言ってくれた。教えられたダイヤルを回すと、すぐ出て来たその人が佐野さんその人だった。

「ぼくが勘違いしてしまって、悪いことをしましたね」

「いいえ」

「東京支社の柿山さんから、小川さんによくあやまっていただくように、お願いしておきましたが、柿山さんは言って下さったのでしょうか」

「そんなことを小川が言っていました」

じつに、気持ちがいいのである。しかし、考えてみると、さっきからみな標準語で、熊本弁らしいものは聞かれない。

「そうですか、それならよかった。しかし、どなたからも、熊本弁が出ませんね」

「いまではテレビが普及していますからね」

「佐野さんも熊本ですか」

「熊本です。わたしは……」

途端に、佐野さんの声からは熊本弁のにおいがしはじめた。

テレビといえば、ぼくはこの二月十四日の日本テレビの「春夏秋冬」という番組に出た。熊本のほうにそれが放映されたかどうか知らないが、ぼくはレギュラーの扇谷正造さん、近藤日出造さん、草柳大蔵さん、楠本憲吉さん、加藤芳郎さんを相手に、持ちまえの性質で平然と喋りまくった。その放映を見てくれた編集者の一人が、「こうしてお話を聞いているとそうでもないが、テレビを拝見していると、森さんはやっぱり熊本の方ですね」と言うので、おどろいて訊きかえすと、

「森さんは標準語にはイサギイイところがあって」

「イサギイイ？　きみもやっぱり熊本なのかね」

「いや、わたしは熊本ではありませんが、熊本に親友がおりまして、熊本から天草にも行ったこともありますので」

（「熊本日日新聞」一九七四年二月十八日）

私とふるさと

ぼくの父は晩年は書家になり、いっぱし漢学者のような顔をしていたが、なまじい政界などに乗りだして、山林を抵当に当時としては莫大な借財をつくり、ふる里である天草の富岡を捨てて、長崎市の銀屋町に住みぼくを生んだ。すなわち、ぼくのふる里は長崎市ということになるのだが、長崎市と天草ことに富岡は一衣帯水の間にあるので、出生届は富岡の役場にしたらしく、戸籍には天草の富岡に生れるとしてある。しかし、もの心がついてからは朝鮮の京城、いまの韓国のソウルで育ったので、ふる里といえば京城のような気がして来るのである。

といって、ぼくはまんざら富岡を知らぬではない。父は一敗地にまみれながらも、豪放な気性を押し通すうち、幸いにも日独戦争に遭遇し、山の木を売ったら借財のすべてを返済してまるまる土地が残ったばかりか、いくらかの余財すらできた。今年は藷が高かったからといって、だれもかれも藷をつくるので売ろうとするとき価が下がる。これを百姓の藷学問というのだそうで、自分は先見の明がありでもしたといわんばかりに「百姓の藷学問が……」と笑いながら、海水浴をかねて毎夏のようにぼくたちを意気揚々と京城から富岡に連れて行った。

富岡はいまはあたりの町村を合併して苓北町と呼ばれている。苓は一字でアマクサと読むので、天草の北端にある町という意味らしい。陸地の近くに島があれば潮の加減で砂嘴《さし》ができ、陸続きになるという。富岡はこの砂嘴にできた一と筋町である。かつては島であったらしいところには城跡があり、更に曲がり岬と呼ばれる象の鼻に似た砂嘴が伸びて白砂青松、美しい内の海——じじつ、内の海と呼ばれている——をつくり、眼前に島原の雲仙岳を望む絶佳の風光をなしている。これに反して西側は頼山陽が「雲か山か呉か越か」（雲耶山耶呉耶越）と吟じた『天草洋に泊す』のひょうびょうたる天草灘で、父もこれに因んで雲耶山人と号していた。

父の考えによれば長崎に行き、朝鮮へと玄界灘を渡ったのも落ちたのではなく、大志を抱いて雄飛したことになるらしい。そうした覇気はあのひょうびょうたる海を見ていれば、だれしも起こるもののようで、内の海に面した家並みのところどころにはしゃれた洋館があり、これらは成功した唐行きさんが、これ見よがしに建てたものだということであった。しかし、先年天草五橋を渡り、北端まで車を飛ばして富岡に行ったとき、これらは幼い日の想い出にすぎなかったことを知らねばならなかった。白砂青松を誇った曲がり岬の松は、ことごとく松食い虫にやられて切り倒され、あのしゃれた洋館もどこにもない。しかし、出された魚だけはこの世のものならずうまかった。ぼくは魚嫌いで通っているが、幼少のころしばしばここに来て、ほんとうの魚の味を、味わされていたからではあるまいか。

（「日本経済新聞」一九八一年三月三十一日）

誕生日

ぼくはかねがね母から、お前の原籍は熊本県天草郡苓北町だが、生まれたのは長崎市で、明治四十五年一月一日午前七時であるぞと言い聞かされて来た。明治四十五年は大正元年である。つまり、大正元年一月一日朝明けとともに生まれたので、これは大変幸せなことであるが、それだけに徳を敦《あつ》くしなければというので、敦と名づけたのだと叱咤激励された。これには閉口しないでいられなかったが、芥川賞をもらうと、熊本県人だというので、たちまち熊本日日新聞から招《よ》ばれて歓待を受けた。いや、しかし生まれたのは長崎市だと書いたら、それじゃ長崎県人じゃないかと、長崎国際文化協会から招ばれて歓待を受けた。ところが、戸籍をとり寄せてみると、生地が熊本県天草郡苓北町となっており、そこでまた苓北町に招ばれて大歓待を受けた。なるほど、大変な幸せとはこのことだなと思ったが、生年月日も一月一日ではなく二十二日と明記されている。長崎市と苓北町とは一衣帯水の間にあるから、届を苓北町にし、生年月日が遅れたのもわかるが、どうせ遅れて届けるなら、なぜグンと遅らせてくれなかったのだろうと、つい吹き出さずにいられなくなった。母はいつも言っていた。

「戸籍なんてあてにならないわ。わたしなんか赤十字社に早くはいりたいために、役場に頼んで二年も早く生まれたように直してもらったんだから」

ひとはわたしをいくつと思っているかしらないが、ほんとは二つは若いのよといった顔をするのである。

（「朝日新聞」一九七六年一月十八日）

私とわらべうた

わたしは明治四十五年一月二十二日に熊本県天草郡富岡町で生まれたことになっており、戸籍にもそう記されているが、ほんとうは長崎市の銀屋町で生まれたと両親から言いきかされていた。

父が政界に打って出ようとして父祖伝来の財産を失い、落魄して長崎市の銀屋町で造花屋をしたという。

母は日赤の看護婦になり、病院船博愛丸に乗り組んで、危うくバルチック艦隊に遭遇するところだったなどと自慢げに話すひとだったが、日露戦争が終わると、従軍で得た金で共立女子職業学校に通い、造花を習った。それで造花屋を開いたのだが、その後朝鮮に渡って京城に居を構えたところをみると、うまくいかなかったのだろう。しかし、たえず銀屋町で造花屋をしていたころを懐かしんで、お諏訪さん（諏訪神社）のおくんちの話をしてくれた。

その祭礼の日、高い石段を重い傘鉾《かさほこ》がいくつもいくつも捧げ持たれて登って来る。登り切って戻ろうとすると、拝殿の階《きざはし》に腰をおろした白ドッポ組と呼ばれる多くの若者たちが、一斉に「持って来い」と声をかける。そうすれば折角戻ろうとしていた傘鉾はまた引っ返さなければならないが、この声を掛けられるほど名誉だそうで、母の造った桜の傘鉾が一番多くこの声をかけられたという。

こんなことを聞かされるだけで、わたし自身長崎市の記憶はまったくないが、ただ、みょうな歌ともつかぬ歌のようなものが、ふとよみがえって来ることがある。

アチャさんピー

太鼓持ってドン

アチャさんとは、中国人のことである。長崎市は中国人の多く住む町だから、おそらくそんなことを叫んで中国人の子供たちと言い合いをしたのだろうと思っていた。

ところが、先年長崎市に呼ばれ、お諏訪さんを詣で、あらためてその石段の広さ高さに驚きながら、あれは子守唄のようなものではなかったかという気になった。傘鉾のあとは、中国人の龍踊《じゃおど》りでしめくくられる。おそらく、もうすぐおくんちだよとあやされたのだろう。

（「毎日新聞」一九八一年六月七日）

菊への想い

ぼくは三重県の山奥北山川《きたやまかわ》を去って、新潟県の弥彦《やひこ》に行った。働かせてもらったダム工事が一段落したので、しばらく遊心のおもむくままに暮らしてみたくなったからである。弥彦には弥彦山を神体とする弥彦神社があり、十一月にはいると杉木立ちの中の玉砂利を敷きつめた清々しい境内で観菊会が催され、近隣の市町村から運ばれて来た様々な菊が妍《けん》を競う。

女房も菊を愛するほうで、ぼくたちは二人してよくその観菊会を見に行ったが、ふと思いだしたように女房が言った。

「北山川にも単身赴任して来て、菊づくりを楽しんでいたお年寄りがいたわね」

そのお年寄りは酒こそ嗜まなかったが、菊を愛するが故に淵明のおじさんと呼ばれていた。あれから二十年、女房はすでにない。むろん、淵明のおじさんもいなくなったであろう。しかし、ぼくはなお時に女房と観菊会に行ったことを想いだし、想いだすたびに淵明のおじさんが、いまもあの北山川の山奥でひとり菊を楽しんでいるような気がして来るのである。

(「たのしい園芸」一九七八年十一月一日)

あの村

ぼくは放浪の人などと呼ばれているため、いかにも旅好きのように思われている。旅は嫌いではないが、ただふとここはと心に浮かんだところで歳月を過ごしていたので、いまの若者たちのように、働きながら休暇をとって、レジャーに行ったなどということはない。なぜなら、こうして働くのもまさに人生であり、人生という意味ではこれもまた旅だと思っていたからである。

ぼくはまだ二十歳《はたち》をいくつか過ぎたばかりのころ、信州松本の町もはずれに近い、筑摩川のほとりに住んでいた。家は堤のすぐそばの新築のしょうしゃな二階建てで、横にはテニス・コートがあり、小さな隠居家に管理人の老夫婦が、二人の未婚の娘と住んでいた。冬は思ったより雪が少なく、それだけに寒さは厳しかったが、冬が去り春が来ると筑摩川の堤には桜が咲き、その間からキラキラと輝くアルプスの連山が見える。なんともいえぬ眺めで、ぼくは終日堤に立ってあきることもなかった。

花が散り桜も葉になって繁ったと思うと、よくこの堤にはいまでいうハイカーたちが、歩いて過ぎるようになった。ぼくの家の屋根は堤よりやや高くなっていたので、二階の窓の手すりに寄っていると、このストッキングに重たげな靴をはいた人たちは、いつもすぐ目の前を通って行くようにみえるのである。老夫婦の娘の一人に訊くと、この人たちはみな美ヶ原《うつくしはら》に行くのだそうだが、そのままどこかに去るのであろう。そうして行った人が、戻って来るのを見かけたことはほとんどなかった。

堤の桜の葉がいつとなく紅葉し、涼風にそぞろともなく散りはじめたころ、東京から叔母がやってきた。叔母もまだ若かったが、すでにある女学校の校長をしていた。ぼくにそうした生活ができたのは、この叔母のお蔭もあったので、これを機会にまだ見ぬ美ヶ原に行ってみようと誘うと、叔母は、

「こんどはその暇がないの。あなたがどうしているかと思って、見に来ただけだから。これから新村《にいむら》に行って帰るわ」

「新村?」

かれこれもう一年近くもいるのに、そんな村の名は聞いたこともなかった。

「ここから、軽便鉄道に乗ればすぐだと聞いたわ。わたしがまだ小学校のころ、教えていただいた先生がいるの。とてもいい先生だって、評判の方だったのよ」

「そんな先生がどうしてまた、そんな村にひきこもってしまったの」

「そりゃ、わからないけど、先生はもともとその村の出の方だったんじゃないかしら。でも、

信州はとても小学校教育を大切にするところなのよ。あんな方だったから、なんとしても来てくれと頼まれて、そこの人になってしまったのかもね」

叔母と新村に着いたときは、もうたそがれが迫っていた。特に変わったところもないようだが、手入れの行き届いたしっかりした家々が並び、田畑の仕事を終わってひと風呂浴びたのか、小ざっぱりした木綿の絣を着た娘たちとしばしば行き会った。どの娘も薄っすらと化粧しているようで、ぼくにはみな美しい娘にみえた。

叔母がそうした娘たちのひとりに先生の家を尋ねると、にこやかに頷いて向こうの家を指さしてみせた。しかし、その家もかくべつ変わってはいず、先生も思ったよりは若々しく、にこやかに迎えてくれた。座敷に通されると、ほの暗い庭のあたりに魚のはねる音がするのである。

「家から家へと水を引いて、どこの家も鯉を飼っているんだ。こんな村だが、あまり貧富の差のないところでね」

それから四十年、若かった叔母もこの世ならぬ人になってしまったが、どういうわけかあの村を忘れることができないのである。地図を開いて調べればすぐわかり、いまでも行けぬことはないと思うものの、一度はそれを見ながら、ふたたび探し得なかったと言い伝えられている村がある。あの村をそんな村にして置きたい気持ちが、わたしの心のどこかにあるのかもしれない。

（「白ゆり」（日本メナード化粧品㈱）一九七五年十月）

山室村

佐久間ダムはいわば近代のピラミッドとして、その完成が戦後の荒廃に意気喪失したわが国の人々を鼓舞したことを、もう知る人は少ないであろう。ぼくもその記録映画を、山形県庄内の酒田市で観て感動したものだが、まさかそのぼくが後にこれが建設にあたった、電源開発株式会社に勤めるようになろうとは、夢にも思っていなかった。

ところが、そのぼくが招待されて、佐久間ダムを見せてもらうことになった。ぼくが勤めさせてもらったのは、この佐久間ダムのある天竜川水系ではなく、紀州熊野の北山川水系で、しかもダムの完成を待たず、潭水を見ることもなく去ったのだが、自動車を走らせて密生した杉木立ちの山あいを抜け、高さ一五五メートルの蒼然としたダムの、彼方の満々たる水を見たとき、ふとかつて見ながら忘れていた夢が、そこに実現しているような気がしないではいられなかった。

それもひとつには、みずから運転して案内にあたってくれた、天竜電力所所長補佐中野昭彦さんがおなじ北山川水系にいて、ぼくの面倒を見てくれた人であったからかもしれない。この広大な湖にはさらに上流の新豊根ダムによってつくられた湖から放水発電され、電力余剰のときはポンプ・アップして、ふたたび水を押し上げる仕組みになっている。そのために水面下五〇メートルのところにつくられた地下発電電動所を見ようと、待機していたモーター・ボートへと岸壁を降りながら、中野さんが言った。

「このあたりですよ。高橋理事が水にはいったのは」

「高橋理事……」

そんな人の名がおぼろげながら、ぼくの記憶にもないではなかった。

「知りませんか、高橋理事はここの建設時代には土木課長をしていてね。『週刊現代』が詳しくとり上げていましたが、十二月アマゾン川の水域を視察し、一月にここに来て水にはいったんです。ちょうど、雪が一寸も積もっていて、いつも自慢していたウイスキーの銀製の容器が置いてあったのを、ぼくが見つけてわかったんですよ」

「どうしてまたそんなことを?」

「やっぱり、もう男としてやるような仕事が、なくなったと思ったんじゃないですか。そこへもって来て、高橋さんは限りもなく天竜川を愛していた。自分でも日本経済新聞に、そんなこと書いてましたからね」

自分に言いきかせるように、中野さんは感慨深げにそう言って頷いた。まわりにそばだつ杉山を映した湖面には、いちめんに木屑が浮かんでいる。モーター・ボートは動きだし、清掃船が次第に近く見えて来た。ぼくはアトキンソン荘で、所長の花井省次さんや町長の北井三子夫さんから聞いた話を思いだした。この湖の彼方には山室という村が沈んでい、いつだったかそこにいた人たちが集まって来たとき、特に水位を下げてみなに見せたが、家も庭もそのまま水底に残っていたという。ぼくにはふといまもなおそこにはだれかがい、かつてそうであったように来る者は拒まず、楽しげに語らいあっているような気がしはじめた。

(「別冊小説宝石」一九七五年九月)

組曲「月山」の誕生

組曲「月山」が文化放送の「ワイド・サタデー」、朝日放送の「ヤング・リクエスト」で放送された。文化放送ではたまたま上坂冬子さんが出演していて、大変褒めて下さったそうだが、朝日放送でも反響があったらしく、みずから作曲して歌ってくれた新井満君から、大阪新聞より「月山」の歌の由来を教えてくれとの電話がありました、と意気軒昂たる手紙が来た。つづいて、TBSテレビの「奥さま8時半です」でその声が流され、NETテレビの「奈良和モーニングショー」、東京12チャンネルの「君はどう考える」で、新井君そのひとが姿を現すことになった。新井君は二十八歳、電通神戸支社に勤務してい、ぼくの檀ふみちゃんとのコマーシャルのディレクターをした、すこし瘠せめのいかにも当世風な青年である。

ある夜、新井君は上京してぼくのアパートを訪れ、酒盃を傾けて微醺《びくん》に及ぶと、携えて来たギターを抱えて歌いはじめた。「ながく庄内平野を転々としながらも、わたしは肘折《ひじおり》の渓谷にわけ入るまで、月山がなぜ月の山と呼ばれるかを知りませんでした」。まさにぼくの小説『月山』の冒頭だが、新井君は一句も変えず、ときにリフレインするだけで歌いつづけ、「そのときは、折からの豪雪で、危く行き倒れになるところを助けられ、からくも目ざす渓谷に辿りついたのですが、彼方に白く輝くまどかな山があり、この世ならぬ月の出を目のあたりにしたようで、かえってこれがあの月山だとは気さえつかずにいたのです」に至って弦の手をとめた。

ぼくはまさかぼくの文章が、そのままフォーク調に乗るとは思ってもいなかったので、まず驚かずにはいられなかったが、それにしても新井君の声は澄んでいて高く美しい。たまたまテープにとっていたから、文化放送のプロデューサー大越陸助さんに聞いてもらうと、「これはいい」と言い、そこに来あわせていたキングレコードの宣伝部海老原純一さんの求めに応じて、テープの写しをとってやったりした。更に数日すると大越さんから電話があり、彼独特の陽気な鷹揚さを感じさせる声で、キングレコードがもっと新井君の歌を聞きたいと言っていると伝えて来た。

新井君はもともと詩人で、自作の詩をうたった多くの歌を持っているらしかったが、その旨神戸に電話すると、たちまちいままでの部分をあらためて第一の章「月の山」と題し、第二の章「花の寺」、第三の章「ミイラ」、第四の章「死の山」を作曲し、組曲「月山」をつくり、ギターも弾き語りのそれに更に一本を添えて、吹き込んだ歌のテープを送ってくれた。夜陰、半ば疲れて座椅子にもたれながら聞くと、もはや遠い記憶となって忘れ去ろうとしている月山が、ふたたび闇の彼方から皓々《こうこう》と浮かび上がって来るかのようである。

あらかじめ新井君に頼んで、作家の小島信夫さん、日本大学助教授井上謙さんにもテープを送ってもらったが、小島さんも感心して新井君にその旨手紙したようだし、井上さんはぼくにもまた次のような葉書をくれた。「開講一番、組曲『月山』を学生に聞かせましたところ、大変な人気です。フォーク調がよかったのでしょう」

キングレコードとの話がきまって、東京12チャンネルのビデオどりのあと、そのために上京して来た新井君や、文化放送の大越さん、キングレコードの海老原さん、おなじくそのディレクターの森直美さん、調布図書館の金沢さん等と夜の四谷で飲んだ。飲みながら東京12チャンネルのビデオどりで、司会の小川哲也さんからこの曲の感想を聞かれたとき、ぼくはこう答えたのをふと思いだした。

「こうしたただの文章がそのまま曲になろうとは、夢にも思っていませんでした。しかし、なにか魂と魂の触れあいがあったのだ。魂と魂の触れあいがあれば、なにかは歌にならざりけるというんでしょうね」

（「サンケイ新聞」一九七五年九月二十九日）

わが妻　わが愛

「新しい図書館ができ、また読書会の講師として招かれることになりました。メンバーはほとんど主婦、四、五十人といったところで、森さんのことになると、いつも御家族についての質問がでます。『鷗《かもめ》』（『鳥海山』所載）を読めば可愛い奥さんがい、あたかもそれがお二人の望む姿でもあるように、砂丘の上で老外人が聖書を読み、その傍でおなじ外国の老婦人がレースを編んでいる。かと思うと、『月山』（『月山』所載）ではまさに森さんらしい人が、ただひとり祈禱でつくった蚊帳の中で吹雪に耐えている。よろしかったら、少々家庭の事情なるものを、お聞かせいただけませんか」

門司高校教諭武田揚さんからのお手紙です。

こうした手紙は他にも沢山いただいており、雑誌週刊誌からもこれについて、しばしば執筆を依頼されて来ました。しかし、わたしは考えるところがあって、敢えて語ろうとはしなかったのですが、こんど主婦と生活社の21世紀ブックスから『森敦のおかっぱ愛情学』という本を出させてもらい、みずからのそれに答えずして、他に愛情を語ることはできないと、思い至ったのです。わたしが学業を放棄して旧制一高をやめ「酩酊船《よいどれぶね》」を毎日新聞に掲載させてもらったことは、すでに『文壇意外史』で触れておきましたので、ご存知の方もあるでしょう。

その後、東京を去って奈良市に行き、ひとり瑜伽山《ゆかやま》の頂といっていい、松林の中の小さな別邸に住んでいました。二十歳をまだいくらも出ないころのことです。瑜伽山は志賀さん（直哉）のいた高畑のあたりから尾根をなして来て尽き、やがては奈良ホテルになろうとする高みで裏には荒池をひかえ、たたなずく青垣山に囲まれた大和平野の全円を見はるかす、奈良市でももっとも眺望のいいところです。そんなとしでそんな生活ができたのも、菊池さん（寛）や横光さん（利一）が可愛がって下さったお蔭もですが、東京にいた母も母で、自分はなにをしてでもわたしにだけは、わたしの好きなことを好きなようにやらせたい、と言っていたような気性の女でもあったからです。

眼下には天満という広からぬ道を挟んで建てられた、小ぎれいな二階建てや門構えの並んだ町があり、そうした家のひとつに三人の娘を奈良女高師附属高女に通わせていた、母親が住んでいました。夫は京大からケンブリッジ大学に学び、もとは阪神の住吉にいたのが、その人が亡くなってこの天満町に移って来ていたのです。たまたま通りかかると、その家からピアノの音が流れて来、娘たちの合唱する声が聞こえる。それも、どうやらわたしの悪口を言って騒いでいるようです。

わたしが笑ってはいって行くと、わあっとみんな二階に駆け上がってしまいました。もっとも、わたしは瑜伽山の別邸に来るまで、東大寺の勧進所に厄介になっていた。しかも、そこは当時さきごろ亡くなった管長上司さん（海雲）の宰領するところで、その上司さんの龍谷大学時代の教授黒田さん（正利）がこの家の亡くなった父親と京大の同窓だったところから、この母娘もときに勧進所に来たりしていて、まんざら見知らぬ仲でもなかったのです。

これが縁になって、わたしは合唱の作詞者、その家の長女前田暘《よう》と将来を約束することになったのです。いわばまあ恋愛結婚といったかたちになったのですが、わたしはまえまえから結婚は、見合いほどよいものはないと思っていたのです。見合いならまったく知らぬ世界にいた女が、そうときまるとなんの手数もなくすべてを許してくれる。それればかりか周囲からは祝福され、衣裳簞笥まで持って来てくれる。そこは未知に対する冒険的なスリルがあり、かえって有無を言わせぬ征服感すらあると考えていたのです。

それに、わたしの母のところには、たえず見合い写真が来ていました。むろん、まだ東京にいるころのことでしたが、わたしはその写真を部屋に飾り、「あ、これもいい。あれもいい」と悦に入っていると、母は笑って「敦は女ならなんでもいいんだね」そう言う癖に、ちょっと出かけたりする間に、写真は一枚もなくなっている。なんでも、わたし以外のだれかに世話してもらうためか、弟に貰ってもらいたいと言って来たものばかりだということが、だんだんわかって来たのですが、

「そりゃァ、そうよ。わたしならまァ嫁《い》ってあげてもいいけど、わたしに娘があったって、敦さんにはやれないわね」

と、叔母も笑うのです。叔母は細川武子といってすでに調布高女や幾つかの幼稚園を経営し、童話や放送でも活躍していたのです。

「信用がないんだな」

「そうじゃないけど、なんだか心配なのね」

叔母には子供がなかったからかもしれません。わたしを溺愛し、わたしのこととなるとお互いに争って、暘のことでも叔母が来たと思うと母が来て、暘の母まで笑わせたほどです。

しかし、わたしが奈良に来たのは他でもない、千年の心を求めたい気持ちがあったのです。むずかしいことを言わせてもらえば、十年の心を持って見るのと、百年の心を持って見るのと

では、ものの意味が変わり、千年の心を持つに至れば、歴史も哲学宗教の様相を帯びて来る。ひょっとすると、奈良の絵画や彫刻で求めようとしたものが、まだどこかに生きているのではあるまいか。暘との約束もすんだことだし、なにも急ぐことはあるまい。幸い、叔母からもこれで家でも買いなさいと、そのころとしては大金である四千円も貰ったことだし、思いきってやってみよう。そう考えて、わたしは伊東の漁船に乗って太平洋で暮らしたり、樺太に渡って北方民族と生活したりして、ぼうぼうとして六、七年を過ごし、東京に戻って来ると、叔母は金のことは口にもしませんでしたが、

「暘さんのことはどうしたの」

「どうしたのって、約束したんだもの。結婚するよ」

「結婚するって、あれから何年たつと思うの。暘さんはいままでお母さまの言うとおりにして来たんだから、これだけはきいてって、お母さまに頼んだというじゃないの。暘さんはもうお母さまたちと奈良を引き払って、お国の山形県の酒田市に移られたの。だから、わたしに娘があったって、敦さんにはやらないと言ったのよ。お金もないんでしょ。知ってる会社に頼んで上げるから、そこで働くことにして早く結婚なさい」

千年の心などというものは、ときに滑稽にみえるというより、腹立たせるのでしょう。わたしは暘の家の移転など知りたいにも知りようのない生活をして来ましたが、違約しようなどと

は夢にも思っていなかったのです。それなのに、叔母はそんなことをしていると、結婚詐欺とでもいわれかねないようなことを言うのです。叔母が紹介してくれたのはある光学会社で、どんな口添えをしたのか社長はわたしの生活振りを大いに痛快がり、当時月給が官学出六十五円、私学出四十五円という時代に、九十五円出すと言ってくれました。これだけ徹底的に遊ぶやつなら、徹底的に働くだろうと思ったのかもしれません。じじつ、わたしもそのつもりだったのです。

話がきまるとわたしはむろん、すぐ酒田市を訪ねたのです。暘の母はわたしを連れて、吹浦《ふくら》に行きました。吹浦は庄内平野も尽きようとする北の果てに、富士に似た秀麗な山裾を曳く鳥海山の麓にある農漁村で、折りから形容もしがたいように美しい夕焼けた空でしたが、暘の母はふと立ち止まってわたしの手を握り、酒田市に移ったことも知らずにいたわたしにただひとこと、

「信じていましたよ」

と、言うのです。さすがのわたしも、

「有り難う」

そう答えることしかできませんでしたが、

「先日、このことでお母さんがいらっしゃって下さってね」

「母が？　どこかに行ったとは思っていたが、どうして黙っているんだろう。また驚かすつもりだな。しかし、このぶんならきっと叔母のほうもやって来ますよ」

「そうかもね」

暘の母も楽しげに笑い、はめていたアクアマリンのエンゲージ・リングを抜いて、わたしの掌《てのひら》に入れてくれました。これを暘の指にはめてやれというのでしょう。

「敦さんってほんとうに幸福な人ね」

果たして叔母もわたしと入れ代わりのようにして行き、式場まで雅叙園ときめて来ました。横光さん夫妻の媒酌で式は盛大なものになり、菊池さんのきもいりで新婚旅行の宿は、文藝春秋社から玉木屋旅館をとってもらいました。それから熱海の熱海ホテルに移ったりして何日かを過ごし、暘が一高を見たいというので連れて行き、更に東大の構内にはいったのですが、たそがれの中にそびえ立つあの建物を見て、暘ははじめて言ったのです。

「ひとりだけ男の子がほしい」

これが子供のことを口にした最初にして最後の言葉で、暘はなぜか子供を生むことを恐がって、ちょっと手術すれば生まれると医者に言われたのに、そうしたことはまったくしようともしなかったのです。わたしもまた子供がほしいなどとは、夢にも思わなかったのです。わたしと暘の心のどこかに、二人の愛は二人だけでよく、二人だけのものにして置きたい気持ちがあったかもしれません。にもかかわらず、勤めはじめてからわたしは、だれよりも早く出てだれよりも遅く帰る。

殊に、戦争にはいってからは夜も会社に泊まるというふうで、夫として妻を顧みることなどまったくしなかったばかりか、そうすることも暘のためだとさえ思ったのです。暘も素直にそう思っているようにみえました。

もっとも、わたしたちの借りた大森の二階屋には、暘の母が上京して住んでくれていたのです。ともに連れて来た妹たちが上野の音楽学校やお茶大にはいってからは奥沢のほうに移って行きましたが、わたしの弟が京大にはいってからはわたしたちも雪ヶ谷に居を移して、母に来てもらうことになり、ときたま帰ると二人して仲よく防空壕《ごう》を掘ったりしていました。明るい母で暘もなついているようでしたが、空襲にそなえて襖という襖が取りはずしてあったりしたためかもしれません。夜の闇の中で横の布団から手を伸ばして、指でわたしの掌に、

「オカエリナサイ」

と書くのです。こちらも、

「バカ」

そう書き返すと、また、

「ハハハハハ……」

と、書いて来て、やがてそのまま暘も寝息になってしまうのです。

終戦になって間もなく、京大を出て応召して来た弟が帰り、通研に勤めるようになったので、わたしは会社をやめようと思いました。働くことの空しさなどというのでもなく、あれほど可愛がってもらった横光さんや菊池さん、また叔母までが亡くなって、力を落としたというのでもありません。いや、かえってそれに勇気づけられでもしたように、そう思い立ったのですが、考えてみれば一高をやめてから十年遊び、十年働いたということになる。しかも、わたしはそれから自分が十年遊んでは十年働き、十年働いては十年遊ぶといったような運命を辿ろうとは、考えてもいなかったのです。なぜなら、わたしはいささか数理に明るいと自認しながら、インフレの昂進が予測できず、これだけ働きこれだけ稼いだのだから、もう一生遊んでいられるものと思っていたのです。

なにしろ、母はわたしを信じ、自分がなにをしてでも、わたしには好きなことを好きなようにさせると言っていた人で、反対しようはずもありませんでしたが、暘の喜びようは非常なものでした。これからはいつも一緒に暮らせると思ってくれたのでしょう。ところが、暘は不幸にも耳をわずらい、即刻手術しなければ脳に来ると医者に言われ、酒田市の病院に入院させて、里に面倒をみてもらうことにしました。暘の母も疎開して里に帰っていましたし、当時は食糧事情が極度に悪く、ただささえ暘に行き来してもらって、米を運んでもらったりしていたからです。

いきおい、わたしも酒田を訪れることが多くなり、いつしかひとり庄内平野の町や村を転々として歩くようになりました。そこには先に述べたような鳥海山が秀麗な姿をみせているばかりか、出羽三山として知られる月山《がっさん》が、牛の背に似たながい稜線から、その雄大な山腹をなだれ落としている。これらの山々はいずれも激しい日本海の気流の中に立っているが、海沿いに延々と続く砂丘の松は防風林をなしていて、庄内平野は見渡すかぎりの青田になり、やがてみのって黄金の稲穂がゆるくかすかに波打つようになるのです。しかも、冬には吹雪がつづき、やんだかと思うと雲間から鈍色の光の柱が立って、動くともなく動いて行くのです。そこからはなにか光あれ！　といった神の声でもして来るようで、これこそ千年の心というものだという気のして来ることがありました。

わたしが月山にはいったのも、じつにこの頃のことです。

すでに『月山』に書いたようになんとしても来てくれという友人があり、東京に戻ると、おどろいたことに母は戸山ハイツに引っ越しており、弟と嫁との間にできた小さな男の子を連れて歩いている。しかも、あの元気だった母が足もともおぼつかなく、どうやら中風にでもやられたようですが、母はほとんど音信を絶っていたわたしを少しも咎めようとしないばかりではありません。友人の仕事が計画倒れになってしまっても、

「もう暘さんもそろそろいいんだろう。いいのなら早く戻って、一緒にお暮らしよ」

と、わたしはあくまでわたしの好むところを進めというようなことを言うのです。そこで、わたしと暘ははじめて二人きりで、吹浦で暮らすことになったのですが、わたしに吹浦を選ばせたのは、おそらくそこが暘の母とあの得も言われぬ夕焼けの中を歩いたところだったからでしょう。そのとき、母からこんな手紙をもらいました。

「愛するわたしの敦さん！　あなたのいたときよくみえていたあなたのお友だちがお訪ねになり、あなたがこんなものを書いてくれたと言って、あなたのお友だちがつくっていられる雑誌をお持ちになりました。それで、お二人が砂丘の松林で松笠を拾ったり、海岸で流木を集めたりしていられるのを知り、なんという美しい暮らしをしていられるのかと、涙が出るようでした。いいえ、これは決して皮肉ではありません。お母さんはあなたにだけは、なんとしても好きなことを、好きなようにさせたいと思っているのですからね。それがこんなからだになり、なにもして上げられなくなったことを、とても口惜しく思っているのです。

でも、お母さんもこのごろでは、あの声を上げるような痛みはなくなりました。なくなったというわけではありませんが、お医者さまがとてもいい薬を下さるので、それをいただくとウソのように痛みがなくなり、うつらうつらと夢み心地になるのです。その夢み心地でお母さんは鳥海山とそっくりの山を見たり、海に飛び交う鷗を見たり、そんなところで楽しげにしていられるお二人の姿を見たりするのです（略）」

あの声を上げたくなるような痛み？　とすると、母はまた中風が再発し、その痛みをやわらげるための麻薬をもらっているのではあるまいか。わたしはハッとせずにはいられませんでしたが、なんとしてもおのれを貫けと結んであるままに、吹浦から酒田市に移ってしばらくすると、弟から住金に移って大阪に行くことになったと言って来たのです。暘と話しあって、いまはほとんど金もなくなったし、どこかに就職して母を引きとろうということにしました。幸い、ダムをつくって熊野の開発にあたっている会社に口があり、尾鷲《おわせ》市に行くことになって暘と上京すると、母はもう意識ももうろうとしながらも、暘がわかったらしく、

「あ、暘さんがみえた！」

そう言って喜んではくれたものの、数日ならずしてあの世の人となってしまいました。そんなわけで、尾鷲市でも二人だけで住むようになりましたが、働く以上は働けるだけ働けという気持ちで、ほとんど家を顧みるいとまもなかったので、

「わたしもう辛抱できないわ」

などと暘が言うことがありました。

「しかし、どうやら十年遊んでは、十年働くというのがぼくの運命だ。こんども、十年働いたらきっぱりやめるよ」

「ほんと?」

「ほんとさ」

そして、わたしはその言葉どおり、今日が十年というその日にやめて、暘と新潟県の弥彦村に行ったのです。そのとしは何十年振りといわれる大雪でしたが、春が来るとただの桜とみていたものが何十種類という桜であり、それがいっせいに花開き、この世のものとも思われないのです。

「吹浦にいたころは、よく駅に桜情報を見に行ったね。もうどこまで咲いたというのを見ていると、春がどこからかだんだん近よって来るような気がしたもんだ。それがこんなところだったかもしれない。この春とともにまた庄内のほうに行こうか」

「行きましょうよ」

暘はいつもわたしと二人でいたいと言いながら、心のどこかに暘の母から離れられないようなものを持っていたのです。

それから、わたしと暘は桜とともに庄内の大山町に移ったのですが、そうして暮らすうちに暘の母が胃癌になり、暘は呼びつけられて上京し、その入院する病院で看護にあたらねばならなくなりました。暘の母からすれば、そうして徒食しているわたしをいくらかでも、助けるつもりだったのかもしれません。わたしにすればそんなにしてもらわなくても、こんどは一生暮らせると思っていたのですが、やはり十年もするうちにまた金もなくなり、暘のためとも考えて、友人の口きでいまいる小さな印刷屋に勤めさせてもらったのです。多摩川べりのアパートを借りて、病院に暘の母を見舞いに行くと、すっかり様子が変わってい、

「こんどはもう遊ぼうなんて思わずに、シッカリ働くのよ」

これがあの暘の母かと疑いたくなるような、厳しい口調で言うのです。人生の半ばを放浪しながらも、わたしは叔母を含めて、多くの母に見まもられていたようなものでした。いや、そのために放浪もできたのですが、わたしにもっとも多くのものを教え、千年の心へとわたしを導いてくれたのは、じつは暘の母だったのです。その暘の母が信ずる宗教を捨て、医師をあざ笑い、頼れるものはもはやおのれしかないというように苦痛に堪えて、これも数日後にこの世を去ってしまいました。だれもかも逝ってしまった。もう喜んでくれる者は暘しかいない。そう考えて、わたしは始発電車に乗り、ザラ紙を膝に置いて、勤めまでの数時間ボールペンを走らすことにしたのです。しかし、あれほどその母に引かれていたかに見えた暘は、それがまるで呪縛ででもあったように陽気になりました。その癖、ちょっとした騒音も気になって眠れぬようで、

「もう勤めなんかやめて、どこかに行きましょうよ」

などと言うばかりではありません。

「やめろといっても、ようやく勤めはじめたばかりじゃないか。こんどこそはやろうと思ってるのに、いまやめたらどうなるんだね。お母さんも暘を甘やかすなと言ってたよ」

「どうしてあんなお母さんになったのかしら。でも、もう一度松笠や流木を拾ったりして暮らせたら、わたしどうなってもいいの」

ときには、哀願しないばかりなのです。吹浦でバイブル・キャンプがあったとき、砂丘の上で老外人がしずかにバイブルを読み、傍でおなじ外人の老婦人がレースを編んでいた。暘はそんな光景もよく覚えていて、武田さんの手紙にもあったように、それがまるで自分達の姿ででもあるようなことも言うのです。いまでは、なぜそのとき相談に来なかったのかと、精神科の医師に言われるのですが、わたしは部屋にばかりいるからだと、いつも始発に乗るためのまだ仄暗い道へと、駅までさそったのです。さそうとさそうで途中で出会う、犬や猫を呼んだりしながらついて来て、手を振ってくれたりしたのですが、ある日別れて振り向くと、必ず立ち止まってこちらを振り向いていてくれるはずの暘が、背を見せたまま去って行くのです。

わたしはハッとして予感にも似たものを覚え、なにか戻って行ってやりたいような心地になりながらも、それなり暘がわたしを捨てて、非情の世界に行こうとしているのだとも気づかず、思い返して構内の高い階段を見上げ、人気のない改札口へとはいって行ったのです。

（「主婦と生活」一九七五年五月）

心のふるさと

ここ数年、ぼくはしばしば名所、旧蹟、霊場を訪れた。むろん、なにかを求めようとして、そうしたところを訪れたのではなく、講演等で招かれたついでに案内してもらったにすぎないが、いずれも雑踏をなすといっていいほどの観客があり、それも青年男女が目立って多いのに、驚かされずにはいられなかった。

あれはたしか銀閣寺だったと思う。あの小さな境内の細い通路は、進みもならず退きもならぬ状態だったが、そんな中でぼくはひとりの青年に、なぜこうしてやって来るのかと訊《き》いた。青年はしばらく返事をしなかった。ぼくはこの身動きもならぬ雑踏のせいで、ぼくの声が聞こえなかったのかと思ったが、そうではなく青年は青年なりに考えていたので、やがて、

「自己を回復するためですかね」

と、言った。かつてのあのひと気のない、閑寂な銀閣寺をひとり逍遥するならいざ知らず、こんな中ではとぼくは思わずほほ笑まずにはいられなかった。

「それで、心のふるさとを求めようというの」

すると、青年もほほ笑み返して、

「まァね。いまここでそんなことを言うと、われながらおかしくなりますが、これで東京に戻ると、なんとなく思いだされて、なんとも言えぬほほ笑みが、浮かんで来るのですよ」

と、言うのである。

「なんとも言えぬほほ笑みが……」

いい言葉だと思いながら、ぼくは頷かずにはいられなかった。ぼくがこの青年のとしのころは、すでに東京を離れて奈良にいたのである。たまたま、帰京することがあって大船を過ぎ、戸塚を過ぎると、ぼくもそのなんとも言えぬほほ笑みが、浮かんで来るのを覚えたものだ。しかし、ぼくのなんとも言えぬほほ笑みは、この青年のそれとはいささか趣を、異にしていたのではあるまいか。なんといっても、東京には多くの友人がいた。それに、かつての旅はいまと違ってはるかに遠かった。その遠くから友人たちの間に、ひさしぶりに姿を現すという喜び、あるいはもう友人たちがどこかで見てでもいそうな気持ちが、ほほ笑むまいとしても、ぼくをほほ笑ませずにはおかなかったのである。

当時、東京には高層建築が櫛比《しっぴ》していたわけではなかった。いまはどこに行ってもバラバラな東京を見る思いがするが、かつて東京は密集した田舎だったのである。にもかかわらず、東京のひとたちには心のふるさとがないと言い、自己を回復するためにも、心のふるさとが求めいられねばならぬと真剣に論議されていた。あたかも、不安の哲学などといった言葉を聞き、いままたそういう声を耳にする。なにかそこに共通したものがあるのかもしれない。いや、いまではいたるところが索寞として東京化して来ただけに、たんなる旅行ブームといっただけではすまされない、そうした希求が青年男女の間により強く、より広範にわたりつつあるのであろう。

ぼくが奈良に行ったのは、さきごろ物故した東大寺の管長、上司海雲師の厚意によるものである。当時は師もまだ若く、しばらく師のいた勧進所に厄介になったが、やがて瑜伽山《ゆかやま》に移り住んで、そこで足掛け十年近い歳月を過ごすことになった。瑜伽山は志賀直哉氏のいた高畑《たかばたけ》のあたりから伸びて来た丘陵が、奈良ホテルに至って尽きようとする突端の高みにある。裏には松林を越して荒池があり、障子を開けるとはるかに大和三山が見え、たたなずく青垣山に囲まれた大和盆地を一望にすることができた。

いまはこの盆地もほとんど住宅街のひろがりになろうとしているが、そのころはただいちめんの田野で、望遠鏡を手にすれば左手の山のあたりには鹿野苑《ろくやおん》、白毫寺《びやくごうじ》、右手の山裾に沿うては薬師寺、唐招提寺、法隆寺などを指呼することができるのである。ぼくは奈良の寺々はむろん、そうして視界に現れて来るここあそこにしばしば歩を運んだが、それらがいつかここに来て、こうして見たことがあるような心地のすることがあった。いや、それは朝鮮のどこかを思い浮かべて、そんな思いにふけっているということが、次第にハッキリして来たのである。

かつての飛鳥、白鳳、天平の栄えが、朝鮮を橋として中国からもたらされたものであることは言うまでもない。しかも、たんにひと気のない軒端のたれた寺や、壊れかけた土塀が、その面影をしのばすばかりでない、なんとない土塀のそばの小道や、松籟《しょうらい》をかなでる松のたたずまいまでが、ふと朝鮮のどこかにいるような心地にさせることがあり、かの国のひとびとがむしろここに、心のふるさとを求めて来たような気すらするのである。しかし、それもぼくがもの心ついてから、ずっと朝鮮で育ったからで、それとも知らずそうした思い出に、心のふるさとを求めていたためかもしれない。

いつからともなく、ぼくは千年の心といったものを考えるようになった。あるいは、ひとはその迂遠《うえん》さを笑うかもしれないが、そうした千年の心といったものが、今日ただいまあるところのぼくたちの心理の深層を形づくってい、かくてこそ心のふるさとを求めることが、自己の回復につながると信じたのである。もともと、ぼくが玄海を渡って上京したのも、むしろ未知を求めて心のふるさとと感じるところから、離脱したいという欲求から来たものだった。奈良に居を移したのも同断である。しかし、そう思い及ぶと未知を求める気持ちもさることながら、片雲の風にさそわれ、漂泊の思いに駆られつつも、いたるところの山村、漁村で、心して現にまだ生きている古い生活に触れ、古いコトバに耳を傾けるようになった。一山をもって出羽三山と呼ばれ、死者の行く山とされている霊場、月山にはいったりしたのもこのためである。

ぼくはそうした思いを果たすために、むろん働かねばならなかった。働いてはやめ、やめては働きして、青年のころから十年働いては、十年遊ぶといった生活を送ったのである。三重県の尾鷲市で、ダムをつくる仕事で二度目の仕事を勤めあげると、ぼくは新潟県の弥彦《やひこ》に移り住んだ。ながく太平洋の海を見て暮らしたので、かつて遊んだ日本海がしきりに恋しくなり、なにか心のふるさとを求めでもするように行ったのである。

小さなぼくの住まいは弥彦の街というよりも、街からすこし弥彦山にはいった杉林の中にあった。あたりには無数の墓があり、ただの苔むした石と思われるものも、よく見ると命《みこと》とか姫《ひめ》とかいう文字が刻まれている。弥彦には越後一の宮と呼ばれる有名な弥彦神社があり、弥彦の人たちの多くはその氏子で、神道《しんとう》で葬られていたからである。

ぼくはしばしばその墓の間の小道を歩き、ときに木の間から間近に弥彦山を仰ぎみて、なんとはなしに月山を想ったりした。むろん、その悠大さにおいて月山のそれとは比ぶべくもないが、弥彦山もまた山そのものが、弥彦神社の神体とされている霊山である。そうした霊山にはどこかに類似したところがあり、ぼくたちがいつかどこかで見たようなものから、心のふるさとを見いだそうとするように、神や仏たちもそうした類似のある山から山へと渡って行くのかもしれない。

秋は弥彦山の雑木が紅葉し、おだやかな小春日和を楽しませてくれたが、冬にかかると夜ごとに凄《すさ》まじい沢鳴りがし、明け方近くまでやもうともしない。弥彦のひとたちはこれを弥彦八沢の沢鳴りと呼び、山のあらたかなしるしのように言っていた。しかし、弥彦山にさえぎられてはいるものの、山の彼方は縹渺たる日本海で、ただでさえ「荒海や佐渡によこたふ天川《あまのがは》」と芭蕉も詠んでいるように荒い。これが冬には海いちめんが立てる波しぶきと、吹きつける吹雪がひとつになって吹き寄せて来る。あるいは、弥彦のひとたちが弥彦八沢の沢鳴りと言っているものも、その吹き寄せる日本海の凄まじい潮騒が、弥彦山を越えて聞こえるのかもしれない。

そう思って、眠りもやらずその様を想像していると、いつしか弥彦山の彼方の凄まじい潮騒のする日本海の海岸にいるような心地になって来る。かつて見たところがひとを招くように、まだ知らぬところがひとを呼ぶのである。もっとも、弥彦山にはスキー場もあり、冬も弥彦神社の裏からロープウエーで、なんなく頂まで登ることができる。ぼくはもうそこからならすぐそこに見えるはずの佐渡島もかき消した、いちめんの波しぶきの吹雪の海を見たこともあり、とどろくような潮騒を聞いたこともある。しかし、弥彦山そのものの山襞《やまひだ》やふくらみにさえぎられて、眼下の海岸はさだかではないのである。

ぼくがはじめて弥彦山を越えてその海岸に行ったのは、雪がいよいよ深くなって弥彦八沢の沢鳴りも忘れたように遠のき、雪もまたなくなって幾十百種とない弥彦の桜が咲き、桜も散ってそろそろ夏めいて来るころだった。弥彦山の頂から雑草や雑木の枝を分け分け、山襞の間の小道を降りて行くと、意外にも山裾はなだらかにのび、それが終わったあたりからひろびろと砂原がひらけている。

ふと気がつくと、点々と仏を刻んだ小さな石があり、西国三十三所をなぞらえたらしく、札《ふだ》所《しょ》まいりができるようになっていた。あたりには人家はおろか、小屋らしいものも見えないが、海難にあったひとたちのために、だれかがこうした霊場のようなものをつくったのであろう。かてて加えて、ぽつぽつとかての木（かてとはどんな字を書くのかしらないが、あとで聞くとあの木の葉は、飢饉のときその葉を食うというから、糧の字をあてるのではないかということであった）が薄赤い花をつけている。夜ごとに弥彦八沢の沢鳴りを聞きながら、なにか地獄のようなところを想像していたのに、いつしらず浄土をでも見るようなほのぼのとした心地になって来た。

先年、ぼくは北陸を回って、高田と長岡で講演した。講演が終わると主催者側のひとは、上杉謙信の遺蹟を案内しようと言った。ぼくはむろんその厚意をうれしいと思ったが、その時間だけ遠回りして日本海に出、海沿いの高速道路で弥彦山の裏を走ってもらうように頼んだ。弥彦にいるころから、ぼくはやがて海沿いに高速道路ができるといった噂を耳にしていたのである。すっかり夏山になった弥彦山が見えはじめると、ぼくはおのずとほほ笑みが浮かんで来るのを覚えずにいられなかった。

弥彦から見る弥彦山が、庄内平野から見る月山に、どこかが類似しているように、こうして裏からながめる弥彦山は、ちょうど裏からながめる月山のようになだらかでよく似ている。ぼくはしばしば疾駆する自動車をとめてもらった。あの砂原の霊場をひとめ見たいと思ったのだが、ただカラフルなキャンプの群がりがあるばかりで、それらしいものを見いだすことはできなかった。

「なにか探していらっしゃるんですか」

と、主催者側のひとが親切にぼくに訊いてくれた。

「ええ」

ぼくはうなずきながら砂原の霊場のことを語った。

「そんなものは、なくなってしまったんじゃありませんか。この高速道路ができてから、海岸の様子もすっかり変わってしまったんですよ。このあたりも海に向かって、はるかに砂地や砂山がつづいていたもんですがね」

青年男女たちがコーラやジュースを飲んでいる海の家や店が、碧い日本海を背に過ぎてはまた近づいて来た。あの砂原の霊場はぼくにとって、たまゆらの心のふるさとと言っていいものだったかもしれない。しかし、この一本の高速道路によって海岸が一変し失われてしまったにせよ、彼らがそうしたものを蹂躙しようとしているなどと考えたくはない。彼らが自己を喪失しまいとする以上、あるいは喪失の中から自己を回復しようとする以上、心のふるさとは彼らによって求められるであろう。改まって、なにが心のふるさとかと問われればぼくも答えに窮するが、なぜ心のふるさとが求められねばならぬかは、だれよりも彼らがよく知っているのだから。

（「別冊週刊読売」一九七六年五月）

P+D BOOKS ラインアップ

おバカさん	遠藤周作	●純なナポレオンの末裔が珍事を巻き起こす
宿敵 上巻	遠藤周作	●加藤清正と小西行長 相容れない同士の死闘
宿敵 下巻	遠藤周作	●無益な戦。秀吉に面従腹背で臨む行長
銃と十字架	遠藤周作	●初めて司祭となった日本人の生涯を描く
焰の中	吉行淳之介	●青春=戦時下だった吉行の半自伝的小説
親鸞 1 叡山の巻	丹羽文雄	●浄土真宗の創始者・親鸞。苦難の生涯を描く
親鸞 2 法難の巻（上）	丹羽文雄	●人間として生きるため妻をめとる親鸞
親鸞 3 法難の巻（下）	丹羽文雄	●法然との出会い……そして越後への配流

P+D BOOKS ラインアップ

親鸞 4 越後・東国の巻（上）	丹羽文雄	●雪に閉ざされた越後で結ばれる親鸞と筑前
親鸞 5 越後・東国の巻（下）	丹羽文雄	●教えを広めるため東国に旅立つ親鸞
親鸞 6 善鸞の巻（上）	丹羽文雄	●東国へ善鸞を名代として下向させる親鸞
親鸞 7 善鸞の巻（下）	丹羽文雄	●善鸞と絶縁した親鸞に、静かな終焉が訪れる
天を突く石像	笹沢左保	●汚職と政治が巡る渾身の社会派ミステリー
浮世に言い忘れたこと	三遊亭圓生	●昭和の名人が語る、落語版「花伝書」
噺のまくら	三遊亭圓生	●「まくら（短い話）」の名手圓生が送る65篇

P+D BOOKS ラインアップ

居酒屋兆治　山口 瞳　●高倉健主演作原作、居酒屋に集う人間愛憎劇

血 族　山口 瞳　●亡き母が隠し続けた秘密を探る私

小説 葛飾北斎（上）　小島政二郎　●北斎の生涯を描いた時代ロマン小説の傑作

小説 葛飾北斎（下）　小島政二郎　●老境に向かう北斎の葛藤を描く

山中鹿之助　松本清張　●松本清張、幻の作品が初単行本化！

白と黒の革命　松本清張　●ホメイニ革命直後、緊迫のテヘランを描く

詩城の旅びと　松本清張　●南仏を舞台に愛と復讐の交錯を描く

P+D BOOKS ラインアップ

秋夜	水上勉	●闇に押し込めた過去が露わに…凛烈な私小説
鳳仙花	中上健次	●中上健次が故郷紀州に描く〝母の物語〟
熱風	中上健次	●中上健次、未完の遺作が初単行本化！
魔界水滸伝 1	栗本薫	●壮大なスケールで描く超伝奇シリーズ第一弾
魔界水滸伝 2	栗本薫	●〝先住者〟〝古き者たち〟の戦いに挑む人間界
魔界水滸伝 3	栗本薫	●葛城山に突如現れた〝古き者たち〟
魔界水滸伝 4	栗本薫	●中東の砂漠で暴れまくる〝古き物たち〟

P+D BOOKS ラインアップ

魔界水滸伝5　栗本薫　●中国西域の遺跡に現れた"古き物たち"

魔界水滸伝6　栗本薫　●地球を破滅へ導く難病・ランド症候群の猛威

魔界水滸伝7　栗本薫　●地球の支配者の地位を滑り落ちた人類

魔界水滸伝8　栗本薫　●人類滅亡の危機に立ち上がる安西雄介の軍団

どくとるマンボウ追想記　北杜夫　●「どくとるマンボウ」が語る昭和初期の東京

少年・牧神の午後　北杜夫　●北杜夫　珠玉の初期作品カップリング集

剣ケ崎・白い罌粟　立原正秋　●直木賞受賞作含む、立原正秋の代表的短編集

P+D BOOKS ラインアップ

志ん生一代（下） 結城昌治 ●天才落語家の破天荒な生涯と魅力を描く

今も時だ・ブリキの北回帰線 立松和平 ●全共闘運動の記念碑作品「今も時だ」

虫喰仙次 色川武大 ●戦後最後の「無頼派」、色川武大の傑作短篇集

親友 川端康成 ●川端文学「幻の少女小説」60年ぶりに復刊！

幻妖桐の葉おとし 山田風太郎 ●風太郎ワールドを満喫できる時代短編小説集

わが青春 わが放浪 森 敦 ●太宰治らとの交遊から芥川賞受賞までを随想

剣士燃え尽きて死す 笹沢左保 ●青年剣士・沖田総司の数奇な一生を描く

（お断り）

本書は１９８６年に福武書店より発刊された文庫を底本としております。
あきらかに間違いと思われるものについては訂正いたしましたが、
基本的には底本にしたがっております。
また、底本にある人種・身分・職業・身体等に関する表現で、現在からみれば、
不当、不適切と思われる箇所がありますが、著者に差別的意図のないこと、
時代背景と作品価値とを鑑み、著者が故人でもあるため、原文のままにしております。

森 敦（もり あつし）

1912年（明治45年）1月22日—1989年（平成元年）7月29日、享年77。長崎県出身。1974年『月山』で、第70回芥川賞受賞。62歳での受賞は、当時の最高齢受賞だった。代表作に『われ逝くもののごとく』など。

P+D BOOKS

ピー プラス ディー ブックス

P+Dとはペーパーバックとデジタルの略称です。
後世に受け継がれるべき名作でありながら、現在入手困難となっている作品を、
B6判ペーパーバック書籍と電子書籍で、同時かつ同価格にて発売・配信する、
小学館のまったく新しいスタイルのブックレーベルです。

わが青春　わが放浪

2016年1月10日　初版第1刷発行
2023年3月22日　第2刷発行

著者　森　敦
発行人　飯田昌宏
発行所　株式会社　小学館
〒101-8001
東京都千代田区一ツ橋2-3-1
電話　編集　03-3230-9355
販売　03-5281-3555
印刷所　大日本印刷株式会社
製本所　大日本印刷株式会社
装丁　おおうちおさむ（ナノナノグラフィックス）

ISBN978-4-09-352248-9

P+D BOOKS